Correspondance interdite

Du même auteur
aux Éditions J'ai lu

La favorite du sérail, *J'ai lu* 3448
La nuit de Saint-Pétersbourg, *J'ai lu* 3560
La favorite afghane, *J'ai lu* 3664
Un cœur à vendre, *J'ai lu* 4172
Prise au piège, *J'ai lu* 4586
La courtisane effrontée, *J'ai lu* 5104
Pour une rose d'argent, *J'ai lu* 5264
Le cygne d'émeraude, *J'ai lu* 5358
La femme fatale, *J'ai lu* 6111
La maîtresse de l'espion, *J'ai lu* 6210
La captive du roi, *J'ai lu* 6870

Jane Feather

Correspondance interdite

Traduit de l'américain
par Catherine Plasait

J'AI LU

Titre original :

THE BACHELOR LIST
Bantam Dell, a division of Random House, Inc., N.Y.

1

Constance Duncan remercia d'un signe de tête le valet qui lui ouvrait la porte vitrée de *Fortnum and Mason*. Dans le vaste salon de thé au sol de marbre, le bourdonnement des conversations noyait les vaillants efforts d'un quatuor à cordes installé sur une petite estrade au bout de la piste de danse.

Elle demeura un instant immobile, puis elle repéra ses deux sœurs assises à une place de choix, près de l'une des hautes fenêtres qui ruisselaient de pluie, masquant pratiquement la rue et Burlington House.

Prudence l'aperçut au même moment, et Constance se hâta vers elle entre les tables.

— On dirait un rat mouillé, remarqua Chastity.

— Merci, ma chérie, rétorqua Constance avec un haussement de sourcils ironique.

Elle secoua son parapluie et le tendit au serveur en livrée apparu à ses côtés comme par enchantement.

— Il tombe des cordes, reprit-elle en se débarrassant de son chapeau qu'elle examina d'un œil consterné. À mon avis, la plume d'autruche est fichue. En tout cas, elle va goutter partout. Prenez-le aussi, s'il vous plaît, il séchera au vestiaire.

— Certainement, mademoiselle Duncan.

Le domestique disparut aussi discrètement qu'il était arrivé.

Constance s'assit sur une élégante chaise dorée, arrangea les plis de sa jupe de taffetas, ôta ses gants et les lissa de la main avant de les poser sur la table. Ses sœurs attendirent patiemment qu'elle fût enfin installée.

— Du thé, Constance ? proposa Prudence qui soulevait déjà la théière.

— Non, je crois que je vais m'offrir un bon sherry, décida Constance en se tournant vers la serveuse qui se tenait près de leur table. Je suis aussi trempée et gelée qu'une grouse sur la lande, bien qu'on soit en plein mois de juillet. Oh, et du cake grillé, s'il vous plaît. !

— Prudence et moi avons évité l'averse de justesse, expliqua Chastity quand la jeune fille fut partie.

Elle s'humecta le doigt et récupéra les miettes de gâteau sur son assiette.

— Tu crois que je peux m'offrir un autre de ces somptueux mille-feuilles, Prudence ?

Prudence soupira.

— Je ne pense pas que ton goût pour les sucreries nous ruinera, Chastity. S'il n'y avait que cela…

— Quoi encore, Prudence ?

Prudence ôta ses lunettes et en nettoya les verres à l'aide de sa serviette. Elle les tint un instant dans la lumière, les étudia de son regard de myope avant de les chausser de nouveau.

— Jenkins est venu me voir ce matin, l'air encore plus sinistre que d'ordinaire. Apparemment, père a demandé à Harper, de Gracechurch Street, de lui livrer un tonnelet de porto ainsi qu'une douzaine de caisses de margaux pour réapprovisionner la cave. M. Harper a renvoyé une facture d'un montant important qui ne lui avait pas été payée en précisant poliment à père qu'il ne serait livré qu'après l'avoir réglée.

Elle s'interrompit lorsque la serveuse apporta un plat au couvercle d'argent et un verre de sherry d'une riche couleur ambrée. Elle les déposa devant

Constance et souleva le couvercle, dévoilant des tranches de cake fourrées de raisins dodus où le beurre grésillait encore.

— Ça a l'air succulent ! s'exclama Chastity en se servant. Tu permets, Constance ?

— Je t'en prie. Mais je croyais que tu voulais un autre millefeuille ?

— Non, je vais seulement te chiper un peu de cake. Ce sera moins cher... Alors, Prudence, comment père a-t-il réagi en recevant la facture de Harper ?

— Devine... Je prendrais bien une part de ce redoutable gâteau au chocolat, s'il vous plaît, dit Prudence en désignant le chariot de pâtisseries. Il a commencé par tempêter, menacer de ne plus se fournir chez Harper. « Notre famille est cliente chez vous depuis un siècle ! » etc. La diatribe habituelle. Oh, c'est absolument divin ! s'écria-t-elle après avoir goûté le gâteau.

— Finalement, j'en prendrai aussi, dit Chastity à la serveuse. Et toi, Constance ?

Celle-ci but une gorgée de sherry.

— Voilà tout le sucre dont j'ai besoin.

— Je me demande comment tu peux résister à toutes ces merveilles, observa Chastity. Mais c'est sans doute pour cela que tu es si mince.

Elle baissa les yeux sur sa généreuse poitrine.

— Évidemment, tu as l'avantage d'être beaucoup plus grande que moi, ajouta-t-elle.

Constance secoua la tête en riant.

— Pour en revenir au sujet précédent... J'ai apporté quelques exemplaires du *Mayfair Lady* chez des marchands de journaux, cet après-midi, et je leur ai demandé s'ils accepteraient de les prendre en dépôt. Juste un ou deux pour commencer, afin de voir si cela se vend.

— Cette édition-là ? s'enquit Prudence en sortant de son vaste sac à main une feuille imprimée qu'elle posa sur la table.

— Est-ce bien la dernière ? demanda Constance en se penchant. Oui, c'est celle de l'article sur les nouvelles lois concernant les débits de boissons.

Elle trempa une tranche de cake dans la petite flaque de beurre de son assiette et la savoura avant d'enchaîner :

— J'ai souligné que cela intéresserait sans doute leurs clients. Vous savez... Qu'ils ne pourraient plus se saouler à toute heure du jour et de la nuit ; que la productivité s'en trouverait accrue ; que les hommes battraient moins leurs femmes. Il faut que les gens soient renseignés sur ce sujet, non ? Cela ne devrait pas être indifférent au Londonien moyen...

— Et cela a marché ? demanda Prudence en feuilletant le petit journal de trois pages.

— Deux d'entre eux ont accepté de les garder une semaine et de les présenter avec les autres magazines. Nous ne les vendons que deux pence, après tout.

— Ce n'est pas cela qui nous remettra à flot, objecta Chastity.

— C'est seulement pour l'homme de la rue, fit remarquer Prudence. Pour les habitants de Mayfair, c'est six pence l'exemplaire.

Elle désigna d'un geste éloquent les gens élégants qui papotaient autour d'elles en dégustant des pâtisseries.

— Je suis arrivée à persuader une demi-douzaine de coiffeurs de Regent Street et de Piccadilly d'en exposer quelques exemplaires près de leur caisse, et Chastity a fait le siège des modistes et des couturières de Bond Street et d'Oxford Street.

— Avec quelque succès, je dois dire, précisa Chastity qui contemplait son assiette vide d'un air chagrin. Je me pique d'être une vendeuse plutôt persuasive, derrière ma voilette.

— C'est un bon début, fit Constance, mais je pense que nous devrions offrir plus – en matière de services –

si nous voulons nous faire rémunérer. J'ai une idée qui pourrait se révéler fort lucrative, ajouta-t-elle en baissant la voix.

Ses sœurs se penchèrent en avant, les coudes sur la table, leurs trois têtes rousses réunies.

— Vous connaissez ces annonces que les gens mettent dans les vitrines des magasins, poursuivit Constance. Eh bien, j'ai vu...

Elle s'interrompit en entendant quelqu'un toussoter juste derrière elle.

— Lord Lucan ! s'exclama Prudence.

Elle se redressa et adressa un sourire de pure politesse au jeune homme qui venait de s'approcher.

— Bonjour, le salua-t-elle. Nous ne vous avions pas entendu vous glisser jusqu'à nous.

Le malheureux rougit jusqu'à la racine des cheveux.

— Je... je... Pardonnez-moi, je ne voulais pas vous surprendre... ni vous importuner. Je me demandais seulement si Mlle Chastity accepterait de m'accorder cette danse.

Il eut un geste embarrassé vers la piste où évoluaient quelques couples.

— J'en serai ravie, David, répondit Chastity avec un radieux sourire. Comme c'est aimable à vous !

Elle se leva.

— Je reviens tout de suite, dit-elle à ses sœurs avant de s'éloigner au bras de lord Lucan, gracieuse dans sa robe fluide.

— Chastity est d'une patience avec ces pauvres garçons, observa Prudence. Ils lui tournent tous autour telles des abeilles sur un pot de miel, et elle ne les chasse jamais. Moi, cela me rendrait folle !

— Notre petite sœur a une nature généreuse, déclara Constance avec un sourire entendu. Contrairement à nous, ma chère Prudence.

— En effet. Nous sommes de vraies ogresses. Nous les dévorerions tout crus, si c'était possible.

— Mais rappelle-toi, maman disait que Chastity savait ce qu'elle voulait en dépit de son apparente docilité.

Prudence ne répondit pas, et les deux sœurs demeurèrent un instant silencieuses, perdues dans leurs souvenirs. Leur mère était morte trois ans auparavant.

— Crois-tu qu'elle se retournerait dans sa tombe à l'idée que nous voulions gagner de l'argent grâce au *Mayfair Lady* ? demanda enfin Constance alors que la valse touchait à sa fin.

— Non. Elle applaudirait des deux mains, affirma Prudence. Il faut faire quelque chose pour remettre les finances de la famille à flot, et ce n'est pas papa qui s'en chargera.

Chastity revint à leur table au bras de son cavalier qu'elle congédia fermement tout en lui souriant.

— Alors, où en étions-nous ? demanda-t-elle lorsqu'elle se fut assise.

— À nos plans pour gagner de l'argent. Je demandais à Prudence si elle pensait que mère serait horrifiée à l'idée de tirer profit du *Mayfair Lady.*

— Sûrement pas ! Elle l'aurait fait elle-même s'il l'avait fallu.

— Ce qui ne serait pas le cas si elle était encore en vie. Père n'aurait pas perdu sa fortune sur un coup de tête. Qu'est-ce qu'il lui a pris d'investir jusqu'à son dernier sou dans une spéculation plus que hasardeuse ? Qui a jamais entendu parler d'une ligne de chemin de fer qui traverserait le Sahara ?

— La *Trans-Sahara Railway*, dit Constance en pouffant. Si la situation était moins désastreuse, ce serait du plus haut comique.

Prudence ne put s'empêcher de l'imiter, tandis que Chastity tentait vainement de retenir un sourire. Lady Duncan avait légué à ses trois filles un irrépressible – et souvent embarrassant – sens de l'humour.

— Ne vous retournez pas, murmura Chastity en picorant une groseille, mais j'ai les oreilles qui sifflent. Je parierais n'importe quoi qu'on parle de nous en ce moment.

— Qui ? demanda Prudence en promenant son regard de myope sur la salle.

— Elizabeth Armitage vient juste de s'installer à une table avec un homme que je n'ai jamais vu.

— Intéressant, fit Constance. Un inconnu dans ce décor, voilà qui est rare ! Où sont-ils ?

— Derrière toi, mais ne regarde pas, ce serait trop flagrant. Je sais qu'elle parle de nous, je peux presque lire sur ses lèvres.

— C'est une telle commère, soupira Prudence.

— Et alors ? rétorqua Constance. J'écris des commérages à longueur de journée. Relis la première colonne de la page deux, à propos du mariage de Patsy Maguire.

— Ce ne sont pas vraiment des commérages. Seulement une rubrique mondaine. Les gens adorent cela, et ce n'est pas méchant.

— Je me verrais volontiers écrire des textes acerbes si je pensais que cela se révèle utile, contra Constance, pensive. Maman était toute disposée à dévoiler l'hypocrisie des gens, dès lors que cela lui semblait salutaire.

— Dans ce cas, ce ne serait pas de la méchanceté, déclara Chastity. Mais j'aimerais bien savoir ce qu'Elizabeth raconte sur nous. Je dois avouer que son compagnon est plutôt séduisant. Beaucoup trop pour cancaner avec lady Armitage. Voyons si j'arrive à les perturber.

Elle posa le coude sur la table, le menton dans la main, et fixa avec une sereine détermination la table où une dame anguleuse discutait avec un homme dont l'épaisse chevelure couronnait un front haut.

— Chastity, tu exagères ! s'insurgea Prudence qui imita aussitôt la pose de sa sœur.

Constance, qui ne pouvait se retourner, attendait en souriant leurs commentaires.

— Ah, elle s'en est aperçue ! annonça Chastity avec satisfaction. Elle fouille dans son sac, et lui regarde partout sauf dans notre direction. Il semble porter un intérêt tout particulier à la piste de danse. Il aime peut-être le tango !

Incapable de résister davantage, Constance laissa tomber sa serviette, se pencha pour la ramasser, tout en jetant un coup d'œil aussi discret que possible pardessus son épaule.

— Tu as raison, c'est un spécimen de choix. De la classe.

— Un peu arrogant, ajouta Prudence. Je suppose que nous devrons nous arrêter à leur table en sortant.

Constance acquiesça solennellement.

— C'est la moindre des politesses. Elizabeth est une amie de la famille, après tout.

Elle fit signe à la serveuse de leur apporter l'addition.

— Tu ne nous as pas parlé de ton autre idée, lui rappela Prudence.

— Nous en discuterons pendant que nous nous habillerons pour le dîner.

Constance récupéra le journal tandis que Prudence réglait l'addition.

Les trois jeunes femmes se levèrent, rassemblèrent gants, foulards et sacs, et se dirigèrent vers la sortie tout en saluant aimablement quelques connaissances. Elles arrivèrent à la hauteur de la table occupée par lady Armitage et son mystérieux compagnon.

— Elizabeth, comment allez-vous ? fit Constance. Quel temps affreux pour un mois de juillet !

— Affreux, en effet. Comment vous portez-vous, mes chères amies ? Toujours aussi charmantes, commenta lady Armitage avec un sourire de douairière.

Je constate que vous êtes enfin sorties de la période de demi-deuil.

— Le bleu lavande et le gris tourterelle devenaient monotones, répondit Constance. D'ailleurs, maman n'était pas très à cheval sur ce genre de convenances.

— Certes. La pauvre !

Lady Armitage lâcha un petit soupir attristé, puis elle se rappela la présence de son compagnon.

— Permettez-moi de vous présenter Max Ensor. Il a récemment gagné les élections partielles de Southwold, et il vient d'arriver pour prendre possession de son siège au Parlement. Sa sœur est une de mes excellentes amies. Lady Graham. Délicieuse ! Vous la connaissez certainement. Monsieur Ensor, voici les honorables demoiselles Duncan.

L'homme s'était levé, et Constance le trouva plus grand qu'elle ne s'y était attendue. Sa haute silhouette était mise en valeur par la redingote noire, le gilet noir et le pantalon à rayures grises. Elle trouva le contraste entre ses cheveux striés d'argent et ses yeux d'un bleu intense tout à fait saisissant.

— Constance Duncan, monsieur, fit-elle. Et voici mes sœurs, Prudence et Chastity. Nous connaissons fort bien lady Graham, ajouta-t-elle avec un sourire. Résidez-vous chez elle ?

Max Ensor inclina la tête.

— Jusqu'à ce que j'aie trouvé une maison convenable à Westminster, à proximité de la cloche du Parlement, mademoiselle Duncan.

Il avait une voix étonnamment douce, riche, et profonde.

— Bien sûr, c'est primordial, acquiesça Constance. Il ne faudrait pas que vous manquiez une séance importante.

Le regard d'Ensor se fit plus aigu. Avait-il discerné une pointe d'ironie dans la réponse de la jeune femme ? Se moquait-elle de lui ? Non, il s'était certainement trompé. Le dévouement d'un homme à son travail n'avait rien de risible.

— Asseyez-vous, monsieur Ensor, intervint Chastity. Nous nous étions arrêtées seulement une minute afin de saluer Elizabeth. Nous devons nous sauver.

L'homme sourit, mais il resta debout, le regard attentif.

— Vous connaissez cette publication, Elizabeth ? s'enquit Constance en posant un exemplaire du *Mayfair Lady* sur la table.

— Oh, quelle abomination ! s'exclama lady Armitage. Lord Armitage n'en veut pas dans sa maison ! Où l'avez-vous eu ?

Elle contemplait le journal sans pouvoir masquer sa convoitise, bien qu'elle arborât une moue dégoûtée.

— Au salon d'Elise, sur Regent Street, répondit promptement Chastity. Elle en a trois exemplaires à vendre.

— J'en ai aussi vu plusieurs chez Hélène, renchérit Prudence. Il y avait un ravissant chapeau de paille en vitrine, et je n'ai pu résister à l'envie de l'essayer, bien que par ce temps... Cependant, il y avait trois exemplaires de ce journal.

— À vendre ? s'écria lady Armitage. Il était gratuit, autrefois.

— Certes, mais je crois qu'il est plus étoffé, dit Constance d'un ton pénétré. Quelques articles sont même vraiment intéressants. Vous devriez apprécier celui qui concerne le mariage Maguire.

— Euh... vraiment, je...

La main de lady Armitage hésitait, juste au-dessus du journal.

— Je pourrais peut-être y jeter un rapide coup d'œil.

— Gardez-le, proposa Constance d'un ton léger. Je l'ai lu en entier.

— Comme c'est gentil, ma chère, mais je ne peux le rapporter à la maison. Ambrose en aurait une attaque.

Tout en protestant, elle pliait soigneusement les quelques feuilles.

— Laissez-le dans les toilettes quand vous l'aurez terminé, suggéra Prudence. Personne ne saura que vous l'avez parcouru.

— Je le déchirerai et je le jetterai, déclara Elizabeth en le glissant dans son sac. Ce scandaleux torchon !

— Vous l'avez dit, murmura Chastity avec un petit sourire. L'article sur les Maguire est en page deux... Nous nous verrons ce soir chez les Beekman. Je crois qu'ils ont convié une cantatrice milanaise.

— J'y serai. Ce n'est pas la tasse de thé de ce cher Armitage, mais moi, j'adore chanter ! C'est délicieux !

Elizabeth se tapotait les lèvres comme si elle allait se lancer dans *L'Air des bijoux*.

Les trois sœurs sourirent, dirent au revoir au représentant de Southwold au Parlement, inclinèrent la tête et quittèrent le salon de thé, leurs talons claquant sur le sol de marbre.

— Comment veux-tu que nous gagnions de l'argent si tu distribues le journal gratuitement ? remarqua Prudence tandis qu'elles patientaient au vestiaire.

— C'est une bonne façon d'attirer les clients, répliqua Constance qui fit la grimace en voyant l'état de son chapeau. La plume est fichue, mais je pourrais peut-être la remplacer et garder la calotte. Qu'en penses-tu, Prudence ?

Prudence, qui faisait autorité en matière d'élégance, trouva aussitôt la solution.

— Des fleurs de soie. Hélène en a de superbes. Nous irons demain, et nous en profiterons pour vérifier où en sont les ventes du *Mayfair Lady*.

— Alors, qu'avez-vous pensé du très honorable gentleman que nous venons de rencontrer ? s'enquit Constance d'un ton ironique, alors qu'elles sortaient sur Piccadilly.

La pluie avait cessé, mais le trottoir luisait encore sous le soleil de cette fin d'après-midi.

— Fort distingué, et très probablement suffisant, déclara Chastity. Nous serons amenées à le rencontrer de nouveau, puisqu'il est le frère de lady Graham.

— Mmm.

Constance scrutait la rue à la recherche d'un fiacre. Elle leva son parapluie, et une voiture vint se garer près d'elles, les flancs des chevaux fumant dans l'air moite.

— 10, Manchester Square, s'il vous plaît, dit-elle au cocher.

Si Prudence et Chastity notèrent qu'elle n'avait pas fait le moindre commentaire personnel sur Ensor, elles n'en manifestèrent rien.

De son côté, Max Ensor avait suivi d'un regard songeur les trois sœurs tandis qu'elles s'éloignaient. Il était à présent persuadé qu'Elizabeth Armitage comme lui-même avaient été l'objet d'une certaine raillerie. Elizabeth s'en était-elle aperçue ? Il en doutait. C'était si subtil – une intonation, une étincelle dans le regard – qu'il avait failli ne pas le remarquer.

Ces jeunes personnes étaient fort attrayantes. Rousses toutes les trois, dans une gamme allant de la couleur des feuilles d'automne à celle de la cannelle en passant, dans le cas de celle qui semblait la plus jeune, au roux flamboyant. Elles avaient les yeux verts, avec là aussi quelques nuances. Il trouvait que l'aînée, Constance, était la plus époustouflante des trois, mais peut-être était-ce simplement à cause de sa taille. Quoi qu'il en soit, ces trois jeunes femmes piquaient sa curiosité.

— Ce sont les filles de lord Duncan ? demanda-t-il.

— Oui, leur mère est morte voici trois ans, soupira Elizabeth. Cela a été très dur pour elles, les pauvres ! On les imaginerait volontiers mariées, à présent. Constance approche des vingt-huit ans, et je sais qu'elle n'a pas manqué de propositions.

Deux petites rides se creusèrent entre ses sourcils soigneusement épilés.

— En fait, je me rappelle un jeune homme, il y a quelques années... Une atroce tragédie. Il a été tué à la guerre, il me semble. À Mafeking, ou un autre de ces endroits imprononçables.

Elle secoua la tête, comme pour se débarrasser du continent africain dans son ensemble, y compris ses invraisemblables noms propres.

— Quant à Chastity, continua-t-elle, visiblement soulagée de revenir en terrain plus sûr, elle doit avoir vingt-six ans, et plus de soupirants qu'elle n'en peut compter.

Elle se pencha et ajouta d'un ton de conspirateur :

— Mais la mort de leur mère les a douloureusement frappées, les malheureuses. Cela s'est passé si vite ! En quelques semaines, c'était fini, Le cancer l'avait emportée.

Elle secoua la tête et prit une délicate bouchée de gâteau praliné.

— Je connais un peu le baron, dit Max en buvant une gorgée de thé. Il siège très souvent à la Chambre des lords.

— Oh, c'est un homme fort consciencieux, j'en suis certaine. Charmant, absolument charmant. Mais je persiste à penser qu'il ne remplit pas son rôle de père, répliqua Elizabeth qui se tamponnait les lèvres du coin de sa serviette brodée. Il devrait insister pour qu'elles se marient. En tout cas, Chastity et

Constance. Il ne peut tout de même pas garder trois vieilles filles dans la famille ! Prudence est un peu à part. Elle se contenterait certainement de vivre avec son père et de veiller sur lui. Elle est si raisonnable… Mais quel dommage, ces lunettes ! Cela fait paraître une femme si quelconque.

« Quelconque » n'était certes pas un qualificatif qu'Ensor aurait utilisé pour désigner l'une des trois sœurs. Et derrière les verres épais de Mlle Prudence, il avait discerné un regard extrêmement vif et lumineux.

— Puis-je jeter un coup d'œil à ce journal, madame ?

— C'est une feuille tout à fait scandaleuse, l'avertit Elizabeth en ouvrant son sac. Naturellement, tout le monde le lit, mais personne n'ose l'avouer. Je suis certaine que même Letitia le parcourt parfois.

Elle glissa discrètement le journal à son compagnon.

Max était à peu près sûr que sa sœur ne lisait rien d'autre que les menus que lui présentait sa cuisinière chaque matin, mais il se garda bien de le dire.

Le journal était correctement imprimé, mais il était évident qu'il ne sortait pas d'une presse de renom. Le papier était bon marché et la mise en page banale. Il consulta la table des matières et haussa les sourcils. Elle annonçait deux articles politiques, l'un sur les nouvelles lois concernant les licences d'alcool, et l'autre sur la limitation de vitesse pour les voitures automobiles. Pas vraiment le genre de sujets susceptibles de passionner les dames de Mayfair comme Elizabeth ou Letitia, pourtant, s'il se fiait au nom du journal, c'était bien à ce lectorat que s'adressait cette publication.

Son regard fut attiré par un encadré en caractères gras. C'était à la fois une déclaration et une question qui sautaient immédiatement aux yeux. *Les femmes contribuables réclament le droit de vote. Le gouvernement libéral le leur accordera-t-il ?*

— Il ne s'agit pas uniquement de potins et de modes, observa-t-il en désignant l'encadré.

— Cela ? Oh, oui ! Il y a toujours quelques lignes sur ces histoires de suffragettes. C'est tellement ennuyeux. Mais il y a un encadré de ce genre en première page dans chaque édition. J'y fais à peine attention. Et je ne suis pas la seule.

Max fronça les sourcils. Qui dirigeait donc ce journal ? Était-ce un forum pour ces agitatrices qui devenaient chaque jour plus exigeantes et assommaient le gouvernement avec leurs revendications ?

Les autres articles étaient plus conformes à ce que l'on pouvait en attendre : l'un d'eux traitait du célèbre illustrateur américain Charles Dana Gibson et de ses croquis de la femme idéale, baptisée la Gibson Girl. Il y avait aussi une liste des futures manifestations mondaines. Il parcourut distraitement le papier sur Gibson, cligna des yeux et approfondit sa lecture. Il croyait trouver des conseils pour atteindre la perfection de la Gibson Girl, alors qu'il découvrait une critique fort intelligente sur l'esclavage de la mode, pratiquement imposé aux femmes par les hommes.

— Qui écrit ceci ? interrogea-t-il.

— Personne ne le sait, répondit Elizabeth en tendant une main autoritaire pour récupérer ce qu'elle considérait comme son bien. C'est ce qui rend l'affaire si intéressante. Ces feuilles existent depuis au moins dix ans. Après une courte période d'interruption, elles ont paru de nouveau, plus complètes… Quel ennui de devoir l'acheter, à présent ! Avant, il y en avait toujours des exemplaires gratuits dans les vestiaires ou les salles d'attente. Mais c'était beaucoup moins intéressant, on n'y trouvait que de lassantes réflexions politiques. Le vote des femmes, et toutes ces revendications auxquelles je n'entends rien. C'est mon cher Ambrose qui s'occupe de cela, ajouta-t-elle avec un rire perlé. Ce n'est pas un sujet convenable pour les femmes.

— En effet, acquiesça fermement Max Ensor. Le monde est bien assez compliqué sans que le beau sexe se mêle de ce qui ne le regarde pas.

— C'est exactement ce que dit ce cher Ambrose.

Elizabeth eut un sourire satisfait tandis qu'elle vérifiait la bonne tenue de son chapeau d'où cascadaient des plumes blanches.

Elle jeta un coup d'œil à la petite montre émaillée épinglée à son revers et poussa un cri.

— Ciel! Il est déjà si tard? Je dois me sauver. Merci pour le thé, monsieur Ensor, j'ai passé un délicieux moment.

— Tout le plaisir était pour moi, lady Armitage. Je suppose que nous nous verrons à la soirée des Beekman? Letitia m'a instamment prié de l'y escorter.

Il se leva, s'inclina et lui tendit ses gants.

— Ce sera une délicieuse réception, j'en suis convaincue. Tout est tellement délicieux, à Londres! Vous ne trouvez pas?

— Euh... délicieux, c'est le mot.

Ensor demeura debout tandis qu'elle s'éloignait dans un léger balancement de hanches, puis il demanda l'addition, tout en songeant que l'adjectif « délicieux » devait être le favori des dames de Mayfair. Letitia ne cessait de l'utiliser à tout propos, et il ne comptait plus les fois où il était sorti de la bouche de lady Armitage en une heure.

Il aurait cependant juré que les Honorables demoiselles Duncan ne l'utilisaient jamais.

Les femmes contribuables réclament le droit de vote...

Il serait fort intéressant et instructif de découvrir qui se cachait derrière cette publication. Le gouvernement tentait d'étouffer les efforts d'un groupe de féministes fanatiques, soutenues par quelques fous, qui réclamaient à grand bruit le droit de vote pour tous. Mais il était difficile de contrôler un mouvement qui agissait de manière souterraine, et dont les véritables chefs n'étaient pas connus.

Or d'après ce qu'il venait d'en lire, cette publication destinée aux dames de Mayfair était bel et bien subversive. Le gouvernement aurait tout intérêt à y mettre un frein, ce qui ne poserait aucun problème une fois que les éditeurs seraient identifiés. Mais serait-il aisé d'y parvenir ?

Sifflotant entre ses dents, Max Ensor quitta le salon de thé et se dirigea vers Westminster.

2

— Alors, c'était quoi, ton plan, Constance ?

Prudence prit la carafe de sherry sur sa coiffeuse et en servit trois verres avant de s'asseoir devant le miroir. Les fenêtres de sa chambre laissaient entrer une légère brise qui allégeait un peu l'atmosphère étouffante de cette soirée humide. Des cris d'enfants montaient du jardin public, ainsi que des coups des battes de cricket.

Constance recousait la bordure de dentelle qui ornait ses gants de soirée. Elle ne répondit pas avant d'avoir fait un minuscule nœud et cassé le fil avec ses dents.

— Cela devrait aller, décréta-t-elle en tenant le gant dans la lumière déclinante. Ils ont quand même connu des jours meilleurs !

— Prends ma paire de rechange, suggéra Chastity, perchée sur le coussin de velours fatigué du siège de fenêtre. Ce sont ceux de mère ; ils nous appartiennent à toutes les trois.

Constance secoua la tête.

— Merci, mais ceux-là tiendront bien encore quelques soirées. Vous vous rappelez que j'évoquais les cartes que les gens accrochent dans les vitrines des marchands de journaux ? Ils proposent à la vente des petits chiens, ou des commodes… ce genre de choses.

Prudence virevolta sur son tabouret, sa houppette à la main.

— Et ?

— Eh bien, je suis allée chez deux marchands de journaux de Baker Street, ce matin, et chacun avait une annonce sur sa porte. Pas des annonces banales, mais des gens qui cherchaient des gens.

Chastity plissa le front.

— Je ne te suis pas.

— La première venait d'un homme à la recherche d'une femme. Veuve de préférence, la quarantaine, avec ou sans enfant, qui souhaiterait trouver un compagnon et la sécurité pour la fin de sa vie. En échange, elle tiendrait sa maison et veillerait à ses besoins... Je ne sais pas exactement ce que recouvrait cette dernière proposition, ajouta-t-elle avec un sourire. Quoi qu'il en soit, continua-t-elle devant l'expression perplexe de ses sœurs, chez l'autre marchand, c'était...

— Oh, je vois ! coupa Chastity. Une femme qui correspondait à la description et était en quête d'un compagnon.

— Tout juste. Naturellement, je n'ai pas pu résister. Il y avait ces deux annonces, dans deux vitrines différentes, et jamais ces deux personnes ne se rencontreraient si quelqu'un ne s'en mêlait.

— Qu'as-tu fait ? risqua Prudence en se poudrant le nez à l'endroit où ses lunettes marquaient la peau.

— Je les ai copiées et accouplées, si bien que les vitrines ont maintenant chacune les deux cartes. Quand leurs auteurs viendront vérifier, c'est ce qu'ils découvriront... Ensuite, à eux de se débrouiller, conclut-elle en riant.

— Je reconnais que tu as accompli ta bonne action de la journée, dit Prudence, mais je ne vois pas le rapport avec l'état lamentable de nos finances.

— Tu ne penses pas que les gens seraient prêts à payer pour qu'on les mette en rapport avec un partenaire qui leur convienne ?

Constance guetta la réaction de ses sœurs.

— Tu veux dire que nous jouerions les *marieuses* ?

Chastity croisait et décroisait les chevilles, geste familier quand elle réfléchissait.

— C'est à peu près ça, admit Constance en haussant les épaules. Mais je songeais plutôt à un rôle d'intermédiaire. Quelqu'un qui facilite les rencontres, porte les messages, ce genre de services. Comme ce que j'ai fait ce matin.

— Et nous nous ferions payer ? demanda Prudence qui nouait ses longs cheveux en chignon.

— Oui. Nous pourrions passer une petite annonce publicitaire dans le *Mayfair Lady*, prendre une poste restante afin d'assurer la discrétion…

— Et surtout notre anonymat, coupa Chastity en rejoignant sa sœur pour l'aider à se coiffer.

— Bien entendu !

— L'idée est originale, murmura Prudence en tendant les épingles d'écaille à Chastity. Je vote pour.

— Moi aussi, renchérit Chastity. Je porte le prochain numéro chez l'imprimeur demain. J'ajouterai l'annonce à la dernière page.

Elle fixa une dernière boucle au chignon élaboré de Prudence et contempla attentivement son œuvre dans le miroir.

— Je pense qu'il vaudrait mieux la mettre en première page, déclara Constance. Du moins au début, pour attirer l'attention. Comment pourrions-nous appeler ce service ? Il faut que cela accroche le regard.

— Pourquoi pas tout simplement L'Intermédiaire ? C'est bien ce que nous offrons.

— Pourquoi pas, en effet ? Qu'en penses-tu, Prudence ?

— Cela me va.

Prudence admirait dans la glace le travail de sa sœur.

— Tu es vraiment douée, Chastity…

— Je devrais peut-être ouvrir un salon de coiffure !

Où est le fer à friser ? Il te faut quelques anglaises autour du visage.

Constance se leva.

— Je l'ai laissé dans ma chambre. Je vais le chercher.

Elle s'arrêta un instant pour contempler son reflet dans la psyché. Sa robe du soir de soie crème tombait en un riche drapé jusqu'à ses escarpins de chevreau. Le décolleté bordé de dentelle couleur café dégageait ses épaules, et un ruban de satin de la même teinte soulignait sa taille dont la finesse ne devait rien aux baleines du corset.

— Le ruban et la dentelle ont complètement transformé cette toilette, commenta-t-elle. Je la reconnais à peine, pourtant c'est sa troisième saison.

— Quoi que tu portes, tu seras toujours élégante, fit remarquer Chastity. Les gens se retourneraient sur toi même si tu étais vêtue de haillons.

— Quelle vile flatteuse ! lança Constance en quittant la chambre.

— C'est pourtant la vérité, protesta Chastity.

— Oui, mais le charme de Constance vient en partie de ce qu'elle n'en semble pas consciente. Une fois coiffée et habillée, elle ne se regarde plus dans un miroir de toute la soirée.

Prudence chaussa ses lunettes et s'observa à son tour, après avoir lissé ses sourcils du bout des doigts.

— Je me demande si Max Ensor sera chez les Beekman, reprit-elle.

— Pourquoi ? s'étonna Chastity.

Prudence parlait rarement à la légère.

— Oh, comme ça... Mais Constance est particulièrement jolie, ce soir.

— Tu ne penses tout de même pas qu'il lui plaît ?

— Il est très, très bel homme, avec sa chevelure poivre et sel et ses yeux si bleus. Avoue qu'on le remarque.

— Certes. Mais Constance ne s'est pas intéressée sérieusement à un homme depuis la mort de Douglas. Elle s'amuse, mais le cœur n'y est pas.

Les deux sœurs se turent un instant, songeuses.

— Elle ne va tout de même pas le pleurer jusqu'à la fin de ses jours, observa Prudence au bout de quelques instants. Elle ne semble plus éprouver de chagrin, mais elle souffre toujours, au fond. Comme si elle considérait qu'aucun homme n'arrive à la cheville de Douglas.

— Quand je vois les célibataires qui gravitent autour de nous, je ne suis pas loin de partager son avis, déclara fermement Chastity.

— Tu marques un point, reconnut Prudence. Mais j'ai senti de l'électricité dans l'air, cet après-midi, chez *Fortnum and Mason.*

— Oh, c'est juste que Constance adore taquiner Elizabeth Armitage.

— Probablement... Cette chère Elizabeth est tellement *délicieuse* !

Prudence imitait à la perfection l'accent maniéré de la dame, et Chastity éclata de rire.

— Père dîne avec nous, ce soir? s'enquit-elle. Je suis certaine que nous ne le verrons pas chez les Beekman. Il n'est pas emballé par les cantatrices.

— Tu veux dire celles qui vont aux soirées de Mayfair, rétorqua Prudence. Celles qu'on appelle par euphémisme les chanteuses d'opéra sont beaucoup plus son style.

Chastity haussa les sourcils devant la remarque caustique.

— Il est comme il est, fit-elle, indulgente.

— De qui parlez-vous? demanda Constance qui revenait avec le fer à friser. Oh, de père?

— Prudence l'accusait de fréquenter assidûment les demi-mondaines.

— C'est certain. Mais mère ne lui en aurait pas voulu, il est veuf depuis trois ans.

Constance posa le fer sur le petit trépied, dans la cheminée, où brûlait un feu à cet effet.

— Je ne lui reproche que l'argent que cela coûte, rétorqua Prudence avec une pointe d'acidité. Nous n'avons pas de nouvelles robes, pendant qu'une quelconque chanteuse d'opéra ou autre se promène vêtue à la dernière mode, couverte de bijoux…

— Voyons, Prudence, tu n'en sais rien, la réprimanda Chastity.

— Tu crois ? Il y avait une vertigineuse facture de *Penhaligon*, l'autre jour, pour un parfum que je n'ai jamais senti sur l'une d'entre nous.

— Pose-lui la question au dîner, s'il est là, suggéra Constance. Tu verras bien ce qu'il répondra.

— Oh, non, certainement pas ! répliqua Prudence en secouant vigoureusement la tête. Je redoute trop ses accès de colère. Tu sais qu'il déteste me voir fourrer mon nez dans ses factures.

— Ses cris ne me gênent pas plus que cela, intervint Chastity qui enroulait les mèches de sa sœur autour du fer chaud. En revanche, ce que je ne supporte pas, c'est quand il prend cet air si triste et qu'il évoque d'un ton de reproche notre *chère maman* qui n'aurait pas imaginé une seconde se mêler de ses affaires, et moins encore de ses dépenses.

— Je suis d'accord, acquiesça Prudence. Demande-le-lui si tu veux, Constance, mais n'espère aucun appui de ma part. Je veux bien me débrouiller avec les dépenses de la maisonnée, mais quant à intervenir dans ses comptes personnels… jamais !

— Je serai muette comme une tombe, promit Constance. Sommes-nous prêtes ?

Comme elles descendaient le grand escalier incurvé pour rejoindre le hall de marbre, le digne Jenkins surgit de l'ombre, comme s'il les attendait.

— Puis-je vous dire un mot, mademoiselle Prudence ?

Il recula aussitôt sous la courbe des marches.

— Certainement, répondit-elle en le rejoignant. Des problèmes ?

— Monsieur le baron, mademoiselle. Le vin pour ce soir...

Jenkins gratta son long menton pointu. Grand, maigre, il affichait une silhouette spectrale que sa pâleur, ses vêtements noirs et sa manie de se tenir dans l'ombre ne faisaient qu'accentuer.

— Lord Duncan a exigé deux bouteilles de Saint-Estèphe 1994 pour le dîner.

— Et, bien sûr, il n'y en a plus à la cave, soupira Constance.

— Tout juste, mademoiselle Constance. Nous l'avons terminé il y a déjà quelques mois, et lord Duncan m'avait ordonné de le remplacer, mais ce vin atteint des prix astronomiques, à présent. Lorsque lord Duncan a acheté les premières bouteilles, elles étaient tout à fait abordables, mais maintenant qu'elles sont bonnes à déguster, c'est une autre histoire ! Je n'ai même pas essayé de passer la commande à *Harper*, avoua-t-il en secouant tristement la tête. J'espérais que lord Duncan avait oublié.

— Vous rêviez ! Père a une mémoire d'éléphant.

— Vous ne pouvez pas y substituer un autre vin, en le mettant en carafe ? suggéra Chastity, qui se reprit aussitôt. Non, bien sûr que non. Il s'en apercevrait forcément.

— Pourquoi ne pas lui dire qu'il n'y avait plus de ce cru chez *Harper*, mais que vous aviez omis de l'en informer ? proposa Prudence. Que pourriez-vous trouver pour le consoler ?

— J'ai monté deux bouteilles de bordeaux rouge qui devraient se marier parfaitement avec la fricassée de poulet de Mme Hudson, dit Jenkins. Mais je ne voulais pas en parler à monsieur le baron avant d'avoir eu votre avis.

— Qui prévoit peut prévenir, déclara Constance avec une petite grimace. Nous lui dirons que nous étions au courant.

— Merci, mademoiselle Constance... Je crois que lord Duncan est déjà au salon. Je vais chercher le sherry.

Les trois jeunes femmes se dirigèrent vers le salon situé à l'arrière de la demeure. Une pièce charmante, dont l'élégance n'était qu'à peine ternie par l'usure des tapis sur le parquet de chêne, les tons fanés des tapisseries et les marques du temps sur les lourdes tentures de velours.

Les hautes fenêtres étaient ouvertes sur une vaste terrasse à rambarde de pierre qui courait tout le long de la maison, surplombant un petit jardin fleuri qui scintillait encore d'humidité. Au-delà du mur de brique rosi par les derniers rayons du soleil, on entendait le murmure confus de la ville.

Lord Duncan se tenait devant la cheminée de marbre, les mains croisées dans le dos. Sa tenue de soirée était, comme toujours, impeccable, son gilet d'un blanc éblouissant, le plastron de sa chemise parfaitement plissé, et le haut col amidonné relevait son menton un peu lourd, au-dessus de la cravate blanche. Il accueillit ses filles d'un sourire accompagné d'un courtois signe de tête.

— Bonsoir, mes chéries. J'ai eu envie de dîner à la maison, ce soir. Voulez-vous que nous prenions l'apéritif sur la terrasse ? La soirée est agréable, après la pluie de la journée.

— En effet, j'ai été surprise par l'averse, dit Constance qui embrassa son père sur la joue avant de s'écarter afin de laisser ses sœurs répéter le cérémonial. J'étais trempée lorsque je suis arrivée chez *Fortnum*.

— Vous y avez pris le thé ? s'enquit lord Duncan avec un sourire indulgent. Et des gâteaux à la crème, je parie...

— C'est surtout Chastity qui a mangé des gâteaux, dit Constance.

— Et Prudence ! s'exclama sa sœur. Je n'étais pas la seule gourmande.

— En tout cas, vous êtes toutes les trois ravissantes, ce soir, les complimenta leur père.

Il sortait sur la terrasse lorsque Jenkins pénétra dans la pièce. Le domestique jeta un coup d'œil interrogateur à Constance.

— Au fait, père, nous avons croisé Jenkins dans le hall, dit-elle en hâte. Il était ennuyé parce qu'il avait oublié de vous informer que *Harper* n'avait plus de ce saint-estèphe que vous aviez demandé pour ce soir.

Prudence s'approcha.

— Il propose à la place un bordeaux 1998 qui se mariera parfaitement avec la fricassée de poulet.

Une ombre de contrariété bouleversa quelque peu la contenance digne de lord Duncan.

— Quel dommage ! Il était particulièrement savoureux.

Il se tourna vers le majordome.

— J'espère que vous leur avez dit de nous livrer tout ce qu'ils pourraient trouver dès que possible, Jenkins.

— Je l'ai fait, monsieur le baron, mais ils doutent de pouvoir en retrouver. Il s'agissait d'un petit millésime, si j'ai bien compris.

Lord Duncan prit un verre sur le plateau que lui présentait Jenkins et contempla d'un air sombre une jarre de terre dans laquelle s'épanouissaient des pétunias. Il y eut un bref silence durant lequel tout le monde, sauf lui, retint son souffle. Enfin il porta le verre à ses lèvres.

— Allons, ce sont les épreuves de la vie, soupira-t-il. Que faites-vous ce soir, les filles ?

La crise avait été évitée, et Jenkins rentra à l'intérieur tandis que les trois jeunes femmes exhalaient un discret soupir de soulagement.

— Nous nous rendons à une soirée musicale chez les Beekman, répondit Chastity. Il y aura une cantatrice.

— J'imagine que vous ne tenez pas à nous y accompagner, père ? demanda Constance avec une pointe de malice.

— Grands dieux non ! Ce n'est pas du tout mon style de distraction. Non, non, j'irai à mon club, comme d'habitude. Jouer au bridge...

Il eut un froncement de sourcils irrité qui montrait qu'il était encore contrarié par cette histoire de saint-estèphe.

— Je ne comprends pas pourquoi vous n'êtes pas mariées, déclara-t-il soudain. Vous n'avez pourtant aucune tare.

— Le problème, ce sont peut-être les prétendants potentiels, fit remarquer Constance avec un doux sourire.

Son père se rembrunit davantage. Il se rappelait la mort prématurée de lord Douglas Spencer. Il n'aimait guère évoquer les mauvais souvenirs, et Constance n'avait jamais montré de désespoir excessif quand elle avait perdu son fiancé... en tout cas devant lui. Toutefois, il était assez fin pour comprendre que sa réponse était une façon discrète de lui reprocher sa remarque étourdie.

Il toussota.

— Après tout, c'est votre affaire, marmonna-t-il, un peu bourru. Allons dîner.

Le repas se déroula sans autre incident. Lord Duncan but son bordeaux sans se plaindre, et n'émit qu'une brève critique sur la pauvreté du plateau de fromages.

— Jenkins, auriez-vous l'obligeance de demander à Cobham d'amener la voiture dans une demi-heure ?

pria Constance alors que ses sœurs et elle se levaient de table pour laisser leur père à son porto et à ses cigares.

— Certainement, mademoiselle Constance.

— Au fait, je voulais vous dire... J'ai l'intention d'acheter une voiture automobile, annonça lord Duncan. J'en ai assez des chevaux. Nous serions à Romsey Manor en moins de quatre heures, vous vous rendez compte ?

— Une voiture à moteur ? s'écria Prudence. Vous n'y pensez pas, père !

— Et pourquoi ? Il faut vivre avec son temps, ma chère Prudence. Dans quelques années, tout le monde roulera en automobile.

— Mais le prix...

Sa voix s'éteignit tandis que son père s'empourprait de façon inquiétante.

— En quoi cela vous regarde-t-il, mademoiselle ?

— En rien, répondit Prudence avec un petit geste désinvolte. Rien du tout, bien sûr !

Elle passa devant ses sœurs, les dents serrées.

— Il est impossible ! grinça-t-elle dès qu'elles furent dans le hall. Il sait bien que nous sommes à court d'argent.

— Je n'en suis pas sûre, dit Chastity. Il rejette tout ce qui touche à la vie matérielle depuis la mort de maman.

— De toute façon, nous n'y pouvons rien dans l'immédiat, intervint Constance. Il met toujours du temps pour mener ses projets à bien, alors, attendons de voir... Dépêchons-nous, sinon nous allons rater le récital.

Prudence ne se dérida pas lorsqu'elles allèrent chercher leurs capes à l'étage et redescendirent dans le hall où Jenkins leur ouvrit la porte. À côté de la calèche, un vieux cocher sifflotait distraitement.

— Bonsoir, Cobham, dit Chastity en souriant tandis qu'il l'aidait à monter en voiture. Nous allons chez les Beekman, à Grosvenor Square.

— Parfait, mademoiselle Chastity. Bonsoir, mesdames.

Prudence et Constance rejoignirent leur sœur dans le véhicule.

— Savez-vous que lord Duncan a l'intention d'acheter une automobile ? demanda Constance au cocher lorsqu'il fut remonté avec peine sur son siège.

— Oui, mademoiselle, il m'en a touché un mot l'autre matin, quand je l'emmenais à son club. Je crois que je serais un mauvais conducteur. Trop vieux pour apprendre ces nouvelles techniques... pas de temps pour ces machines ultramodernes. Qu'est-ce qui va arriver aux chevaux, si on n'a plus besoin d'eux ? On va tous les mettre au pré ? Et moi avec, c'est sûr...

— S'il en parle encore, essayez de le persuader que ce n'est pas une bonne idée, suggéra Prudence.

Cobham acquiesça tout en faisant claquer son fouet.

— Ça coûte cher, les moteurs !

La demeure des Beekman était brillamment éclairée, dedans comme dehors. Un valet s'occupait de la circulation, tandis que trois autres, munis de lanternes, accompagnaient les invités jusqu'à la grande porte.

— Ah, voici les Honorables demoiselles Duncan, fit une voix familière derrière elles alors qu'elles gravissaient les marches. Quel plaisir de vous revoir !

Constance fut la première à se retourner, et la première aussi à se rendre compte qu'elle avait réagi avec plus de vivacité que de coutume. Elle opta pour un sourire de pure forme et un bref signe de tête.

— Monsieur Ensor.

Elle se tourna avec un intérêt anormalement marqué vers la jeune femme qui l'accompagnait.

— Letitia, vous êtes splendide. Quelle élégance !

Votre robe sort-elle des ateliers de Paquin ? Cette touche dorée porte sa signature. Voilà des semaines que nous ne vous avons vue. Étiez-vous à la campagne ?

— Oui. Bertie a insisté pour que nous allions nous-mêmes chercher Pamela dans le Kent, où elle a passé quelques semaines. Elle s'y ennuie vite, vous savez comment sont les enfants. Sa gouvernante s'arrache les cheveux, elle ne sait plus à quoi l'occuper.

Constance hocha la tête d'un air compréhensif, mais elle ne put s'empêcher de froncer brièvement les sourcils. Une réaction spontanée, sans doute héritée de sa mère, qui trahissait son agacement. Elle sourit avec l'espoir que Letitia n'aurait rien remarqué, et continua à monter les marches.

— Puis-je vous débarrasser de votre cape, mademoiselle Duncan ?

Ils venaient de pénétrer dans le grand hall à colonnes. Ensor contourna Constance et, avec assurance, tendit la main vers l'agrafe qui fermait le vêtement de soie.

— Merci.

Elle était interloquée. Les hommes ne se permettaient généralement pas ce genre de familiarité sans y avoir été priés. Letitia était en grande conversation avec ses sœurs, et elle n'avait visiblement plus besoin de son escorte.

Max sourit, plia le manteau sur son bras et chercha du regard un valet à qui le remettre.

— J'ai eu le sentiment que vous n'approuviez pas l'attitude de ma nièce vis-à-vis de sa gouvernante, hasarda-t-il en se débarrassant de sa cape noire doublée de soie écarlate.

— Mes satanés sourcils ! soupira-t-elle.

Il éclata de rire.

— Ils sont fort éloquents, en effet.

Constance haussa les épaules.

— J'ai des idées assez arrêtées sur l'éducation des femmes. Je ne vois pas pourquoi les filles ne devraient pas étudier autant que les garçons.

Elle vit une petite étincelle s'allumer dans le regard bleu de Max Ensor et en fut déconcertée. Se moquait-il d'elle ? De son opinion ?

Elle se hérissa quelque peu et poursuivit, plutôt sèchement :

— Je ne peux que supposer que votre nièce a une gouvernante incompétente. Soit elle n'arrive pas à rendre ses leçons intéressantes, soit elle est incapable d'obliger son élève à l'écouter.

— Je crains que la faute n'en incombe à la mère de Pamela, répondit Max, qui semblait tout à fait sérieux en dépit de la lueur amusée qui s'attardait dans son regard.

Il offrit le bras à Constance pour rejoindre la galerie, à l'étage, d'où provenaient les accords d'une valse de Chopin.

— Elle interdit que l'on soumette cette enfant à toute forme d'autorité ou de discipline. Ce que Pamela ne veut pas faire, Pamela ne le fait pas.

Constance leva les yeux vers lui. Son visage exprimait à présent une sévère désapprobation.

— Vous n'aimez pas votre nièce ?

— Oh, si, je l'aime beaucoup. Ce n'est pas sa faute si elle est trop gâtée. Dieu merci, elle n'a que six ans, alors j'ai l'espoir que tout cela s'arrangera.

Il s'exprimait avec l'aplomb que confère l'expérience, et la curiosité de Constance l'emporta sur son goût de la contradiction.

— Avez-vous des enfants, monsieur Ensor ?

Il secoua vigoureusement la tête, comme si la question était absurde.

— Non. Je n'ai même pas de femme, mademoiselle Duncan.

— Je vois…

Quel âge avait-il ? Elle lui jeta un bref coup d'œil tandis qu'ils se tenaient sur le seuil du salon en attendant que l'appariteur les annonce.

Il semblait approcher des quarante ans, peut-être les avait-il même légèrement dépassés. Il était en tout cas un peu vieux pour entamer une carrière parlementaire, et il avait l'âge où l'on s'attend à trouver une épouse près de la cheminée et une maison pleine de rejetons. Peut-être avait-il été marié. Ou alors, il avait connu une folle passion illicite qui s'était terminée tragiquement… Constance chassa bien vite cette idée bêtement romantique. Ce n'était pas son genre, pourtant !

— L'Honorable Mlle Duncan… Le Très Honorable M. Max Ensor ! psalmodia l'appariteur.

Ils se dirigèrent vers leur hôtesse qui jaugea Max d'un regard perçant. Elle avait deux filles à marier et tout nouveau mâle devenait un époux potentiel. Elle se contenta d'un bref signe de tête à Constance dont le statut de célibataire faisait une rivale possible. Puis, avec une habileté consommée, elle soumit Max à un interrogatoire en règle.

Constance, qui connaissait par cœur les tactiques d'Arabella, sourit poliment et s'éloigna afin d'aller saluer quelques amis. Elle prit une coupe de champagne, puis se surprit à observer Max Ensor. À son grand étonnement, il ne lui fallut pas plus de cinq minutes pour se dérober à l'insatiable curiosité de leur hôtesse. Un record !

Il s'immobilisa un instant, parcourut la pièce des yeux, et se dirigea droit sur Constance. Sans doute avait-il senti qu'elle le regardait. Gênée, elle se détourna et s'adressa à un grand garçon dégingandé que son visage boutonneux et sa timidité maladive mettaient à l'écart dans ce genre de réception.

— Je viens d'être cuisiné comme il se doit, annonça Max en la rejoignant. Oh, vous avez terminé votre champagne.

Il lui prit sa coupe des mains et la remit au jeune homme avec un sourire autoritaire.

— Vous devez toujours veiller à ce que votre compagne ne manque de rien, vous savez. Allez chercher un autre verre de champagne pour Mlle Duncan.

Constance s'apprêtait à protester, mais le malheureux bredouilla une excuse et s'esquiva.

— Je n'ai pas envie d'un autre verre, dit-elle sans cacher sa contrariété.

— Mais bien sûr que si ! Sinon, comment aurais-je pu vous débarrasser de votre chevalier servant ?

— Il ne vous est pas venu à l'idée que je ne souhaitais peut-être pas en être débarrassée ? rétorqua-t-elle d'un ton acide.

Il haussa les sourcils, incrédule.

— Allons, mademoiselle Duncan…

Constance ne put s'empêcher de rire.

— Ce pauvre garçon est si timide que la simple charité commande de lui adresser la parole. Avez-vous compris qu'Arabella Beekman essayait de vous jauger en tant que futur époux pour l'une de ses filles ?

— Je me suis douté qu'il y avait anguille sous roche, en effet.

— Et vous êtes sur le marché du mariage ? questionna-t-elle sans réfléchir.

Il prit deux coupes sur le plateau que leur offrait un serveur et en tendit une à Constance. Du coin de l'œil, il vit le jeune homme maigre qui s'était arrêté à quelques mètres, un verre plein à la main, l'air déconfit.

— Je n'y ai jamais vraiment réfléchi, répondit-il enfin. Et vous, mademoiselle Duncan ?

— Je suppose qu'une question impertinente en appelle une autre, répliqua-t-elle après une seconde d'hésitation.

— De même qu'une réponse honnête.

Il avait raison. C'était elle qui avait sottement lancé la conversation sur ce terrain, c'était à elle d'y mettre un terme. Le sujet lui était trop pénible pour qu'elle eût envie de s'y attarder. Elle eut un geste désinvolte.

— Disons, monsieur Ensor, que je ne *cherche* pas un mari, mais que je ne suis pas fondamentalement opposée à l'idée du mariage.

— Ah... Et vos sœurs partagent votre point de vue ?

— Je ne me risquerais pas à parler en leur nom.

— Non... Eh bien, c'est peut-être tout à fait respectable. Toutefois, il est inhabituel de rencontrer trois sœurs séduisantes...

Il laissa sa phrase en suspens, comme s'il s'était soudain rendu compte qu'il allait se montrer blessant. Il venait de se dire que cette lectrice du *Mayfair Lady* partageait sans doute les idées politiques du journal.

Constance but une gorgée de champagne.

— Trois sœurs qui envisagent sereinement un avenir sans époux, termina-t-elle à sa place.

Sa voix était posée, mais elle se réjouissait à l'avance de l'affrontement à venir. Elle se sentait dans son élément.

— Le célibat n'est généralement pas ce que désirent les jeunes femmes de votre âge.

Sous son apparente désinvolture, il était extrêmement curieux de connaître les opinions de Constance Duncan.

— Les femmes ne possèdent pas les qualités nécessaires pour diriger leurs propres affaires, reprit-il. Je dirais même que cela leur est déconseillé.

Malgré le plaisir que lui procurait le défi à relever, Constance en eut le souffle coupé. C'était vraiment la déclaration la plus présomptueuse, la plus suffisante, la plus arrogante qu'il lui ait été donné d'entendre ! Sans aucune équivoque, il refusait la plus infime possibilité qu'il pût exister une autre façon de voir les choses.

— Déconseillé ? répéta-t-elle, incapable de feindre plus longtemps la nonchalance.

— Eh bien, oui, répondit-il sans paraître remarquer son indignation. Les femmes ne sont pas éduquées pour se mêler de problèmes financiers ou professionnels. Et c'est bien ainsi. Chacun son rôle. Les hommes se chargent des finances, tandis que les femmes sont plus douées pour diriger une maisonnée, s'occuper des enfants et… et se distraire, naturellement, ajouta-t-il en riant.

— Et dorloter leurs époux… Veiller à tous leurs désirs, naturellement, termina Constance, une lueur dangereuse dans le regard.

— Il est bien normal qu'un homme s'attende à quelques gâteries, en échange de la sécurité et des petits conforts dont les femmes ne peuvent se passer.

Cet individu outrecuidant n'était même pas digne d'une discussion.

— Je crois que la musique commence, déclara Constance. Letitia essaie d'attirer votre attention. Sans doute aura-t-elle besoin de votre protection pendant le récital.

Les yeux verts de Constance lançaient des éclairs, et Max eut la désagréable impression de se trouver dans une cage avec un tigre. Il était peut-être allé un peu loin.

— Nous ne partageons pas les mêmes idées, apparemment, fit-il avec un sourire conciliant.

— Quelle perspicacité, monsieur Ensor ! Si vous voulez bien m'excuser, je dois rejoindre mes sœurs.

Elle s'éloigna dans un tourbillon de soie crème, et sa chevelure d'un roux foncé lui parut soudain plus flamboyante.

Une femme à manier avec précaution, sans aucun doute. Pensif, Max céda enfin aux injonctions de sa sœur.

3

Constance bouillonna littéralement tout le temps que dura le récital, et ce malgré la voix divine de la soprano. Ses sœurs, qui l'encadraient, étaient conscientes de sa distraction. Prudence ne cessait de lui jeter de brefs coups d'œil et s'inquiétait de lui voir crisper les mains sur ses genoux.

À la fin de la prestation, Constance demeura assise sur sa chaise dorée jusqu'à ce que Chastity la secoue doucement.

— Constance ? Constance, c'est fini.

— Oh…

La jeune femme cligna des yeux comme si elle sortait d'un profond sommeil.

— C'était merveilleux, n'est-ce pas ? dit-elle.

— Comment le saurais-tu ? riposta Prudence. Tu n'as rien écouté.

— Bien sûr que si ! se défendit sa sœur en se levant. Mais j'en ai assez pour ce soir. Prenons congé.

— Tu te sens bien ? s'enquit Prudence, soucieuse.

— Une légère migraine. Rien de méchant, mais je serai heureuse de retrouver mon lit. Arabella est près de la porte, dépêchons-nous d'aller la saluer.

Elle se hâta vers leur hôtesse afin de la remercier avant les autres invités.

Après avoir échangé un coup d'œil entendu, Prudence et Chastity la suivirent sans protester.

— Vous nous quittez déjà, ma chère Constance ?

s'exclama Arabella. Le souper va être servi dans quelques minutes.

— Un début de migraine, expliqua Constance en portant la main à sa tempe avec un sourire las qu'elle espéra convaincant alors qu'elle se sentait revigorée par sa colère. La soirée était très réussie, Arabella.

— Cette cantatrice n'est-elle pas absolument délicieuse ? Une voix sublime… tout simplement sublime. J'ai eu de la chance de pouvoir l'attraper.

« Comme un papillon dans un filet », songea Constance.

Les trois sœurs se dirigèrent sans tarder vers l'escalier, l'air frais et la liberté.

— Mesdemoiselles Duncan ! Vous partez si tôt ?

Max Ensor se fraya un chemin jusqu'à elles.

— Permettez-moi d'envoyer chercher votre voiture ?

— Inutile, monsieur Ensor. L'un des valets de pied s'en chargera, répondit Constance en lui tendant sa main gantée. Je vous souhaite une bonne nuit.

— Laissez-moi au moins m'occuper de votre vestiaire, mesdames, insista-t-il en gardant un instant les doigts fins dans les siens.

Elle se dégagea d'un geste sec.

— C'est absolument superflu, je vous assure. Je sais que vous êtes impatient d'aller vous restaurer.

— Dans ce cas, vous en savez plus que moi. Je n'ai absolument pas faim.

— Oh… Eh bien, bonne nuit, répéta-t-elle fermement en se tournant vers l'escalier.

— Pourrai-je venir vous rendre visite, mesdames ? demanda Max en s'adressant à Prudence.

— Certainement, répondit celle-ci. Nous recevons le mercredi à partir de 15 heures, et nous serons enchantées de vous voir.

Elle lui tendit la main tout en lui décochant un regard empreint de curiosité, puis s'empressa de suivre ses sœurs.

— Alors, que s'est-il passé ? voulut-elle savoir tandis qu'elles attendaient leur attelage sur le porche.

— De quoi parles-tu ? fit Constance, qui scrutait la rue.

— Tu le saïs très bien. Tu as traité Max Ensor plutôt fraîchement.

— Pas du tout ! Je le connais à peine, il n'y a pas de raison pour que je me comporte avec lui comme si nous étions des amis de longue date... Si vous voulez tout savoir, ajouta-t-elle devant l'expression sceptique de ses sœurs, c'est l'individu le plus arrogant, le plus prétentieux, le plus suffisant avec lequel il m'ait été donné de m'entretenir.

— Oh, intéressant ! Et qu'a-t-il dit pour mériter ce verdict ?

Constance attendit pour répondre qu'elles soient montées dans la calèche. Elle raconta en deux mots sa conversation avec le Très Honorable Max Ensor.

— Mère n'en aurait fait qu'une bouchée, s'esclaffa Chastity.

— Nous allons bien nous amuser s'il vient nous rendre visite, renchérit Prudence, l'œil pétillant. Nous lui tendrons une embuscade.

— Tu ne l'as pas invité, j'espère ?

— Il m'a demandé la permission de venir nous voir.

Constance fit la grimace.

— Eh bien, s'il se présente chez nous, l'accueil sera plutôt froid.

— Nous devrions peut-être essayer de le convertir, suggéra Chastity. C'est ce que mère aurait fait.

— Il n'en vaut pas la peine. Mère ne gaspillait jamais son temps pour des causes perdues d'avance.

— C'est un membre du Parlement, rappela Prudence. Il pourrait se révéler un allié fort utile.

Une lueur s'alluma dans les yeux de Constance.

— Tu as raison dit-elle lentement. Le Très Honorable représentant de Southwold découvrira que certaines femmes de la société londonienne ne ressemblent pas à ses stéréotypes… S'il vient mercredi.

— Tu n'as pas vraiment la migraine, n'est-ce pas ?

— Cette migraine avait nom Max Ensor. Et, curieusement, elle a fondu comme neige au soleil.

— Tant mieux, fit Chastity. Parce que nous devons rédiger la réclame pour L'Intermédiaire, et relire les textes que je remettrai demain matin à l'imprimeur.

— Ce sera fait ce soir.

La calèche s'arrêta devant la maison, et Jenkins ouvrit la porte avant que Constance ait eu le temps de prendre ses clés.

— Vous nous avez vues arriver ? s'étonna-t-elle.

— Je vous guettais, mademoiselle Constance.

— Lord Duncan est-il là ?

— Non, mademoiselle Prudence. Il est allé à son club, et il a dit qu'il était inutile de l'attendre.

Les sœurs savaient que leur père rentrait souvent aux petites heures du matin, mais ne se souciaient pas de savoir où il passait ses nuits.

— La soirée était agréable ? s'enquit le majordome.

— Excellente, merci, répondit Prudence. Enfin, pour Chastity et moi. Pour Constance, ce n'est pas certain. Bonne nuit, Jenkins.

— Bonne nuit, mademoiselle Prudence.

Il attendit qu'elles aient monté l'escalier pour éteindre les lumières, ne laissant qu'une lampe brûler sur un guéridon.

Le petit salon qui se trouvait à l'étage, sur le devant de la maison, était autrefois le boudoir privé de lady Duncan. À présent, il servait uniquement aux trois jeunes femmes. Il était un peu fané, le mobilier avait connu des jours meilleurs, les tentures étaient décolorées par le soleil, mais il y avait des bouquets de fleurs fraîches un peu partout, ainsi qu'un aimable fouillis de livres, de magazines, de trousses de couture. Comme d'habitude, une casserole de lait ne demandait qu'à être posée sur le petit réchaud à alcool.

— Sandwichs au jambon, et les fabuleux macarons de Mme Hudson, annonça Chastity en soulevant la serviette qui couvrait un plateau. Pendant que le lait chauffe, ajouta-t-elle après avoir allumé le réchaud, jetons un œil aux épreuves.

Elle fouilla parmi un tas de feuilles, sur le secrétaire.

— Ah, les voilà !

Constance se percha sur l'un des accoudoirs du canapé Chesterfield et parcourut les papiers que lui remettait sa sœur.

— Vous savez ce qui serait drôle... ?

— Non ?

— Écrire un article sur la soirée à laquelle nous venons d'assister ! Il y avait... quoi ? Un peu moins de cent personnes. Cela fait peu de monde, mais tout ce qui compte dans la bonne société était là, avec un seul nouveau venu : Max Ensor. En tant que frère de Letitia et membre du Parlement, on ne peut pas dire que ce soit un inconnu. Ce sera comme lâcher un renard dans le poulailler. L'article aura forcément été écrit par un invité. Vous imaginez les questions que les gens vont se poser sur son auteur ?

— Excellente publicité, approuva Prudence. Les détails d'une soirée privée sont bien plus difficiles à obtenir que ceux des importantes manifestations, comme un mariage, ou un grand bal. Dans ces derniers cas, il y a toujours des gens qui réussissent à s'infiltrer. Ce soir, c'était différent.

— Les lecteurs se battront pour obtenir un exemplaire, assura Chastity. Nous devrions doubler le tirage. Qui va rédiger l'article ?

— Moi, déclara Constance, un petit sourire aux lèvres. J'en ai déjà les grandes lignes en tête.

— Je ne suis pas certaine que tu sois à même d'évoquer le récital, objecta Prudence. Tu n'as rien écouté.

Constance repoussa l'objection d'un geste de la main.

— Je ne ferai qu'effleurer ce sujet. De toute façon, ce n'est pas cela qui intéresse les gens. Ce sont les détails qui n'ont pu être observés que par un invité.

Chastity plissa les yeux.

— Toi, tu as une idée derrière la tête.

— Peut-être... Mais occupons-nous d'abord de l'annonce pour L'Intermédiaire.

— Tu veux du chocolat dans ton lait, Chastity ? demanda Prudence.

— Oui, s'il te plaît.

— Comment pouvez-vous avaler ce truc ? s'étonna Constance. Je vais plutôt me servir un cognac.

— Chacun ses goûts.

Prudence cassa le chocolat dans une petite casserole. Quelques minutes plus tard, elle rejoignait ses sœurs sur le canapé, avec deux tasses fumantes.

Constance se servit une goutte de cognac, prit un sandwich et posa son assiette sur un guéridon.

— Pourquoi pas un encadré juste sous le titre du journal ? Cela attirerait l'attention.

Chastity s'était déjà munie d'une feuille de papier et d'un crayon.

— Qu'allons-nous dire ?

— *Vous êtes seul ?* commença Prudence. *Vous vous languissez d'une compagnie ? Vous passez d'interminables soirées en tête à tête avec vos pensées ? Vous ne parvenez pas à trouver l'âme sœur...*

— *Vous avez besoin d'un intermédiaire*, enchaîna Constance. « *L'Intermédiaire* » *vous aidera à trouver le partenaire idéal. Nous garantissons la plus grande discrétion, et une totale sécurité. Chaque demande sera examinée et obtiendra une réponse personnelle. Faites-nous part de vos...*

— Pas si vite ! coupa Chastity. Je n'arrive pas à suivre.

Elle s'interrompit pour boire une gorgée de chocolat, tandis que ses sœurs attendaient patiemment. Elle reprit son crayon.

— Bien. *Faites-nous part de vos...* ? Vos quoi ? *Exigences* ? Non, c'est un peu autoritaire.

— Désirs ? suggéra Prudence.

Constance faillit s'étrangler avec son sandwich.

— Ce n'est pas de la réclame pour une maison close, Prudence !

— Cela risque de paraître un peu suspect, en effet, gloussa sa sœur.

— Pourquoi ne pas être plus directes ? *Envoyez-nous une brève description de votre personne et de celui ou celle que vous aimeriez rencontrer. Nous nous occuperons du reste.*

Chastity écrivait en même temps qu'elle parlait.

— Bravo, Chastity, applaudit Constance. C'est parfait. Maintenant, il nous faut une adresse.

— Nous pourrions demander à Jenkins si sa sœur accepterait d'être notre boîte aux lettres. Elle a une boutique sur Kensington, et je sais qu'elle sert de poste restante pour les gens qui n'ont pas d'adresse fixe. Il ne serait pas difficile d'aller chercher le courrier chez elle... Après tout, Jenkins est de notre côté, dans cette histoire.

— Comme il l'était avec mère.

Chastity mordit dans un succulent macaron avec un murmure de plaisir.

— Il avait l'habitude de faire ses courses pour le *Mayfair Lady*, quand nous ne pouvions nous en charger.

— Je vais lui poser la question sans attendre, décida Constance en se dirigeant vers la porte. Ainsi, nous pourrons tout boucler ce soir.

Le majordome, qui buvait une bière à l'office,

écouta la requête de Constance avec son flegme habituel.

— Ma sœur sera ravie de vous rendre ce service, mademoiselle Constance, assura-t-il quand elle eut terminé. Je la vois dimanche soir, comme toutes les semaines, je lui exposerai la situation. Il vous faut l'adresse.

Il sortit une feuille de papier d'un placard sur laquelle il écrivit quelques mots avec soin.

— C'est merveilleux, Jenkins ! Merci infiniment.

— Il n'y a pas de quoi, mademoiselle Constance.

La jeune femme lui souhaita bonne nuit et se hâta d'aller retrouver ses sœurs.

— C'est réglé ! annonça-t-elle en refermant la porte.

— Il n'a pas trouvé cela bizarre ?

— Pas spécialement. Il est habitué aux excentricités de la famille ! Voici l'adresse. Maintenant, je vais écrire mon article sur la soirée Beekman pendant que vous revoyez la mise en page.

Elle s'installa au secrétaire, repoussa une pile de papiers et s'empara d'un crayon.

Prudence et Chastity se mirent à l'ouvrage, tandis que Constance, qui avait la plume facile, écrivait fébrilement. C'était elle qui se chargeait de la plupart des articles de fond.

— J'ai une autre idée ! s'écria soudain Chastity. Dans la même veine. Pourquoi ne pas créer une sorte de courrier des lecteurs ? Vous savez, une personne a des problèmes, alors elle écrit pour demander conseil. Nous publions la lettre et nous proposons des solutions.

Constance leva les yeux de son travail.

— Je ne me vois pas donnant des conseils, dit-elle. J'ai assez de mal à organiser ma propre existence !

— C'est parce que tu mets un temps fou à te décider. Il faut toujours que tu examines l'endroit et l'envers d'un problème, et même quelques aspects annexes…

— C'est vrai, reconnut Constance avec un petit soupir ironique. Du moins jusqu'à ce que j'aie enfin pris une décision. Ensuite, je n'en démords plus.

— C'est vrai aussi, concéda Prudence. Cela dit, je ne me sens pas non plus capable de donner des conseils, parce que la plupart du temps je ne vois pas pourquoi les gens se tracassent. Je pense que c'est plutôt une rubrique pour Chastity, qui est la plus intuitive.

— D'accord, fit cette dernière. Et pour lancer la machine, je vais inventer une lettre de lecteur. Nous ne nous servirons que d'initiales en guise de signature, ainsi les gens se sentiront libres d'ouvrir leur cœur… Quel genre de problème pourrais-je bien aborder ?

— L'amour marche toujours, suggéra Constance. Une femme déchirée entre deux hommes, qu'en dis-tu ?

Elle sécha l'encre de sa feuille et relut les trois paragraphes qu'elle venait d'écrire.

— Voilà, je crois que ça va. Qu'en pensez-vous ?

Elle porta le papier à ses sœurs et sirota son cognac pendant qu'elles en prenaient connaissance.

Chastity ne tarda pas à éclater de rire.

— C'est proprement scandaleux, Constance ! *Ce soir, le Très Honorable Max Ensor, récemment élu au Parlement pour le comté de Southwold, a fait ses débuts mondains à la charmante soirée musicale offerte par lady Arabella Beekman dans son délicieux manoir de Grosvenor Square. M. Ensor est le frère de lady Graham d'Albermale Street. En tant que célibataire nouveau venu dans ces cercles, le très honorable gentleman a retenu l'attention d'un bon nombre de jeunes filles, et l'on a vu des mères intriguer dans l'espoir de lui présenter leur progéniture. On ignore si M. Ensor est un passionné d'opéra, mais il s'est attiré bon nombre de passions, ce soir-là.*

Prudence siffla entre ses dents.

— Déclaration de guerre, Constance ?
— Peut-être bien.
— C'est honteux ! observa Prudence en riant. Tu n'y parles pas du tout de la soirée, en réalité.
— Si, plus bas, intervint Chastity. Descriptions des toilettes, compliments à la cantatrice, avec une légère restriction pour le morceau de Gluck... Tu écoutais, finalement ? Et un joli petit commentaire sur Glynis Fanshaw et son nouveau chevalier servant... Elle était pour de bon avec ce vieux débauché de Jack Davidson ? Elle ne recule décidément devant rien !
— Je n'ai pas écrit ça, répondit Constance avec un air de sainte-nitouche.
— Non, et tu ne l'as pas suggéré, sans doute ? Je suis sûre que les lectrices vont adorer !
— C'est le but. Où allons-nous glisser cet article ?
— En dernière page, avec les potins mondains. En espérant que les lectrices s'intéresseront aux thèmes sérieux de Constance avant d'arriver aux passages croustillants.
— Suivant le principe d'éducation : le pain avant le gâteau, déclara Prudence sentencieusement. Où en est la lettre ?
— J'ai fait simple, répondit Chastity, mais à qui s'adresse la lectrice ? Chère qui ?
— Quelqu'un qui fasse penser à une bonne grand-mère, qui sente le pain d'épice et le tablier amidonné.
— Tante Mabel ! proposa Constance. *Chère tante Mabel.* Non, ne riez pas ! C'est un nom qui évoque la stabilité, la sagesse, la tendresse. Jamais une tante Mabel ne donnerait de mauvais conseils.
— Va pour tante Mabel. Je vous lis la lettre. *Chère tante Mabel...*
Un coup frappé à la porte l'interrompit.
— Vous n'êtes pas encore couchées, les filles ? demanda lord Duncan.

Constance ramassa vivement les papiers et les fourra sous un coussin.

— Entrez, père !

Lord Duncan pénétra dans le boudoir, le chapeau à la main, la cravate de travers, le regard un peu flou.

— J'ai vu de la lumière sous la porte en passant, expliqua-t-il. Votre mère aimait cette pièce. Mais elle est plutôt fatiguée, ajouta-t-il en fronçant les sourcils. Vous devriez remplacer les rideaux et les housses des coussins, ce serait plus gai.

— Nous aimons la garder comme du temps de maman, dit Constance d'un ton raisonnable.

Il hocha la tête.

— Je vois, je vois… Bien sûr, c'est une gentille attention. Avez-vous passé une bonne soirée ?

— Oui, la cantatrice était merveilleuse, fit Prudence. Nous en reparlions justement devant une tasse de chocolat avant d'aller au lit.

— Dieu du ciel ! Vous allez vous bousiller l'estomac, avec cette mixture !

Il remarqua le verre de cognac de Constance et eut un sourire approbateur.

— Au moins l'une d'entre vous apprécie les bonnes choses de la vie.

— Moi, je considère que le chocolat est l'une des bonnes choses de la vie, répliqua Chastity.

Il secoua la tête.

— Je suppose que l'on n'entend de tels barbarismes que dans les maisons pleines de femmes.

Il aperçut soudain une feuille imprimée qui avait glissé au sol.

— Seigneur ! Que fait ce torchon ici ? Il y en avait un exemplaire au club, ce soir. Personne ne sait comment il a pu en franchir le seuil.

Il le ramassa et le tint entre le pouce et l'index comme s'il craignait d'être contaminé.

— Je ne me serais pas attendue à le trouver dans un établissement exclusivement masculin, observa Constance sereinement. Il faut reconnaître que ce journal a plus de substance qu'avant.

— Votre mère le lisait, avoua lord Duncan avec une grimace. J'ai essayé de le lui interdire. Toutes ces fariboles sur l'émancipation de la femme... Mais interdire quelque chose à votre mère relevait de l'utopie. Et c'est la même chose avec vous. Enfin...

Il haussa les épaules comme si cette évidence ne le troublait guère.

— Je vous souhaite une bonne nuit. Ne vous couchez pas trop tard. Vous avez besoin de sommeil pour être belles si vous voulez...

La porte se ferma sur la phrase inachevée.

— ... trouver un mari, terminèrent-elles en chœur.

— On pourrait supposer qu'il en aurait assez de toujours chanter le même refrain, remarqua Constance. Quoi qu'il en soit, j'irais volontiers au lit.

Elle récupéra les papiers sous le coussin.

— Heureusement qu'il a frappé. Je ne l'avais pas entendu monter.

Prudence bâilla.

— Nous avons suffisamment travaillé pour ce soir. J'ai sommeil, moi aussi. J'avoue que j'ai hâte de voir comment les gens accueilleront ce nouveau numéro. Il pourrait faire sérieusement grimper les ventes.

— Juste par curiosité... Comment le journal a-t-il pu pénétrer chez *Brooks* ? s'étonna Chastity. Vous en avez une idée ?

— Il n'est pas impossible que ton lord Lucan en ait découvert par hasard un exemplaire dans sa poche, dit négligemment Constance. Il se rendait justement chez *Brooks*, hier matin, quand je l'ai pratiquement percuté dans la rue. Nous avons bavardé un moment. Il portait sa redingote sur les épaules, et comme il gesticulait en parlant, elle est tombée. Je l'ai ramassée, et voilà. Il a dû le laisser dans le vestiaire sans même savoir de quoi il s'agissait. Ce n'est pas une lumière !

— Pauvre garçon, s'attendrit Chastity. Il a une si bonne nature !

— Oui, chérie, comme toi. Prudence et moi devrions prendre modèle sur toi.

— Je peux être méchante, protesta Chastity avec une pointe d'indignation. Aussi méchante que n'importe qui, si la situation l'exige.

Ses sœurs éclatèrent de rire, et, bras dessus, bras dessous, toutes trois gagnèrent leurs chambres.

4

— Qu'allons-nous faire au sujet de ces suffragettes ? questionna le Premier ministre en s'asseyant lourdement dans l'un des vastes fauteuils de cuir du salon des députés à la Chambre des communes.

Sir Henry Campbell arborait toujours un air préoccupé que ne parvenaient pas à atténuer le grand verre de cognac d'après déjeuner ni le gros cigare sur lequel il tirait avec énergie.

— La femme Pankhurst a implanté son Union féminine sociale et politique à Londres, à présent. Au moins, tant qu'elle se cantonnait à Manchester, nous pouvions pratiquement l'ignorer.

Il examina le bout incandescent de son cigare d'un œil critique.

— Maintenant, nous devons nous attendre à des pétitions, des délégations, des manifestations à notre porte.

— Je suggère une politique de conciliation, dit un de ses compagnons. Nous n'arriverons à rien en les affrontant. Promettons-leur de réunir un comité de direction, cela ne nous engage pas à grand-chose.

Max Ensor se pencha au-dessus du plateau ciré de la table basse autour de laquelle les quatre hommes digéraient un copieux repas à l'aide de non moins copieux verres de cognac. Il poussa un exemplaire du *Mayfair Lady* en direction du Premier ministre et désigna l'encadré. *Le gouvernement accordera-t-il le droit de vote aux femmes contribuables ?*

— Cela me paraît judicieux. Nous pourrions annoncer que nous créons un comité chargé de recenser les femmes qui paient des impôts directs et indirects dans ce pays. Cela devrait les calmer pour quelque temps.

Sir Henry prit le journal.

— On a trouvé un exemplaire de ceci au bureau du ministère, déclara-t-il. Comment diable a-t-il pu arriver là ? J'ai interrogé le personnel, sans trouver le coupable.

— On le voit partout... Bientôt, il servira à envelopper le poisson ! ricana l'un de ses interlocuteurs.

— Avez-vous une idée de l'identité de son ou de ses auteurs ? demanda le Premier ministre.

— Aucune, répondirent les trois autres. Peut-être les suffragettes de Pankhurst ?

— Non. Elles sont trop occupées à organiser des manifestations et des meetings. En outre, cette publication a un aspect léger, or j'imagine mal Mme Pankhurst se mêlant de mode et de ragots. Dans leur dernière édition, ils offrent un service de petites annonces. L'Intermédiaire. Entre cela et le courrier de tante Mabel censé résoudre les problèmes de cœur, je doute que les Pankhurst daignent s'y salir les mains.

— C'est pourtant une stratégie astucieuse, fit remarquer Ensor. La plupart des dames ne trouveraient aucun intérêt à un tract politique, mais elles apprécient les autres rubriques.

— J'ai remarqué que vous étiez cité dans l'une d'elles, intervint l'un de ses collègues avec un petit rire. Tout à fait flatteur, mon cher.

Max se sentait tout sauf flatté.

— Inepties ! répliqua-t-il sèchement. Mais j'insiste : les femmes qui d'habitude ne s'intéressent pas aux problèmes sérieux y seront confrontées dès qu'elles ouvriront ce journal.

— Si nous ne sommes pas vigilants, nos femmes et

nos filles agiteront bientôt des banderoles devant tous les édifices publics.

— En tout cas, l'auteur de cet article était forcément invité à la soirée des Beekman, déclara le ministre des Finances. Qu'en pensez-vous, Ensor ?

— Cela va de soi, Asquith, répliqua Max en tentant vainement de masquer son irritation.

Il avait été piqué au vif par le sarcasme sous-jacent de l'article. En tant que politicien, il croyait s'être endurci, et pourtant, ces petites flèches ironiques avaient percé sa carapace.

— Nous savons au moins, poursuivit-il, que ce journal est écrit par une femme... ou par plusieurs.

— Pourquoi ? s'enquit le Premier ministre en secouant son cigare au-dessus d'un cendrier de marbre.

— C'est évident. Seules les femmes sont capables d'écrire des futilités avec ce sens de l'humour. Les potins ne sont pas des spécialités masculines. Ni les bavardages pour ne rien dire. Sans parler de ce service de petites annonces matrimoniales. C'est un journal de femmes.

— De femmes de la bonne société, renchérit Asquith. Mais qui ?

Max ne répondit pas, et ses compagnons insistèrent

— Vous avez une idée, Max ?

— Peut-être, concéda-t-il enfin. Juste un vague soupçon, mais je n'en mettrais pas ma main à couper.

— Ma foi, je ne serais pas mécontent de savoir qui se cache derrière cette publication, avoua le Premier ministre en étouffant un bâillement. Qu'est-ce donc qui rend la tourte aux rognons si soporifique ?

C'était une question de pure forme, et Max se leva.

— Si vous voulez bien m'excuser, monsieur le Premier ministre, messieurs... j'ai un rendez-vous à 15 heures.

Il laissa ses collègues somnoler en paix parmi le discret bourdonnement des conversations et se rendit à Albermale Street afin de passer chercher sa sœur. Il se réjouissait d'avance de l'après-midi qui l'attendait. Un amusant petit jeu du chat et de la souris avec Mlle Constance Duncan...

— Enfin, où est Constance ! A-t-elle dit à quelle heure elle comptait rentrer ? demanda Chastity à Prudence qui entrait dans le salon, chargée d'un vase en cristal plein de magnifiques roses d'un rouge profond.

— Non, mais comme elle allait seulement chercher un peu de ruban chez *Swan and Edgar*, je la croyais revenue depuis longtemps.

Chastity fronça les sourcils, inquiète.

— Elle nous aurait prévenues si elle n'avait pas l'intention d'être là à 15 heures.

— Normalement, elle aurait dû nous avertir aussi qu'elle ne rentrait pas déjeuner, déclara Prudence qui tenta de rassurer sa sœur d'un grand sourire.

La diversion occupa provisoirement Chastity.

— Elle n'a pas raté grand-chose ! s'exclama-t-elle en secouant les coussins du sofa. La tourte au poisson d'hier soir réchauffée... Le poisson de la veille, surtout la morue, a le don de me couper l'appétit.

Elle surprit le regard désapprobateur de sa sœur.

— Oh, ne fais pas cette tête, Prudence ! C'est un simple commentaire. Je sais parfaitement que nous ne pouvons pas nous permettre de gâcher la nourriture, mais j'ai tout de même le droit de ne pas aimer la vieille morue, non ?

Prudence se demandait pourquoi elle se sentait si souvent responsable des expédients auxquels elles avaient recours pour garder la tête hors de l'eau. Certes, c'était parfois elle qui prenait les décisions désagréables, mais il fallait bien que quelqu'un s'en charge.

— En effet, tu en as le droit, acquiesça-t-elle. Moi non plus, je n'aime pas cela. Mais nous ne pouvons finir les restes que lorsque père ne mange pas avec nous.

— Alors il faut saisir l'occasion lorsqu'elle se présente, dit Chastity avec une petite grimace avant de consulter la pendule italienne sur le manteau de la cheminée. Tu as vu l'heure ? Où est donc Constance ? Il est presque 14 h 30, et les gens vont commencer à arriver !

Prudence tenta de nouveau de lui changer les idées. Quand Chastity s'inquiétait, elle ne tardait pas à imaginer les pires catastrophes.

— Je me demande si Max Ensor trouvera le chemin de la maison, cet après-midi ? Veux-tu que nous ouvrions les portes-fenêtres, ou non ?

Chastity se força à se concentrer sur la question.

— Pourquoi pas ? La journée est superbe, nos invités auront peut-être envie de prendre l'air sur la terrasse...

Elle remit quelques chaises en place.

— S'il vient, enchaîna-t-elle, je suis certaine que ce sera pour Constance. On voyait bien qu'il était intéressé, l'autre soir, à la soirée des Beekman. Dépourvu de tact, mais intéressé, ajouta-t-elle avec un petit rire. Il n'imagine pas quel démon il a réveillé chez Constance. J'ai hâte de la voir le démolir, ou plutôt anéantir sa pompeuse suffisance ! Mais où est-elle ?

— Si elle avait eu un accident, Chastity, la rassura Prudence, nous aurions été averties, un policier serait venu et... Oh, Jenkins !

Le majordome venait d'entrer avec un plateau chargé de tasses et de soucoupes.

— Toujours aucune nouvelle de Constance ?

— Non, mademoiselle Prudence. Mme Hudson a préparé des canapés au concombre et d'autres aux œufs et au cresson. Elle peut en faire à la tomate si vous en voulez davantage, mais elle espérait garder les tomates pour le potage de ce soir.

— Gardons-les pour le potage! lança une voix joyeuse depuis le seuil. Nous n'aurons qu'à donner à nos invités du pâté ou de la confiture.

— Constance! Où étais-tu passée? s'écria Prudence, ignorant la plaisanterie de sa sœur. Nous étions inquiètes. Chastity, surtout.

— Pas vraiment, se défendit Chastity. Tout de même, tu aurais pu nous prévenir, Constance.

Celle-ci ôta les épingles qui retenaient sa capeline.

— Désolée, fit-elle. Sincèrement désolée. J'aurais dû vous faire porter un message, mais je ne pouvais pas. J'ai eu une journée tout à fait passionnante.

Elle avait le teint animé, le regard brillant d'excitation, et l'énergie semblait irradier de toute sa personne lorsqu'elle traversa la pièce.

— Désolée, répéta-t-elle. Je vous ai laissé tout le travail.

— Il n'y avait pas grand-chose à faire, la rassura Chastity, dont le sourire trahissait son soulagement. Tu as eu la chance de couper à la vieille tourte à la morue.

— Celle d'hier?

— Mmm.

— Oh, quand je pense que j'ai mangé un délicieux pâté en croûte et bu un verre de sherry! Mais j'ai surtout apprécié la nourriture pour l'esprit.

— Où étais-tu?

— Vous souvenez-vous d'Emmeline Pankhurst, une amie de mère?

— Bien sûr! Elles travaillaient ensemble pour les droits de la femme. Mais je croyais qu'elle vivait à Manchester.

— Non, je savais qu'elle habitait désormais à Londres, cependant je n'avais pas encore eu l'occasion de la rencontrer. Or je l'ai croisée ce matin. Avec sa fille Christabel, elles ont créé la branche londonienne de l'Union féminine sociale et politique, l'UFSP. Comme vous le savez, elles luttent pour le droit de vote des femmes, poursuivit-elle en fouillant dans son sac. Je suis allée à l'une de leurs réunions ce matin, et j'ai décidé de rejoindre leur mouvement. Regardez !

Elle brandissait un insigne violet, vert et blanc.

— Ainsi, tu étais partie acheter du ruban, et tu reviens avec un badge politique, commenta Chastity. Comment est-ce arrivé ?

— Je me rendais chez *Swan and Edgar* quand je suis tombée sur Emmeline qui m'a invitée à cette réunion, où elle prenait la parole, à la salle municipale de Kensington. C'était fabuleux ! Vous ne pouvez pas imaginer.

Elle avait encore la tête pleine des détails du meeting, de l'excitation et de l'enthousiasme des auditrices. Elle avait été élevée dans cette ligne de pensée, mais jamais elle n'avait participé à une manifestation de ce genre. Leur mère était très convaincante lorsqu'elle leur parlait du droit de vote pour tous, pourtant la jubilation qu'elle avait éprouvée à se sentir en harmonie parfaite avec un groupe de femmes prêtes à se battre pour une juste cause était une expérience toute nouvelle.

— Cela ne m'étonne pas, dit Prudence, tu as toujours défendu le vote des femmes avec ardeur. Chastity et moi aussi, j'avoue néanmoins que je n'aime guère les salles de réunion ni les associations.

— Je pensais réagir comme toi, mais il s'est passé quelque chose… Je me suis sentie soudain… comme habitée par une force nouvelle.

Elle haussa les épaules, incapable de décrire plus précisément l'exaltation qui l'avait submergée.

— Quoi qu'il en soit, n'exhibe pas ton insigne, conseilla Prudence. Si l'on apprend que tu as rejoint l'Union, il ne faudra pas longtemps pour que quelqu'un fasse le rapprochement avec les articles politiques du *Mayfair Lady*. Et là, ce serait vraiment le renard dans le poulailler.

— Tu as raison. Je me montrerai aussi discrète que possible. Je suis certaine que je pourrai assister à des réunions, et même y prendre la parole, dans des quartiers de Londres où personne de notre connaissance ne voudrait être vu, même mort... Quoi qu'il en soit, comme je me trouvais à Kensington, je me suis arrêtée chez la sœur de Jenkins, et j'ai relevé le courrier. Quatre lettres ! annonça-t-elle triomphalement en sortant les enveloppes de son sac.

— Tu ne les as pas ouvertes ?

— Non, je voulais que nous le fassions ensemble. Et ce n'est pas tout ! Avant de me rendre enfin chez *Swan and Edgar*, j'ai fait un tour dans les boutiques de Bond Street et d'Oxford Street qui avaient accepté de prendre notre journal en dépôt. Et vous savez quoi ?

Comme ses sœurs se taisaient, elle enchaîna :

— Ils avaient tout vendu. Tous les exemplaires ! Et ils ont décidé de tripler la commande le mois prochain.

— Alors, ça marche, dit Prudence. Est-ce grâce à tante Mabel, à L'Intermédiaire, ou à ton billet mondain ?

— Peut-être la politique ? suggéra Constance avant de secouer la tête. Non. Sûrement pas. Pas encore. Mais je ne perds pas espoir. Chastity, il va falloir que tu te déguises en veuve avec ton voile épais et que tu ailles récupérer le produit des ventes. Si nous ouvrions ces lettres ? En vitesse, juste pour voir si elles concernent tante Mabel ou L'Intermédiaire...

— Nous n'avons pas le temps, décréta la raisonnable Prudence à contrecœur. Tu dois te changer, Constance, et nos invités vont sonner d'une minute à l'autre. Tu es parfaite pour une réunion politique, mais pour un thé, ta tenue est un peu stricte.

— Tu crois ?

Sceptique, Constance baissa les yeux sur son tailleur gris pâle et ses bottines noires.

— Oui, déclara fermement Prudence.

Comme toujours, Constance s'en remit à son sens des convenances.

— Je reviens tout de suite !

— Nous étions en train de dire que Max Ensor pourrait bien montrer le bout de son nez, lâcha Chastity, malicieuse.

— Et c'est pour lui qu'il faudrait que je me change ? s'enquit Constance avec un haussement de sourcils ironique.

Elle s'aperçut soudain que Jenkins avait dressé l'oreille et mit un terme à la conversation.

— J'en ai pour moins de dix minutes, assura-t-elle avant de s'élancer dans l'escalier.

Elle voulait bien se changer, mais elle n'avait pas l'intention de faire un effort particulier pour le cas où le Très Honorable élu de Southwold déciderait qu'il avait envie de goûter aux sandwichs au concombre et aux madeleines de Mme Hudson…

Elle examina le contenu de son armoire tout en se débarrassant de l'étroite cravate noire qu'elle portait avec un chemisier rayé gris et blanc, et une jupe de serge grise. Une tenue très femme d'affaires qui, justement, convenait parfaitement à ses activités inattendues de la matinée. Elle se décida pour une blouse en crêpe de Chine vert pâle et une jupe de soie à rayures vertes et blanches dont la large ceinture soulignait la finesse de sa taille.

Elle s'assit sur le tabouret de sa coiffeuse pour lacer ses souliers de chevreau vert à hauts talons, puis se tourna vers le miroir. Quelques boucles s'échappaient de son lourd chignon, et elle se demanda s'il lui fallait tout défaire et recommencer. Finalement, elle conclut qu'elle n'avait pas le temps et se contenta de placer judicieusement deux peignes d'écaille dans la coiffure élaborée.

Comme elle se trouvait le teint un peu trop vif, elle se poudra légèrement, puis elle tendit la main vers le tube de rouge à lèvres offert par l'une de ses amies qui était toujours tellement maquillée que l'on ne savait quelle était sa véritable carnation. Les nouveaux produits de beauté étaient pratiques, on pouvait les emporter dans un réticule pour une retouche au cours d'une soirée. Mais Constance n'aimait pas le fard, et détestait le rouge à lèvres qui laissait de vilaines traces sur les verres et les serviettes.

Alors pourquoi y pensait-elle aujourd'hui ? Elle n'avait personne à impressionner. Elle retira sa main comme si elle s'était brûlée. Elle souhaitait seulement remettre fermement Max Ensor à sa place s'il se présentait chez elle, et cela, elle pouvait parfaitement le faire sans l'artifice de lèvres cerise !

La sonnerie de la porte d'entrée retentit, et elle bondit sur ses pieds, lissa sa jupe, vérifia que les petits boutons de perle de sa blouse étaient bien fermés, puis elle se précipita dans l'escalier, tandis que la voix mesurée de Jenkins montait du hall.

— Bon après-midi, lady Bainbridge, disait-il.

Constance ralentit l'allure pour descendre les dernières marches avec plus de dignité.

Elle tendit la main à la vieille lady corsetée et aux deux jeunes femmes qui l'accompagnaient. Toutes deux portaient des voilettes qu'elles soulevèrent pour répondre à son salut. Elles tinrent leurs yeux délavés modestement baissés vers le parquet, le buste droit, opprimé aussi cruellement que celui de leur mère par le corset.

Lady Bainbridge chaussa son pince-nez et examina Constance d'un œil critique.

— Vous êtes bien rouge. J'espère que personne n'a la fièvre, ici ?

— Il fait chaud, répondit Constance qui avait du mal à garder le sourire.

Cette femme, cousine éloignée de lady Duncan, lui avait toujours empoisonné la vie, avec ses incessantes remarques acerbes. Ses deux filles jumelles étaient pâles et maigres comme si elles voyaient rarement la lumière du jour. Ce qui était le cas, puisque leur mère prétendait que le soleil ruinait définitivement le teint.

Sur un petit reniflement, lady Bainbridge se dirigea d'un pas digne vers le salon où elle soumit Prudence et Chastity au même examen que leur aînée. Apparemment, elle ne trouva rien à redire à la tenue d'après-midi des deux jeunes femmes, car elle se contenta d'un raide hochement de tête avant de balayer le salon du regard.

— Vous laissez cette pièce se dégrader, Constance, déclara-t-elle. Votre mère était tellement fière de son intérieur.

Les sœurs se rappelaient quelques remarques adressées à leur mère sur le manque de poli des meubles et le piètre état de l'argenterie, aussi ne relevèrent-elles pas la réflexion. Lady Bainbridge s'installa sur un sofa, puis elle fronça les sourcils en grattant ce que Prudence reconnut comme une minuscule tache de café sur l'accoudoir.

— Asseyez-vous, mes enfants. Ne restez pas plantées là comme des nigaudes.

Elle désigna le sofa qui lui faisait face d'un geste impérieux, et ses filles vinrent docilement s'asseoir sur le bord.

— Une tasse de thé, lady Bainbridge ? proposa Chastity tandis que Jenkins passait un plat de sandwichs.

Après avoir jeté un coup d'œil au plateau, la douairière refusa. Toutefois, elle accepta le thé. Imitant leur mère, Mary et Martha s'abstinrent sagement de prendre des canapés et se contentèrent d'une tasse de thé.

— Alors, il paraît que le frère de Letitia Graham est à Londres ? attaqua lady Bainbridge. Je n'étais pas à la soirée d'Arabella Beekman, la semaine dernière, mais il a fait sensation.

— Nous l'avons à peine croisé, dit Chastity. Juste un échange de politesses. Je n'ai pas eu l'impression qu'il faisait particulièrement sensation. Et toi, Constance ?

— Moi non plus, répondit Constance avec un délicat froncement de sourcils. Si je me souviens bien, il est tout à fait insignifiant, madame.

— Ce n'est pas ce que j'ai lu, déclara la vieille dame.

— Oh ? Quelqu'un a écrit à son sujet ? s'enquit Prudence en écarquillant les yeux derrière ses lunettes.

— Vous avez reçu une lettre à ce sujet, lady Bainbridge ? renchérit Chastity de son air le plus innocent.

— Maman a trouvé un exemplaire de ce fameux journal, intervint Mary dans un murmure. Dans le vestiaire de *Swan and Edgar*... Le croiriez-vous ?

— Cela suffit, Mary ! Tu ne cesses de babiller à tort et à travers.

Les sœurs Duncan échangèrent un coup d'œil. Mary ouvrait si rarement la bouche qu'elles connaissaient à peine le son de sa voix.

— Quel journal ? demanda Prudence avec un sourire candide.

— Vous l'avez sûrement vu, répliqua lady Bainbridge. Une horreur ! *The Mayfair Lady*. Difficile de trouver un titre moins approprié. Il n'y a rien de féminin ni d'élégant dans ce torchon.

— Lady Letitia Graham et le Très Honorable M. Ensor, mademoiselle Duncan, annonça Jenkins.

Personne n'avait entendu sonner, et tout le monde sursauta.

— Lady Bainbridge, je suis entièrement de votre avis ! roucoula Letitia, qui pénétrait dans le salon dans un nuage de soie et de dentelle. C'est terriblement choquant ! Mon malheureux frère était abasourdi d'être ainsi mis sur la sellette. C'est tellement embarrassant ! Quand on est nouveau venu en ville, ce n'est pas le meilleur moyen d'être introduit dans la bonne société !

— Curieusement, Letitia, rectifia Max Ensor, je suis très flatté d'avoir suscité autant d'intérêt.

La voix était aussi chaude et profonde que dans le souvenir de Constance. Pourtant, elle y détecta une pointe d'acidité, et en conclut avec satisfaction qu'il n'était peut-être pas aussi enchanté qu'il le prétendait:

— Comme c'est aimable de nous honorer de votre compagnie, s'écria-t-elle en venant à lui, la main tendue.

Son sourire, courtois mais froid, masquait le frémissement d'anticipation qu'elle éprouvait à l'idée d'en découdre avec lui.

— Tout l'honneur est pour moi, mademoiselle Duncan, répondit-il en s'inclinant sur sa main.

— Vous n'êtes pas au débat de l'Assemblée, aujourd'hui, monsieur Ensor ? s'étonna Chastity.

— Visiblement non, mademoiselle Chastity, fit-il en acceptant une tasse de thé.

— Pourtant, ce doit être important, pour un membre du Parlement responsable, monsieur Ensor, hasarda Constance. Voulez-vous un sandwich ? ajouta-t-elle. Cresson, ou concombre ?

Max s'aperçut que des yeux de différentes nuances de vert le considéraient avec une attention souriante. Mais il n'y avait pas que de l'amabilité, dans ces regards. Il se sentait un peu comme une souris sous l'œil prédateur de trois félins.

— S'il s'y traite de questions primordiales, soyez rassurée, j'en serai informé, rétorqua-t-il avec une note défensive dans la voix qui l'agaça lui-même. À vrai dire, j'ai déjeuné avec le Premier ministre, et je l'ai quitté il y a à peine une heure.

— Oh, je vois, commenta Constance sans se départir de son sourire, vous avez l'oreille du Premier ministre. Un honneur inhabituel pour un nouveau parlementaire, non ?

Max ne répondit pas. Si elle avait l'intention de le faire passer pour un vantard, il n'entrerait pas dans son jeu.

Elle le fixait d'un air interrogateur.

— J'ai appris que vous étiez le principal sujet d'un article du *Mayfair Lady*. Considérez-vous cela comme un compliment ?

Max fixa son sandwich et sa montagne de cresson aux œufs mimosa, regrettant son choix. Le concombre était nettement plus facile à avaler !

— J'y ai à peine jeté un coup d'œil, mademoiselle Duncan.

— Ah, bon ? Il est vrai que vous ne vous intéressez guère aux publications féminines. Les femmes ne s'occupent, à juste titre, que de futilités. C'est votre point de vue, monsieur Ensor, si je me souviens bien.

Max s'aperçut que les sœurs de Constance avaient rejoint d'autres invitées à l'autre bout du salon, et il se sentait nettement désavantagé devant cette jeune personne en pleine possession de ses moyens alors qu'il tenait entre le pouce et l'index deux morceaux de pain de mie d'où menaçait de déborder une bouillie verte, jaune et blanche. Il chercha un endroit où déposer son sandwich, car il ne pouvait le manger tout en ayant une conversation raisonnable. Ou plutôt en *répondant* raisonnablement à ce qui était de toute évidence une attaque en règle.

— Oh, vous avez besoin d'aide, monsieur Ensor ! s'exclama Constance en s'emparant d'une assiette à dessert sur le buffet. Quelle négligence de ma part !

Négligence volontaire, il l'aurait juré, néanmoins, il accepta l'assiette avec soulagement.

— Je ne connais pas vraiment ce journal, mademoiselle Duncan, mais vous en avez donné un exemplaire à lady Armitage, l'autre jour. Comme vous dites, il me semble ne contenir que des potins mondains peu informés. Le genre de futilités qu'adorent les femmes.

Il remarqua l'éclair de contrariété qui modifia fugitivement son expression et en fut enchanté. Un point partout.

— Il y avait tout de même un article sur les nouvelles lois concernant les débits de boisson, répliqua-t-elle d'un ton léger. Vous considérez cela comme un sujet futile, monsieur Ensor ? J'aurais pensé qu'un membre du Parlement avait une opinion sur la question, et était intéressé par celle des autres.

— Lorsqu'elles sont fondées, oui, mademoiselle Duncan.

Il commençait à s'amuser, et Constance aussi, il le voyait aux étincelles qui dansaient dans son regard.

— Et les femmes n'ont pas d'opinions fondées ?

— Je n'ai pas dit cela, mademoiselle Duncan. Sur bien des sujets, les opinions des femmes sont fondées et d'une importance capitale.

— Celles qui concernent le foyer, la maison, la cuisine et la nursery. Oui, vous me l'avez déjà très clairement fait savoir l'autre soir.

— Cela vous a blessée ? Croyez-moi, ce n'était pas délibéré. Je n'éprouve que respect et admiration pour votre sexe.

— Nous en sommes ravies, monsieur Ensor. Permettez-moi de vous présenter lady Bainbridge ainsi que ses filles, lady Marthe et lady Mary.

Elle se détourna, mettant un terme provisoire à l'affrontement, et Max aurait été incapable de dire qui avait gagné la première manche.

Jenkins annonçait l'arrivée de trois autres invités, et les conversations allèrent bon train. Constance et ses sœurs étaient trop occupées à se consacrer à leurs invités pour se soucier de quelqu'un en particulier, néanmoins, Constance sentait le regard de Max sur elle. Il semblait s'ennuyer. Debout derrière le fauteuil de sa sœur, ayant abandonné thé et sandwich, il ne se mêlait à aucune discussion. En fait, il paraissait ne voir personne d'autre que Constance.

Celle-ci lui apporta une tranche de gâteau mousseline.

— La spécialité de notre cuisinière, monsieur Ensor, annonça-t-elle en lui glissant d'autorité une assiette entre les mains. Aimeriez-vous que je vous présente à quelqu'un ?

— Non, je vous remercie. Je suis venu ici pour parler avec vous, mademoiselle Duncan. Personne d'autre ne m'intéresse.

Cette impertinence lui coupa le souffle.

— Vous voulez dire que vous ne trouvez personne dans cette pièce qui mérite votre attention ?

— Ce n'est pas ce que j'ai dit, mademoiselle Duncan.

Il y avait à la fois une interrogation et du défi dans le regard direct qu'il posait sur elle, et Constance se sentit rougir. Elle dut faire un effort pour détourner les yeux, et plus encore pour trouver une réplique appropriée. Il souriait, visiblement content de l'avoir désarçonnée.

Il brisa un morceau de gâteau de la main, et elle ne put s'empêcher de remarquer combien ses doigts étaient longs et racés.

— Une personne dont les intérêts sont aussi restreints ne peut guère espérer susciter l'intérêt de son prochain.

Sa réponse rendait à peine compte de ses sentiments, mais pour une fois, elle n'avait rien trouvé de plus blessant face à cette suprême arrogance.

— Touché, mademoiselle Duncan ! fit-il tandis que son sourire s'élargissait. Je suis certain que chacun de vos invités est remarquable. Mon manque d'intérêt reflète lamentablement mon manque d'aisance mondaine.

— Je ne peux qu'être de cet avis ! riposta-t-elle.

— Je vous assure, lady Bainbridge, que je suis sur le point de mettre cette femme à la porte, déclara soudain Letitia de sa voix flûtée.

— Je ne saurais trop vous y encourager, ma chère. Et le plus tôt sera le mieux. Il n'est pas possible de confier ses enfants à une personne susceptible de corrompre de jeunes esprits naïfs. Jamais je ne permettrais à Martha ou à Mary d'écouter de tels sacrilèges.

— De quels sacrilèges s'agit-il, Letitia ? intervint Constance, ravie de cette trêve momentanée.

— Vous ne le croiriez pas ! Je me suis rendue ce matin dans les quartiers de Mlle Westcott, la gouvernante de Pamela. Il faut être vigilante, et je considère de mon devoir d'inspecter régulièrement sa chambre. Or savez-vous ce que j'ai trouvé ?

Elle s'arrêta afin de soigner ses effets, et se retrouva au centre de l'attention générale.

— Je n'en ai aucune idée, dit Prudence.

— L'un de ces pamphlets écrit par l'Union des femmes, ou je ne sais quoi.

— L'Union féminine sociale et politique, précisa Constance d'un ton neutre.

— Si vous voulez… Elle l'avait caché dans un tiroir de la commode. Naturellement, elle sait que je ne supporterai jamais de telles publications sous mon toit ! Je veux dire : où va le monde, si on ne peut même plus faire confiance à la gouvernante de sa fille ?

— On se le demande, murmura Constance. Votre vigilance est tout à votre crédit, Letitia. Je suis certaine que le droit à l'espace privé est sacrifié à juste titre sur cet autel.

Elle se tourna vers Ensor, et la lueur dans son regard en aurait fait réfléchir plus d'un.

— Êtes-vous de l'avis de votre sœur, monsieur Ensor ?

Il ne lui avait pas fallu longtemps pour remonter au créneau, songea-t-il. Mais comme il était extrêmement intéressé par son implication dans le mouvement féministe, il choisit de ne pas tenir compte de l'avertissement qu'il lisait dans ses yeux.

— Je n'y ai guère pensé, avoua-t-il avant d'ajouter : mais il y a effectivement une certaine logique à ce que les femmes qui paient des impôts bénéficient du droit de vote.

Il décela une pointe d'étonnement dans son attitude.

— Mais cela concerne une partie tellement infime de la population féminine que cela compte à peine.

S'il espérait obtenir une réaction, il fut déçu, car Constance se détourna afin de proposer du thé à Martha.

— Les hommes votent très bien à notre place, déclara Letitia. Je suis certaine que mon cher Bertie sait mieux que moi à qui donner sa voix. Mais je suis très ennuyée au sujet de Mlle Westcott. Pamela l'adore, et nous avons eu tellement de mal avec les autres gouvernantes. En général, elle les déteste.

— Je doute que les opinions politiques de Mlle Westcott puissent influencer une enfant de six ans, risqua Prudence.

— Oh, ne vous y fiez pas, Prudence ! protesta lady Bainbridge. Ces viragos sont capables de tout.

— Franchement, je ne sais quelle décision prendre, poursuivit Letitia. Je ne peux lui en parler sans qu'elle comprenne que j'ai fouillé sa chambre...

Elle eut une moue enfantine qui aurait été plus à sa place sur le visage de sa fille.

— Oui, c'est gênant, murmura Constance, s'attirant un regard courroucé de Chastity.

À ses yeux, épier autrui et fouiller dans ses affaires personnelles représentait un véritable crime.

— À mon avis, Letitia, dit-elle, vous devriez vous rappeler l'adage : « Ce que l'on ignore ne peut pas faire de mal. » Vous vous sentiriez nettement mieux si vous n'aviez pas découvert les penchants politiques de Mlle Westcott.

— Je dois faire passer l'intérêt de ma fille avant tout, rétorqua sèchement Letitia en posant sa tasse sur un guéridon. Bon, je dois me sauver. J'ai promis à Pamela de l'emmener voir sa grand-tante Cecily. Inutile de m'accompagner, Max, si tu préfères rester. John attend avec la calèche, et il peut fort bien me ramener.

Max considéra un bref instant la proposition de sa sœur. Il était venu voir Constance et prendre un peu la température. Ce qui avait été d'ailleurs plutôt intéressant, après la première embuscade. Mais il sentait qu'il n'apprendrait rien de plus ce jour-là, aussi décida-t-il qu'il était temps de battre en retraite afin de planifier l'étape suivante.

— Je t'ai accompagnée, je te raccompagnerai, ma chère Letitia, déclara-t-il dans un sourire. Mademoiselle Duncan, mesdames... merci pour cette charmante réception.

Constance lui tendit la main.

— Je craignais que vous ne vous soyez ennuyé, monsieur Ensor. Je suis ravie de m'être trompée.

— J'ignore ce qui a pu vous donner cette malheureuse impression, répliqua-t-il.

Il lui serra la main un peu plus fort que nécessaire, mais si elle s'en aperçut, elle n'en montra rien.

— Peut-être pourrai-je vous rendre visite à nouveau afin de corriger les mauvaises impressions, poursuivit-il en augmentant imperceptiblement la pression de ses doigts.

Malgré elle, Constance, fut désarmée par ce soudain changement d'attitude. Le sourire franc, la lumière des yeux bleus, l'humour... En cet instant, rien chez Max Ensor n'était blasé, indifférent ou arrogant.

— Si cela vous semble possible.

— Oh, sans aucun doute, dit-il avec un sourire confiant. Je pense que je mérite que vous m'accordiez au moins une chance.

Il porta la main de Constance à ses lèvres avec une courtoisie légèrement surannée, puis il offrit son bras à sa sœur et tous deux sortirent.

Chastity et Prudence échangèrent un coup d'œil éloquent, tandis que Constance s'empourprait, ce qui ne lui arrivait jamais. Elle fusilla ses sœurs du regard.

— Il présente bien, ce monsieur, décréta lady Bainbridge qui se leva dans un grincement de corset. Cependant, il n'y a pas de quoi en faire toute une histoire. Je ne comprends pas ce que cet affreux journal a voulu dire.

— Innocent potin, lady Bainbridge, la rassura Chastity. C'était un plaisir de vous voir, ainsi que Mary et Martha, bien sûr.

Elle eut un sourire chaleureux pour les jumelles qui rassemblaient leurs gants et leur éventail.

— Il faudra que nous allions nous promener au parc, un de ces jours, ajouta-t-elle.

— J'espère que c'est un privilège que vous m'accorderez également, mademoiselle Chastity.

Lord Lucan, arrivé parmi les derniers, répugnait à prendre congé en même temps que tout le monde.

— Nous allons à la campagne ce week-end, et nous serions ravies de vous compter parmi nous. Ce ne sera qu'une petite réunion informelle, avec un tournoi de tennis. Mais je sais combien vous y excellez.

Lucan rougit et bredouilla quelques remerciements, tout en réservant sa réponse, au cas où sa mère aurait pris d'autres engagements.

Chastity, indulgente, le coupa dans ses explications embrouillées.

— Tenez-nous au courant. Nous serons enchantées de vous voir si vous êtes libre.

— Ce sera du vendredi au lundi, précisa Prudence. Naturellement, si lady Lucan souhaite vous accompagner, nous serons fort contentes de la recevoir également.

Invitation de pure forme, car lady Lucan quittait rarement sa chambre, bien qu'elle veillât de près sur les activités de son fils.

Lord Lucan finit par prendre congé, et les trois sœurs se retrouvèrent seules.

— Cela s'est bien passé, commenta Constance en empilant la vaisselle sale sur le plateau.

— L'embuscade tendue au Très Honorable député de Southwold, ou bien la réception en général ? demanda Chastity, la bouche pleine de gâteau mousseline.

— Les deux, répliqua Constance. J'aimerais penser que nous ne verrons plus ce monsieur.

— Oh, ça, j'en doute ! Je crois au contraire qu'il a relevé le gant, assura Prudence avec un regard entendu à Chastity.

Un regard qui déplut à Constance.

— Nous l'avons *toutes* attiré dans une embuscade, leur rappela-t-elle.

— Au début, oui, mais ensuite, tu as continué en solo, souligna Prudence.

— Et je t'assure que tu as suscité son intérêt. Je le sentais de l'autre bout de la pièce ! dit Chastity avec un petit rire. Je suis très intuitive pour ce genre de choses.

Constance haussa les épaules.

— Si c'est le cas, j'en ferai bon usage. S'il a vraiment l'oreille du Premier ministre, qui sait quels murmures peuvent y être glissés ?

— Tu pourrais y prendre goût, observa Prudence avec un clin d'œil appuyé.

Constance abandonna la lutte. Elle n'arrivait jamais à berner ses sœurs.

— Peut-être… concéda-t-elle. À présent, que diriez-vous d'aller lire nos lettres dans le jardin ?

— Oh, tu les as sur toi ?

— Dans ma poche !

Les trois jeunes femmes sortirent dans l'air parfumé de ce début de soirée. Le bruit des roues des voitures et le martèlement des sabots des chevaux sur les pavés leur parvenaient par-delà le mur. Elles s'assirent sur le parapet, et Constance ouvrit la première enveloppe d'un coup d'ongle.

5

Pour L'Intermédiaire,
The Mayfair Lady, *14 juillet 1906*

Je souhaite profiter du service susnommé dont vous faisiez la publicité dans votre dernière édition. Ma situation est compliquée, délicate, et j'hésite à la coucher sur le papier, car je soupçonne ma patronne de fouiller ma chambre et mes effets personnels. S'il était possible de rencontrer la personne responsable de ce service, je lui expliquerais mon problème en détail.

Je suis actuellement gouvernante à Mayfair, et j'ai du temps libre le jeudi après-midi entre 15 et 18 heures, lorsque mon élève est en visite avec sa mère. Je me permets d'insister sur l'urgence de ma requête, et bien sûr, je me fie à votre entière discrétion.

Répondez, s'il vous plaît, à Mlle Amelia Westcott, poste restante, Park Lane. J'ai l'occasion de relever mon courrier presque chaque matin quand j'emmène mon élève au parc, après le petit-déjeuner. Vous ne dites pas dans votre annonce combien coûtent vos services. Il est évident que cela entre en ligne de compte pour moi, mais je suis bien entendu prête à payer une première consultation. Je suis certaine d'en être satisfaite, et j'ai hâte de vous rencontrer.

— Amelia Westcott, murmura Constance. Ce doit être une coïncidence.

— Pas forcément, dit Prudence qui parcourut de nouveau la lettre. Je suis même certaine que c'est la gouvernante des Graham. Sa patronne fouille sa chambre, elle a très peu d'heures de liberté… Oui, tout correspond.

— Ma foi, j'ai grande envie d'aider cette malheureuse exploitée, déclara Chastity.

— Sa situation n'a rien d'exceptionnel, fit remarquer Constance. On pourrait même dire qu'elle a de la chance. Pense aux bonnes à tout faire qui se lèvent à 6 heures du matin et ne retrouvent leur lit qu'à minuit. Mal nourries, sous-payées, deux heures de liberté par semaine…

— Laisse tomber ton cheval de bataille, Constance, protesta Prudence. Nous savons cela aussi bien que toi, et cela nous touche également, alors nous n'avons pas besoin d'un sermon.

— Désolée, s'excusa Constance avec un sourire. Seulement, après la réunion de ce matin, je suis pleine de feu et de soufre.

Ses sœurs eurent un petit rire indulgent.

— Garde cela pour Max Ensor, conseilla Chastity.

— À vrai dire, je me sens un peu coupable, avoua Constance. Je me suis montrée plutôt acerbe envers Mlle Westcott, avant d'apprendre combien sa situation était pénible, évidemment. Et Max… M. Ensor… l'a défendue.

— De quelle manière ?

— J'ai porté un jugement trop rapide quand Letitia racontait que sa fille s'ennuyait et que sa gouvernante ne savait plus quoi inventer pour la distraire. J'ai dit à Max Ensor que cette fille ne connaissait visiblement rien à son métier. Soit elle était incapable d'intéresser l'enfant, soit elle n'avait aucune influence sur elle. Il a rétorqué que c'était la faute de Letitia, qui refusait que l'on impose la moindre discipline à sa chère Pamela.

— C'est plutôt encourageant, observa Prudence. Peut-être n'est-il pas aussi mauvais qu'il veut le laisser croire.

— Pourquoi souhaiterait-il donner cette impression, alors ?

— Pour quelque motif caché, suggéra Chastity, songeuse. Après tout, tu en as bien un, toi, pourquoi n'en aurait-il pas aussi ?

Parfois, les intuitions de Chastity ne faisaient que compliquer les choses, se dit Constance. Bien que, mystérieusement, elle se trompât rarement.

— J'y réfléchirai plus tard, déclara-t-elle. Voyons ce que nous réservent les autres lettres. Ouvre la deuxième, Prudence.

Celle-ci s'exécuta.

— Oh, regardez ! Notre première rémunération, s'écria-t-elle en brandissant un billet de banque.

— Encore pour L'Intermédiaire ? s'enquit Chastity qui se pencha pour lire par-dessus l'épaule de sa sœur.

— Oui. Venant d'un monsieur qui préfère garder l'anonymat. Il cherche une jeune femme de bonne famille, et il n'est pas indispensable qu'elle ait de l'argent... ni qu'elle soit belle.

Elle arqua les sourcils d'un air interrogateur.

— Intéressant, fit Constance. Qu'attend-il d'elle ?

— Le mariage, bien sûr.

— Alors, qu'est-ce qui cloche, chez lui ?

— Quel cynisme, Constance ! lui reprocha Chastity. Pourquoi n'aurait-il pas tout simplement envie de trouver l'âme sœur sans se soucier d'argent ou d'apparence physique ?

— Pourquoi pas, en effet. Mais c'est tout de même un individu original.

Prudence les fit taire d'un geste impatient.

— Il dit qu'il est célibataire, qu'il possède une confortable fortune, qu'il n'aime pas la vie à Londres, alors il voudrait une jeune personne calme, qui soit prête à le suivre à la campagne.

— Mais il veut rester anonyme ? fit Constance avec une moue dubitative. Cela m'ennuierait de recommander à une naïve jeune femme quelqu'un que nous n'avons pas eu l'occasion de rencontrer personnellement.

— Nous pouvons lui proposer un entretien, suggéra Prudence. À la boutique de la sœur de Jenkins, par exemple. Il est assez normal de se rencontrer à cette adresse. Mais nous devrons y aller voilées, au cas où il nous connaîtrait.

— À mon avis, une seule d'entre nous suffit, dit Constance. Chastity. Elle est douée pour jauger les gens, et elle verra tout de suite s'il y a quelque chose de louche chez lui.

— Je préférerais que vous soyez là aussi, même si vous ne vous montrez pas. Je me sentirai plus à l'aise.

— Bien sûr, acquiesça Constance. Nous allons prendre rendez-vous pour… Oh, il faudra attendre la semaine prochaine. Disons mercredi matin, avant notre réception hebdomadaire. Demain, nous verrons Amelia Westcott, puisque c'est son jour de congé, et vendredi nous partons à la campagne.

Ses sœurs opinèrent, puis Chastity décacheta la troisième enveloppe.

— C'est pour tante Mabel, annonça-t-elle en riant. Cette dame a adoré ma réponse à la femme déchirée entre deux hommes. Écoutez…

Elle prit un ton sirupeux.

— *Quelle réponse intelligente, compréhensive. Une telle sagesse, une telle sagacité…*

Elle s'interrompit.

— Je croyais que cela signifiait la même chose ?

— À peu près, répondit Constance. Continue.

— Eh bien, elle dit qu'elle a connu un problème similaire, et que si quelqu'un l'avait conseillée de façon aussi avisée, elle aurait évité la situation dans laquelle elle se trouve actuellement.

— Quelle situation ?

— Engagée avec le plus mauvais des deux. Je vais lui répondre, et nous publierons sa lettre et ma réponse.

— Encore une pour tante Mabel !

Constance agitait la quatrième lettre.

— Une dame mariée a de terribles problèmes avec sa belle-mère qui lui dicte tous ses faits et gestes, garde la haute main sur son fils en serrant les cordons de la bourse, et menace à présent de quitter sa maison à la campagne pour venir habiter à Londres, sous prétexte que sa belle-fille tient mal sa demeure.

— C'est signé ?

Constance secoua la tête.

— Simplement : *La désespérée de Knightsbridge.*

— Je connais un certain nombre de femmes qui vivent une telle situation, assura Prudence.

Chastity prit la lettre des mains de sa sœur.

— J'essaierai de réfléchir à une solution satisfaisante, cependant, il vaudrait mieux que nous ne nous posions pas de questions au sujet de chaque lettre, sinon nous finirons par considérer toutes nos relations avec suspicion.

Constance éclata de rire.

— Tu as raison. Mais nous avons vraiment tiré le gros lot, avec tante Mabel. Cela dit, qu'allons-nous répondre à notre première cliente ?

— Oui, Amelia Westcott est une urgence, décréta Prudence. Écrivons-lui tout de suite. Jenkins passera à la poste en faisant sa promenade vespérale.

— Jusqu'au pub, ajouta Chastity avec un accent cockney. Il est fidèle à sa chope de bière, notre Jenkins.

— Nous proposerons de la rencontrer demain après-midi, décida Prudence. La lettre devrait lui parvenir le matin. Où lui donnerons-nous rendez-vous ?

— Pas chez *Fortnum*, elle ne s'y sentirait pas à l'aise.

— Bien sûr, acquiesça Constance. Oh, je sais ! *Lyons Corner House*, à Marble Arch. Jamais nos relations n'y mettraient les pieds. C'est toutefois un endroit respectable, très petit-bourgeois.

— En plus, ce n'est pas trop cher, ajouta Prudence. Je ne sais pas comment cela se passe lorsque l'on prend le thé avec des clients, mais s'ils doivent payer leur part, il est correct de trouver un endroit abordable. Et cela vaut aussi si c'est nous qui payons.

Les trois jeunes femmes se levèrent et rentrèrent à l'intérieur.

— Ne me dis pas qu'un thé chez *Fortnum* ferait exploser la banque. N'oublie pas que nous serons payées, rappela Constance.

— Voilà encore un point dont il faut discuter, dit Prudence. Est-ce que ce sera une échelle mobile ? Les riches paieront-ils plus afin d'aider les moins favorisés ?

— Absolument ! répondit Constance tandis qu'elles gravissaient l'escalier. Bien entendu, c'est plus simple si les clients envoient l'argent en même temps que leur requête, mais ils ne le feront sûrement pas tous.

— En outre, fit Prudence en ouvrant la porte de leur boudoir, la nature des services demandés pourrait entraîner des tarifs différents. Les frais, par exemple, si nous devons prendre le train, ou des fiacres…

— Étant donné que nous ne savons pas encore quel genre de services on nous demandera, je ne vois pas comment nous pourrions anticiper, remarqua Constance en s'approchant du secrétaire. Je pense qu'il nous faut établir une échelle de taux horaire, avec les frais en sus et une provision pour les coûts imprévus si le travail l'exige.

Elle prit une feuille, la reposa.

— Il y a les armes de père sur celle-ci. Il nous faut du papier blanc, murmura-t-elle en fouillant dans les tiroirs.

— Je crois que nous devrions toutes aller voir Mlle Westcott, dit Prudence. Nous savons qui elle est, alors qu'elle ignore qui nous sommes, et même si c'était le cas, elle aurait autant intérêt que nous à rester discrète.

— Avec nos autres clients, nous nous déguiserons. Voiles épais et voix contrefaites, renchérit Constance en trempant sa plume dans l'encre. Bon, cessons de plaisanter et concentrons-nous. C'est sérieux. Alors, qu'est-ce que j'écris ?

Elle glissait la lettre dans une enveloppe quand Jenkins frappa, muni d'un message.

— On vient d'apporter ceci pour vous, mademoiselle Constance. Le garçon attend une réponse.

Constance se retourna, la main tendue.

— Merci, Jenkins. De notre côté, nous avons une lettre à poster dès ce soir. Pouvez-vous vous en charger ?

— Certainement.

Constance étudia l'écriture sur l'enveloppe, inconnue, mais définitivement masculine. Encre noire, traits énergiques, pas de fioritures. Elle sut aussitôt de qui elle venait. L'écriture révélait l'homme autant que sa voix. Elle en reçut un étrange petit choc au creux de l'estomac. Elle s'efforça de l'ignorer et, l'air aussi dégagé que possible, glissa le coupe-papier dans l'enveloppe. La signature hardie ne la surprit pas.

— Alors ? demandèrent ses sœurs.

— C'est de Max Ensor. Une invitation à dîner pour ce soir.

Constance relut le message, soulagée de constater que sa voix était calme et que la sensation dans son ventre avait disparu.

— Si je n'ai pas d'engagement plus important…

— Ce qui est le cas.

— En effet, dit-elle en pianotant sur la feuille de papier. Y aller ou ne pas y aller…

— Telle est vraiment la question !

Prudence sortit une feuille à en-tête de lord Duncan et la déposa devant sa sœur.

— Le coursier attend une réponse, lui rappela-t-elle.

— Pourquoi voudrait-il m'inviter ? s'interrogea Constance. Un dîner en tête à tête semble un peu précipité, vous ne trouvez pas ? Surtout après que nous avons tout fait pour le mettre mal à l'aise cet après-midi.

— Si tu n'y vas pas, tu ne le sauras jamais, fit remarquer Prudence, toujours pratique.

— Certes. Et il pourrait être utile de le sonder un peu au sujet de la gouvernante.

Prudence considéra sa sœur avec un sourire en coin.

— Très utile, en effet, acquiesça-t-elle. Alors réponds-lui que tu acceptes, et nous irons t'aider à te préparer.

— Je me demande s'il t'emmènera au *Savoy*, ou au *Café Royal* ? lança Chastity.

— Au *Café Royal* ! décréta Prudence, qui attrapa la feuille de Constance avant qu'elle ne change d'avis. J'en mettrai ma main à couper. Encore qu'il soit plutôt du genre *Savoy*. Sa façon de s'habiller, son maintien… mais le *Café Royal* convient mieux à un dîner intime. Alors que le *Grill* du *Savoy* est parfait pour un déjeuner.

Ses sœurs ne la contredirent pas. Prudence avait un jugement très sûr en la matière.

— Nous allons te choisir une tenue pour le *Café* ! conclut-elle en tendant la lettre à Jenkins. Voilà, Jenkins. Ne vous trompez pas entre les deux !

— Mademoiselle Prudence ! protesta-t-il, outré.

— Je plaisantais, Jenkins.

Elle déposa sur sa joue un bref baiser qui le fit virer au rouge brique, avant qu'il ne s'esquive en hâte.

Max Ensor glissa des boutons en diamant, assortis à ceux des manchettes, dans le haut col de sa chemise de soirée. Son valet de chambre attendait près de la porte avec sa cape noire doublée de satin écarlate et son haut-de-forme.

— Cela ira, je crois.

Max tira sur le bas de sa jaquette, leva un pied chaussé de cuir noir rutilant.

— Encore une parfaite réussite, Marcel !

Max était disposé à admettre devant son valet une pointe de vanité, mais il était également capable de tourner en dérision l'importance presque obsessionnelle que Marcel comme lui-même accordaient au raffinement d'une tenue.

— Oui, monsieur.

L'homme s'inclina, admirant comme seul un valet en était capable le tombé parfait de la jaquette sur l'athlétique silhouette de son maître. Il lui posa respectueusement la cape sur les épaules.

— Dois-je appeler un fiacre, monsieur ?

— Non merci. Il fait doux, je vais aller à pied jusqu'à Manchester Square, et là j'en hélerai un. Je devrais rentrer au plus tard vers 1 heure.

— Bien, monsieur, dit Marcel en saluant.

Max s'engagea dans le large couloir du manoir des Graham qui menait au grand escalier. Comme il passait devant celui, étroit, qui menait à la nursery, il entendit un grand bruit, suivi d'un cri perçant, et il s'arrêta.

— Si vous n'en voulez pas, Pamela, fit une voix lasse, je l'enlève. Inutile de pleurer.

Les hurlements de fureur continuèrent un moment avant de s'arrêter net. Le silence qui suivit avait quelque chose d'irréel. Puis de nouveau la voix fatiguée :

— Je vous en prie, Pamela, ne faites pas cela.

Max n'avait jamais vraiment remarqué Mlle Westcott. Il la croisait plusieurs fois par jour, mais il aurait été incapable de la décrire. Toutefois, la triste résignation qu'il discernait dans sa voix retint son attention. Après ce qu'il avait appris un peu plus tôt sur la façon dont sa sœur traitait la gouvernante et cédait à tous les caprices de sa fille, il imaginait sans peine quel calvaire devait être la vie de cette malheureuse.

Pas étonnant, songea-t-il en grimpant les marches quatre à quatre, que des jeunes femmes cultivées comme Mlle Westcott soient séduites par les discours de l'Union féminine. Exploitées, impuissantes à modifier leurs vies de façon significative, elles s'accrochaient à l'idée du vote qui leur offrait un vague espoir de voir évoluer leurs conditions de travail. C'était une pensée nouvelle qui n'avait, jusqu'à cet après-midi chez les sœurs Duncan, jamais troublé la surface paisible de sa conscience des structures sociales. Il s'autorisa un sourire narquois en se rendant compte que Constance Duncan était entièrement responsable de son raid dans la nursery.

La porte en était ouverte, et il vit sa nièce plantée près d'une chaise renversée, le visage apoplectique, les yeux exorbités. De toute évidence, elle retenait sa respiration. Une jeune femme d'une trentaine d'années fixait l'enfant avec une expression d'exaspération résignée. La nurse qui assistait la vieille Nanny Baxter, la grande dame de la nursery qui avait élevé

Max et Letitia et avait passé l'âge du travail actif, se tordait les mains en murmurant :

— Respirez, mademoiselle Pamela, respirez !

Max souleva la petite fille et la tint haut au-dessus de lui. Sous l'effet de la surprise, elle ouvrit la bouche, et ses yeux rentrèrent dans leurs orbites. Il remarqua qu'elle ne semblait pas avoir versé une seule larme. Il la garda dans ses bras jusqu'à ce que son teint ait repris une couleur normale.

— On dirait que tout ne va pas bien dans ta vie, Pamela, fit-il gentiment en la reposant sur le sol.

Sa nièce en resta un moment muette de stupeur. Elle le regardait, le pouce dans la bouche.

— Je suis désolée que nous vous ayons dérangé, monsieur Ensor, s'excusa la gouvernante en remettant une mèche dans son chignon. Il n'y avait pas de raison de s'énerver. Elle ne voulait pas de son toast, alors je le lui ai enlevé, mais elle a tout de même…

Elle haussa les épaules en signe d'impuissance.

Max se pencha vers l'enfant.

— Cela doit être très désagréable de ne pas rencontrer d'opposition, observa-t-il. Il n'y a rien de mieux qu'une colère justifiée pour tester les limites, mais en l'absence de limites, que peut bien faire une petite personne comme toi ?

Une lueur d'approbation passa dans le regard gris de Mlle Westcott.

— Lady Graham ne croit pas aux limites, monsieur.

— Dans ce cas, je comprends. Pauvre petite…

Il sourit à mademoiselle Westcott.

— Et pauvre gouvernante ! Vous avez toute ma sympathie, madame.

— Merci, monsieur, murmura-t-elle en rosissant. Je crois que c'est terminé pour aujourd'hui. Un caprice par soirée, pas plus.

Max secoua la tête.

— Je parlerai à mon beau-frère.

Mlle Westcott fit un pas vers lui.

— Oh, non, monsieur Ensor ! C'est très aimable à vous, mais je ne voudrais pas que lady Graham pense que je me plains de Pammy.

Max frappa pensivement la paume de sa main avec ses gants. Pour ne pas contrarier sa fille, Letitia était prête à supporter une gouvernante aux idées politiques suspectes, mais jamais elle ne tolérerait que qui que ce soit se permette de critiquer son enfant, et surtout pas une employée. En outre, il doutait que parler à Bertie serve à grand-chose. Ce dernier détestait les conflits et fermait résolument les yeux sur tout ce qui risquait d'en créer.

— Très bien, dit-il.

Il hocha la tête et se tournait vers la porte lorsqu'il sentit qu'on tirait sur sa jaquette.

— Oncle Max, où allez-vous ? demanda Pamela. Je peux venir ?

— Je sors dîner, répondit-il. Avec une autre dame. Je ne crois pas pouvoir la décommander à la dernière minute. Ce serait affreusement grossier, tu ne trouves pas ?

Pamela réfléchit un instant. Sa scène de la soirée terminée, elle était tout à fait disposée à se montrer raisonnable.

— Elle pourrait croire que je suis… que je suis une rivale dans votre affection, déclara-t-elle en battant des mains.

Max croisa le regard de la gouvernante.

— Où diable… ?

— Nanny Baxter adore les romans sentimentaux, monsieur Ensor, expliqua-t-elle, imperturbable.

— Oh, je vois…

— Lady Graham et Nanny parlent des histoires d'amour qu'elles ont lues, quand madame vient à la nursery.

— Je vois, répéta Max.

Après avoir tiré gentiment les nattes de la petite fille et souhaité une bonne soirée à sa gouvernante, il quitta la nursery d'un pas vif.

Il croisa son beau-frère dans le hall.

— Ah, Max ! Vous allez au Parlement ? s'enquit celui-ci, jovial, l'haleine empestant le whisky. Je sors de la Chambre des lords... une discussion affreusement rasoir sur l'agriculture. Cela ne vaut pas la peine de s'en soucier. Tant que les fermiers paient leurs impôts, qu'on leur fiche la paix, non ?

— Je représente une circonscription en grande partie urbaine, Bertie. Il n'y a rien sur l'agenda de ce soir qui concerne mes administrés. J'ai invité Mlle Duncan à dîner.

— Oh ?

Le regard trouble de Bertie avait du mal à se fixer.

— L'aînée ? Sacrément belle fille ! Elle me rappelle sa mère, mais elle sera bientôt au rancart si elle ne choisit pas un mari... Il y a plein de jeunes gens qui lui tournent autour. Dommage que ce type à qui elle était fiancée... je ne me rappelle plus son nom... ait été tué à la guerre. À Mafeking, ou quelque chose de ce genre. Dans les Dragons, je crois.

— C'était il y a quoi, cinq ou six ans ? fit Max d'un ton songeur.

Il imaginait mal Constance en pleureuse tragique et inconsolable.

— Quelque chose comme ça, répondit Bertie. La famille en a été bouleversée. La mère a emmené ses filles en Italie pour six mois, dans l'espoir que Constance s'en remettrait. Ça doit être oublié, à présent. À son âge... Elle ne peut pas pleurer indéfiniment.

Max absorba l'information en silence, puis se dirigea vers la porte.

— Oh, je voulais vous demander… ajouta son beau-frère. Vous croyez qu'il y a un poste pour vous au cabinet du Premier ministre ? J'ai entendu dire que vous étiez très intime avec Campbell-Bannerman.

— Non, répondit Max en riant. Je suis trop nouveau dans le métier pour un tel honneur, Bertie.

— Dommage, soupira ce dernier. C'est utile, dans une famille, d'avoir quelqu'un qui fait partie d'un cabinet ministériel.

Max secoua la tête et laissa son beau-frère à ses réflexions et à sa carafe de whisky.

La soirée était splendide, et il traversa vivement Mayfair en direction de Manchester Square. La question de Bertie n'était pas totalement absurde, bien qu'il l'eût tournée en plaisanterie. Il était en effet dans les petits papiers du Premier ministre, mais il était trop nouveau à la Chambre pour jouir d'une telle promotion.

S'il manœuvrait astucieusement, cela arriverait tôt ou tard, sans doute pendant le règne du parti libéral. Or il avait la ferme intention de jouer les bonnes cartes. Il avait trouvé le moyen de rester présent à l'esprit du Premier ministre. Campbell-Bannerman n'était pas partisan du droit de vote pour les femmes, mais il ne pouvait se mettre à dos les libéraux qui étaient pour. Chercher un compromis acceptable serait la route de Max vers le cabinet. Il y avait de nombreux moyens détournés de mettre les suffragettes hors d'état de nuire sans s'aliéner leurs partisans les plus influents. Et le meilleur, pour commencer, était d'entretenir des relations avec un membre actif et passionné de l'Union.

Il n'était pas certain que Constance Duncan fût inscrite à ce mouvement, cependant elle ne faisait pas mystère de ses idées sur l'égalité des droits des femmes. Il la soupçonnait en outre d'avoir un rapport avec le *Mayfair Lady*. Soit elle y était activement impliquée, soit elle savait qui le dirigeait. Si ce journal créait des ennuis, il serait intéressant de découvrir exactement qui en tirait les ficelles. Aussi était-il ravi d'allier travail et plaisir en sortant avec Mlle Duncan.

Il avait soigneusement réfléchi avant de lancer son invitation. N'était-ce pas trop tôt pour un dîner à deux ? Puis il avait décidé qu'une attaque directe pourrait la prendre de court et la pousser à accepter, ce qui ne serait pas forcément le cas avec une approche plus pondérée. Il allait se montrer charmant, un peu séducteur, bref, il allait la désarmer. Ensuite, il ne se manifesterait pas pendant plusieurs jours, la laissant s'interroger sur ses intentions. C'était une tactique qui lui avait réussi à plusieurs reprises.

Cela dit, il devait reconnaître qu'il n'était pas absolument sûr de son succès dans le cas présent. Constance l'intriguait. Elle n'entrait dans aucune catégorie connue de lui. Elle avait la brusquerie bas-bleu, l'âpreté d'une mégère, le visage et la silhouette d'une véritable beauté, l'allure et le goût d'une femme du monde... Pourtant, elle demeurait inclassable. Et voilà qu'un fiancé mort entrait dans le paysage ! Un brillant et héroïque rejeton d'une noble famille, abattu alors qu'il luttait pour son pays. Si elle le pleurait encore, un prosaïque politicien aurait du mal à égaler ce héros, songea-t-il en montant les marches du porche.

La porte s'ouvrit sur le majordome qu'il avait vu l'après-midi.

— Voulez-vous attendre au salon, monsieur ? Je vais informer Mlle Duncan de votre arrivée.

— Merci. Pourriez-vous envoyer quelqu'un chercher un fiacre, je vous prie ?

Max suivit Jenkins, et fut pris de court lorsque ce dernier annonça :

— M. Ensor, monsieur le baron. Il attend Mlle Constance.

Lord Duncan, qui se tenait devant les portes-fenêtres ouvertes sur la terrasse, se retourna.

— Ah, je ne savais pas que ma fille sortait ce soir, fit-il en s'approchant du visiteur la main tendue. On ne me tient au courant de rien, dans cette maison. Sherry ? Ou préférez-vous du whisky ?

— Du sherry, merci.

— Les filles ne vous disent rien, déclara lord Duncan. Les épouses non plus, d'ailleurs, ajouta-t-il en riant. Alors, où l'emmenez-vous ? Rassurez-vous, il n'y a là ni souci paternel ni indiscrétion… Constance n'a pas besoin qu'on veille sur elle.

— J'ai pensé au *Café Royal*.

— Excellent ! J'y ai invité sa mère le lendemain de notre mariage… Il y a une trentaine d'années.

Une ombre passa fugitivement sur le visage de lord Duncan.

— Vous êtes l'un des nouveaux protégés de Campbell-Bannerman, n'est-ce pas ?

— Pas vraiment un protégé, monsieur.

— Cela viendra… cela viendra, assura lord Duncan avec un clin d'œil complice. Cigarette ?

Il tendit un étui d'argent à Max qui refusa. Lord Duncan en alluma une et inhala la fumée avec un bonheur évident.

— Alors, où avez-vous fait la connaissance de mes filles ? Car je suppose que si vous en avez rencontré une, vous avez vu les autres.

— En effet, monsieur. Je les ai croisées chez *Fortnum* alors que je prenais le thé avec lady Armitage, qui est une amie de ma sœur, lady Graham.

Max ne cessait de jeter des coups d'œil anxieux vers la porte.

— Oh, je sais cela, mon cher. Ma foi, vous devriez venir à la campagne, ce week-end. Nous recevons quelques amis. Les filles ont envie de jouer au tennis. Un sport qui ne m'attire guère. Je préfère nettement le croquet, c'est bien plus vicieux... Quand vous croyez que vous avez...

— Oh, père, vous ennuyez M. Ensor, avec votre obsession du croquet.

Constance fit son entrée dans un bruissement de taffetas.

— J'espère que je ne vous ai pas fait trop attendre, monsieur Ensor, ajouta-t-elle.

— Pas du tout, madame.

Il ne parvenait pas à détacher le regard de la jeune femme. Elle portait avec sa jupe noire un haut d'un rouge profond parfaitement assorti à sa chevelure. Le décolleté, qui révélait la naissance de ses seins, était rehaussé par un somptueux collier de jais qui mettait en valeur sa peau claire. Ses clavicules étaient visibles, et Max eut tellement envie d'y poser les lèvres qu'il sentit ses orteils se recroqueviller dans ses souliers. Elle portait des talons hauts, ce qui la faisait paraître encore plus grande et plus élancée. Son chignon orné de petits papillons noirs ne demandait qu'à être dénoué, chaque épingle ôtée une à une, chaque boucle se déroulant souplement sur ses épaules parfaites.

Bref, il était fasciné.

— Constance est particulièrement en beauté, ce soir, monsieur Ensor, fit la voix de Prudence juste derrière lui.

Max s'ébroua. Les deux sœurs de Constance le regardaient avec un sourire entendu. Elles avaient lu en lui à livre ouvert!

— Mlle Duncan est toujours ravissante, fit-il en s'inclinant légèrement. De même que ses sœurs, au demeurant.

— Joliment dit, monsieur Ensor! commenta Chastity.

Il eut beau chercher, il ne découvrit pas la moindre trace d'ironie dans son regard.

— Alors, reprit-elle, où emmenez-vous Constance ?

Max se dit que des trois, c'était sans doute la plus bienveillante. Il fallait se méfier des deux autres, qui avaient un côté acerbe, surtout Constance. Quoique, en l'occurrence, il trouvât ce trait de caractère provocant, mais aussi, de façon perverse, attirant.

— J'ai pensé au *Café Royal*, si cela vous convient, mademoiselle Duncan.

— Parfaitement ! répondit-elle. Ai-je bien entendu père vous inviter à Romsey Manor pour le week-end ?

Max acquiesça.

— Mais je ne suis pas certain que je…

Il ne termina pas sa phrase, observant avec attention sa réaction. Logiquement, elle devrait appuyer l'invitation de son père, mais il avait fait le premier pas et n'avait pas l'intention d'en faire un second. Il n'allait pas mettre en péril le succès de sa mission en acceptant une invitation qui déplairait à la jeune femme. Mieux valait progresser doucement pour l'instant plutôt que de risquer de l'effaroucher.

Constance réfléchissait à toute vitesse. Elle pourrait manipuler Max Ensor, il ne s'en rendrait même pas compte. Un week-end de trois jours à la campagne lui donnerait tout le temps voulu pour le travailler. Dès lundi, il porterait les couleurs de l'UFSP.

Elle ravala les bulles de rire qui lui montaient à la gorge.

— J'espère sincèrement que vous pourrez vous joindre à nous, déclara-t-elle avec chaleur. C'est une invitation de dernière minute, certes, mais nous serions ravis de vous compter parmi nous.

Elle se tourna vers ses sœurs qui acquiescèrent avec un enthousiasme identique.

Tout cela semblait fort convaincant, pourtant Max était un peu inquiet. Il aurait été cependant incapable d'identifier la cause de son malaise, aussi répondit-il simplement :

— Merci. Ce sera avec plaisir.

— Parfait. Nous en parlerons pendant le dîner. Jouez-vous au tennis ?

— Médiocrement.

Constance l'observait entre ses paupières mi-closes.

— Fausse modestie, monsieur Ensor ?

Il rit.

— Je ne suis pas assez prétentieux pour me vanter alors que je ne connais pas le niveau de la compétition.

Il se retourna quand Jenkins annonça l'arrivée du fiacre.

— Nous y allons, mademoiselle Duncan ? s'enquit-il en offrant le bras à Constance.

— Bonne soirée, dit Chastity.

— Au week-end prochain, monsieur Ensor, ajouta Prudence.

— Vous n'avez pas de voiture en ville ? demanda Constance tandis qu'il l'aidait à monter dans le fiacre.

— J'ai une automobile, répondit-il, mais je ne la conduis pas à Londres.

— Oh, c'est formidable ! s'exclama Constance, sincèrement impressionnée. Je ne suis jamais montée dans l'un de ces engins !

— Peut-être me permettrez-vous de vous conduire à la campagne ce week-end ?

Comme elle ne répondait pas, il lui lança un regard interrogateur.

— Aurais-je commis un impair ?

— Non, non, pas du tout, soupira-t-elle. C'est seulement un peu fâcheux.

Il attendait une explication, mais elle ne vint pas, et il abandonna le sujet.

6

Max remit sa cape et le manteau de Constance à un employé, puis ils suivirent le maître d'hôtel dans le vaste escalier. On les installa dans une alcôve d'où la jeune femme avait une vue parfaite sur la salle à manger et les dîneurs.

Max commanda du champagne avant d'ouvrir la carte.

— Aimez-vous les huîtres, mademoiselle Duncan ?

— Oui, mais je n'en ai pas très envie ce soir.

— Alors peut-être des œufs de caille en gelée, murmura-t-il comme pour lui-même, et du turbot sauce hollandaise, suivis par un blanc de pigeon truffé.

Quand il releva les yeux, il semblait tout à fait déterminé.

Constance croisa les mains. S'il y avait une chose qu'elle détestait, c'était bien qu'un homme choisisse à sa place. En outre, cet homme-là la connaissait à peine. Elle s'empara de la carte et sourit au serveur qui lui versait du champagne.

— Vous vous décidez rapidement, monsieur Ensor. Moi, j'aime bien prendre mon temps. Il me faut au moins un quart d'heure pour étudier le menu.

Max discerna la pointe d'acidité dans sa voix, mais il se tut. D'ordinaire, les femmes se fiaient à lui pour le choix des plats ; cela faisait même partie de son arsenal de séduction. Cette fois, s'il voulait garder sa dignité, il avait intérêt à feindre de n'avoir parlé que pour lui. Or il avait horreur du turbot, ne raffolait pas du pigeon et mourait d'envie du gigot d'agneau qui faisait la réputation du *Café Royal*.

Il concentra son attention sur la carte des vins, bien décidé, cette fois, à avoir le dernier mot.

Constance but une gorgée de champagne avant de déclarer :

— Je trouve que le sancerre se marie particulièrement bien avec le turbot. Et ensuite, un bon bordeaux mettrait en valeur le goût des truffes.

Max referma la carte.

— Si vous me disiez ce que vous désirez manger, mademoiselle Duncan, je pourrais faire un choix plus approprié.

— Oh, oui…

Ses yeux pétillaient, ses joues étaient roses d'excitation.

Elle rayonnait positivement du plaisir d'avoir marqué un point. Devait-il céder ? La désarmer en s'excusant carrément d'avoir été trop autoritaire ? Ou simplement ignorer son air de triomphe et avaler turbot et pigeon, au risque qu'ils lui restent sur l'estomac ?

Il opta pour la première solution. Elle en serait désarçonnée, or s'il voulait arriver où que ce soit avec Constance Duncan, il lui fallait la surprendre.

Il eut un petit rire un peu penaud.

— Je déteste le turbot, avoua-t-il. Je prendrai du gigot d'agneau.

Elle leva un regard étonné, puis elle rit avec lui. Un vrai rire, sans trace de moquerie, pour une fois.

— Je ne voulais pas être désagréable, dit-elle.

— Mais si.

— Alors, pardonnez-moi. J'ai été désagréable quand vous vouliez simplement vous montrer aimable.

— *Aimable ?* s'écria-t-il. Je m'efforçais de vous charmer !

— Vraiment ! C'était cela ? Je ne comprends pas pourquoi les hommes pensent toujours que les femmes sont ravies de les voir décider à leur place.

— Vous êtes un cas, commenta-t-il, ironique.

— Peut-être pas autant que vous l'imaginez. Nous sommes probablement nombreuses à réagir ainsi.

— Déclarons une trêve, mademoiselle Duncan, dit-il en tendant la main au-dessus de la table.

Constance ne voyait pas de raison de refuser, au moins pour la soirée. Elle lui serra la main.

— Laissons de côté les formalités, Max. Je m'appelle Constance.

— Constance, répéta-t-il en gardant sa main dans la sienne un peu plus longtemps que nécessaire.

Elle ressentit un picotement au bout des doigts et se surprit à contempler les mains de Max, ces mains qu'elle avait trouvées belles dès leur première rencontre. Elle se dégagea, chassant cette pensée dérangeante.

— Que désirez-vous, alors ? demanda-t-il après un silence qui menaçait de devenir gênant.

— L'agneau. Saumon fumé, soufflé de homard et gigot.

Il acquiesça gravement avant de revenir à la carte des vins.

— Sancerre ? proposa-t-il.

Elle leva les mains, paumes en avant.

— Je vous en prie... Je n'aurais pas la prétention de vous guider en cette matière.

— Vraiment ?

Comme il souriait, de petites rides se formèrent au coin de ses yeux, lui donnant soudain un air presque juvénile, et une fois de plus, Constance fut surprise. Elle reconnaissait volontiers qu'il était bel homme, mais jusqu'à présent, elle ne l'avait pas trouvé particulièrement attirant. Peut-être parce qu'elle n'y avait pas songé.

Nouvelle pensée dérangeante… Elle parcourut la salle du regard tandis que Max s'entretenait avec le sommelier.

Elle s'aperçut qu'ils s'attiraient des coups d'œil intrigués. Quelques miettes que les échotiers auraient à se mettre sous la dent… Elle-même pourrait rédiger quelques lignes, pour sa prochaine édition, sur le dîner qu'avaient partagé M. Ensor et Mlle Duncan. À cette idée, un petit rire lui échappa.

— J'ai raté quelque chose ? s'enquit Max.

— Non, juste une pensée qui me traversait l'esprit, répondit Constance en adressant un signe à une de ses connaissances.

La conversation de Max était brillante, et elle se plut à l'écouter parler de la dernière pièce de Bernard Shaw, *L'Homme et le Surhomme*, variation sur le thème de Don Juan, de la mort récente du peintre Camille Pissarro, des plans de la nouvelle cathédrale de Liverpool. Elle fut étonnée par la multiplicité de ses centres d'intérêt. Ils allaient bien au-delà de ce que requérait une simple conversation mondaine.

— Laissez-moi deviner, dit-il alors que l'on débarrassait leurs assiettes après le gigot. Vous préférez le fromage avant le dessert.

— C'est presque cela, mais pas tout à fait.

— Oh… Fromage et pas de dessert.

— Exact.

— Vous avez sûrement raison, mais je suis incapable de résister à leur crème brûlée !

— Ma sœur Chastity vous dirait qu'ils ont les meilleurs œufs à la neige de Londres, et elle s'y connaît.

— Il est rare de rencontrer une femme qui n'aime pas le sucré, remarqua-t-il.

— Encore un stéréotype, Max ?

— Simple observation due à l'expérience.

Constance se tourna vers le chariot des fromages. C'était à son tour de se montrer conciliante.

— À vrai dire, je pense aussi que c'est assez rare. Je tiens cela de ma mère... Un peu d'Époisses, s'il vous plaît. Et du bleu d'Auvergne.

— Un verre de porto ? suggéra Max. En guise de dessert.

— Volontiers.

Constance eut un petit soupir de plaisir quand le serveur détacha un grappillon de raisin blanc qu'il déposa sur son assiette près du fromage.

— Porto, fromage et raisin... le plus savoureux des ménages à trois. Comment pourrait-on ensuite vouloir un dessert ?

Max s'entretint de nouveau avec le sommelier avant de se pencher vers sa compagne :

— Alors, me permettrez-vous de vous conduire à la campagne, vendredi ?

Elle secoua la tête.

— Je crains que non.

Il parut déconcerté.

— Je suis bon conducteur, vous savez.

— Je n'en doute pas.

Elle réfléchit un instant avant de reprendre, sur le ton de la confidence :

— Mon père, lui, ne l'est pas. Sa vue baisse, pourtant il rêve d'acheter une automobile. Nous nous efforçons de l'en dissuader, mais s'il m'aperçoit à bord de l'un de ces engins, nos arguments lui sembleront quelque peu hypocrites.

— Je vois... Cela dit, il pourrait engager un chauffeur.

— Certes, mais il trouve cela inutile. D'autre part, notre cocher, Cobham, assure qu'il ne s'habituera jamais à ces machines modernes, or il est à notre service depuis trop longtemps pour qu'on le mette au pré... selon son expression.

— Délicat, en effet, reconnut Max. Dans ce cas, peut-être pourrais-je prendre le train ?

— Je ne pense pas qu'un tel sacrifice soit nécessaire.

— Le sacrifice ne serait pas énorme, dit-il en humant son porto. Dites-moi si cela vous convient, ajouta-t-il en désignant son verre.

Constance eut un petit signe d'appréciation.

— Pourquoi renonceriez-vous à votre promenade en automobile ? Il paraît que c'est très excitant, dit-elle avec une nuance d'envie dans la voix.

— En effet, mais je préfère encore votre compagnie dans le train.

La croyait-il naïve au point de gober une flatterie aussi criante ?

— Vous savez tourner un compliment, monsieur Ensor, observa-t-elle, déçue par son manque de subtilité.

Mais après tout, à quoi s'attendre de la part d'un individu qui rangeait toutes les femmes dans la même catégorie ?

— Cela impliquerait un manque certain de sincérité, mademoiselle Duncan.

— C'est peut-être le cas, répondit-elle avant de changer de sujet afin de ne pas envenimer la conversation. Nous prenons le train qui part à midi de Waterloo. Il arrive à Southampton à 15 heures, où nous avons une correspondance pour Romsey. Là, un cabriolet nous attend.

— Dois-je comprendre que vous me proposez de vous retrouver à la gare ?

Il était décidé à pousser son avantage, bien que Constance fût la personne la plus imprévisible qu'il lui eût été donné de rencontrer.

— Je vous en prie, dit-elle en levant son verre avec un sourire.

L'agressivité ne la mènerait à rien, et elle avait intérêt à se montrer un peu plus amène.

— Cet après-midi, je m'en suis voulu d'avoir jugé si hâtivement la gouvernante de votre nièce, poursuivit-elle.

— Pourquoi ? s'étonna-t-il. Qu'a-t-elle à voir avec vous ?

Constance pelait consciencieusement un grain de raisin, évitant le regard de Max.

— Rien. C'est pourquoi je regrette les propos que j'ai tenus à la soirée Beekman. Je ne connaissais pas la situation de cette personne lorsque je me suis permis de porter un jugement sur elle.

— Puisqu'elle n'est pas au courant, ne vous sentez pas coupable, déclara-t-il sans cesser de l'observer.

Vraisemblablement, elle venait de tenter une diversion avant l'attaque en force.

Elle lui offrit un sourire désarmant.

— C'est un peu gênant. En m'excusant d'avoir hâtivement jugé la gouvernante, j'ai plus ou moins l'impression de critiquer votre sœur.

— En effet. Et j'avoue que j'aimerais fort savoir pourquoi vous insistez sur ce sujet.

Le sourire désarmant ne l'avait pas abusé une seconde.

Constance tomba le masque.

— C'est vous qui avez défendu la gouvernante, et je disais simplement qu'après avoir entendu les commentaires de votre sœur cet après-midi, je comprenais votre point de vue.

Il pinça les lèvres, mais se contenta de demander :

— Café ?

— Quand vous aurez pris votre crème brûlée.

— Je crois que le porto m'en a coupé l'envie, dit-il en faisant signe au serveur qui se tenait non loin. Ainsi, vous pensez qu'une mère ne devrait pas se soucier des opinions politiques de la personne chargée de l'éducation de son enfant ?

— Je considère qu'elle n'a aucun droit de fouiller dans les affaires de ses employés, répliqua Constance. S'ils gardent leurs opinions pour eux, il n'y a pas de raison de s'en mêler. Mlle Westcott a-t-elle les moyens de vivre sans travailler ?

— Sans doute pas.

— Depuis combien de temps est-elle au service de votre sœur ?

— Oh, je crois qu'elle tient depuis presque dix mois. C'est-à-dire six de plus que les autres gouvernantes.

Constance se doutait qu'il tentait de la provoquer par sa feinte insouciance, mais elle refusait d'entrer dans son jeu.

— Est-elle très jeune ?

Elle versa deux tasses de café, et le serveur en posa une devant Max.

— Elle a passé l'âge auquel on l'avoue. Mais pourquoi vous intéresse-t-elle tant ?

Il mit un sucre dans sa tasse.

— Elle ne m'intéresse pas tant que cela.

— Vraiment ? Je pensais que son statut de membre exploité de la gent féminine opprimée éveillait votre sympathie.

— Je ne le nierai pas. Notre mère se passionnait pour ces sujets.

Il la regarda droit dans les yeux.

— Et ensuite, vous me direz que les enfants ne sont pas influencés par les vues de ceux qui sont chargés de former leur esprit ?

— Non, bien sûr que non. Je n'ai jamais prétendu une telle chose. J'ai simplement dit qu'une femme a le droit d'avoir ses propres idées à condition qu'elle les garde pour elle. Mlle Westcott a-t-elle essayé de communiquer ses opinions politiques à cette petite fille de six ans ?

— Je doute que cela intéresse Pamela, dit Max. Semblable en cela à la plupart...

Il s'interrompit.

— À la plupart des femmes, termina Constance à sa place. C'est bien ce que vous alliez dire ?

— Si vous cessiez de parler pour moi ? soupira-t-il.

— Vous ne faites pas mystère de votre point de vue sur le sujet.

Il croisa les bras sur la table.

— Je ne comprends pas pourquoi les femmes réclament le droit de vote. Elles exercent une puissante influence dans leurs foyers. J'en connais même qui sont beaucoup plus fortes que les hommes, croyez-moi. Les époux et les frères filent doux devant elles !

— J'ai du mal à croire que vous enfourchiez ce vieux cheval de bataille, commenta-t-elle, écœurée. « Les femmes tirent les ficelles dans l'ombre. » Et même si je vous accorde que certaines femmes comblées influencent les hommes qui prennent les décisions pour elles, qu'en est-il des moins chanceuses ? Qui prendra les mesures susceptibles d'améliorer leur existence ? Qui s'intéresse à elles ?

Ses yeux brillaient de colère contenue, ses joues s'étaient empourprées.

Max eut un instant envie de lui dire que la colère lui seyait particulièrement bien, mais il décida qu'il en avait fait assez pour la soirée. Il était presque certain, à présent, qu'elle était inscrite à l'USFP et qu'elle allait lui être fort utile. Il était temps de battre en retraite tout en préparant l'étape suivante. S'il jouait habilement, elle lui fournirait les informations dont il avait besoin.

— L'Union féminine a peut-être quelque mérite, dit-il posément, mais ces femmes doivent réfléchir aux conséquences lointaines d'un tel bouleversement social. Il faut considérer le sujet sous tous ses angles.

Constance se calma d'un coup. Elle ne pouvait nier le bien-fondé de cette réflexion, aussi répondit-elle d'un ton tout aussi posé :

— Il nous faut cependant l'assurance que le gouvernement a l'intention d'étudier le problème.

Max nota le « nous » qui trahissait son appartenance au parti.

— Je crois savoir que le problème est à l'ordre du jour au ministère.

Il semblait parfaitement sincère, et il était sans doute au courant, s'il déjeunait régulièrement avec le Premier ministre.

— C'est déjà quelque chose, fit-elle d'un ton neutre.

Il acquiesça, avant de clore résolument le sujet.

— Voulez-vous un cognac ?

— Non merci, il faut que j'aie les idées claires pour demain. Mais que cela ne vous en prive pas…

— J'ai aussi besoin d'avoir les idées claires.

Il fit signe au maître d'hôtel de lui apporter l'addition, et il demanda en même temps que l'on appelle un fiacre.

— La prochaine fois, si vous voulez bien me faire l'honneur de dîner de nouveau avec moi, nous pourrions peut-être faire une promenade en voiture. Je vous prendrais à quelque distance de chez vous, et nous irions du côté de Windsor, où je connais un endroit fort agréable.

— Excellente idée, dit-elle du même ton indifférent en prenant son sac à main. Si vous voulez bien m'excuser…

Max se leva tandis qu'un serveur tirait le siège de Constance, qui se redressa dans un gracieux mouvement de jupe. Max la suivit des yeux tandis qu'elle se dirigeait vers les toilettes pour dames tout en saluant quelques personnes de connaissance.

Il avait du mal à décider si la soirée avait été un succès ou non. Il avait appris ce qu'il souhaitait savoir, pourtant il n'avait pas l'impression d'avoir réussi à désarmer la jeune femme. Elle semblait hermétique à la flatterie et n'entrait pas dans le jeu de la séduction. Quant à lui, bien qu'il la trouvât ravissante et de compagnie stimulante, il était franchement exaspéré par son obstination et son esprit de contradiction. Peut-être était-ce un moyen de le tenir à distance… Dans ce cas, elle n'y parvenait que trop bien.

Du coup, son intérêt redoublait. Il allait investir la forteresse, d'une manière ou d'une autre. Il y avait forcément une femme sous cette carapace d'intellectuelle. On pouvait se laisser emporter par les passions de l'esprit, et il respectait sincèrement son intelligence, mais il existait d'autres passions que même une femme obsédée par sa mission se devait d'apprendre à apprécier.

Constance sortit des toilettes après avoir déposé discrètement un exemplaire du *Mayfair Lady* dans la corbeille de serviettes. Elle aussi nourrissait des doutes quant à la réussite de cette soirée. Elle avait grappillé quelques informations anodines sur Mlle Westcott, appris que le gouvernement étudiait la question du vote des femmes. Pas grand-chose, en définitive. Et elle ne pensait pas avoir ne serait-ce qu'ébréché le point de vue préhistorique de Max Ensor sur la place des femmes dans la société. Néanmoins, elle avait un week-end entier devant elle. Sous son propre toit. Si elle n'accomplissait pas quelques progrès avec cet homme, alors elle était moins douée qu'elle ne le croyait !

Max était debout lorsqu'elle revint. Son sourire mystérieux, un éclat nouveau dans son regard le fascinèrent tout en l'alertant. Qu'avait-elle bien pu faire dans un endroit aussi banal que des toilettes pour dames ?

— Le fiacre attend, annonça-t-il.

Il paraissait intrigué ; Constance se rendit alors compte qu'elle souriait, aussi se composa-t-elle une expression plus neutre tandis qu'elle murmurait les politesses d'usage.

Le silence, dans la voiture, était plein d'incertitudes. Max allait-il faire un geste, et dans ce cas, comment réagirait-elle ? Il n'était pas rare, après une soirée de ce genre, que le cavalier tente un léger baiser. Elle n'eut pas à attendre longtemps.

Max posa doucement la main sur son genou et elle sentit sa chaleur à travers la soie de sa robe. Il se tourna ensuite vers elle, lui prit le menton et l'obligea à le regarder. Malgré la pénombre, elle fut confrontée à l'éclat de ses yeux, à la courbe sensuelle de sa bouche. Elle demeura parfaitement immobile, ne sachant toujours pas quelle attitude adopter.

Max fit courir son doigt sur ses lèvres. Comment interpréter le silence de Constance, son immobilité qui n'était ni rejet ni résistance ? Puis elle entrouvrit les lèvres et toucha son doigt du bout de la langue. La hardiesse de ce geste le surprit... Bien que rien ne pût vraiment le surprendre chez Constance Duncan !

Il inclina la tête et l'embrassa. Visiblement, la jeune femme n'était pas novice en la matière. « Tant mieux ! » songea-t-il.

Nouant les bras autour de son cou, elle lui rendait baiser pour baiser. Il n'avait envisagé qu'un chaste effleurement, mais elle avait pris les choses en main, et il n'était pas tout à fait certain que cela lui plût...

Le fiacre s'arrêta brusquement.

— Manchester Square, m'sieur !

La voix éraillée du cocher les fit sursauter. Constance se passa le bout des doigts sur les lèvres.

— Merci pour cette charmante soirée, Max.

— Tout le plaisir était pour moi, Constance, répondit-il en lui retournant son sourire poli.

Il l'aida à descendre du fiacre, l'accompagna jusqu'en haut des marches et porta sa main à ses lèvres.

— À bientôt.

— Vendredi, gare de Waterloo, à midi.

— Je m'en réjouis à l'avance.

Constance lui adressa un petit geste d'adieu, tandis que Jenkins ouvrait la porte.

— Avez-vous passé une bonne soirée, mademoiselle ?

— Je n'en suis pas tout à fait sûre... Mes sœurs sont-elles couchées ?

— Cela m'étonnerait, mademoiselle Constance, répondit le majordome en souriant. Je pense que vous les trouverez dans le petit salon.

— Alors, je vous souhaite une bonne nuit, Jenkins.

Empoignant sa jupe, elle gagna vivement l'étage. Elle ne pouvait éviter ses sœurs, qui attendaient son retour avec impatience, et elle ne le souhaitait pas, cependant elle n'était pas certaine de vouloir leur raconter ce qui s'était passé dans le fiacre. Elle avait eu l'intention d'offrir à Max un baiser léger qui le laisserait sur sa faim, mais cela ne s'était pas déroulé comme prévu. Pas du tout même.

Elle ouvrit la porte du salon.

Prudence et Chastity disputaient une partie de backgammon, mais elles se levèrent d'un bond en la voyant.

— Alors, raconte ! Vous vous êtes disputés durant tout le dîner, ou bien la soirée a-t-elle été merveilleusement romantique ?

— Tu es impossible, Chastity, protesta Constance en ôtant ses gants. Nous nous sommes querellés presque tout le temps, et le seul moment romantique a été celui où il m'a embrassée pour me souhaiter bonne nuit dans la voiture.

— Un baiser réussi ? demanda Prudence.

— Je me pose encore la question.

Constance se laissa tomber sans façon dans le canapé et lança ses souliers à travers la pièce. Ses sœurs la regardaient avec la fixité de fauves qui attendent qu'on leur jette de la nourriture.

— Une note de un à dix, insista Prudence.

Constance fit mine de réfléchir en examinant ses ongles.

— Hardi, déclara-t-elle enfin pensivement. Fort... Tiède... Lèvres souples... Comme je ne pense pas possible de donner un dix parce qu'on ne sait jamais ce que l'on pourrait expérimenter ailleurs, je dirais huit.

— Plutôt élevé !

— Cela me paraît un peu osé pour un premier baiser, fit remarquer Chastity.

— Sans doute, mais ce n'est pas entièrement sa faute.

— Vraiment ?

Ses sœurs l'observaient attentivement, et Chastity demanda simplement :

— C'était comme avec Douglas ?

Constance se donna le temps de la réflexion.

— Je ne sais pas, avoua-t-elle enfin. C'est affreux, mais je ne me souviens plus des baisers de Douglas. J'ai déjà du mal à revoir clairement ses traits... mais quand je l'imagine enterré quelque part en Afrique du Sud, j'ai envie de m'arracher les cheveux, de hurler, de tempêter devant cette satanée injustice !

Elle fixait le tapis sans le voir.

— Je suis remise, bien sûr, mais je ne suis pas pressée d'enfouir son souvenir sous une nouvelle passion.

— Donc Max Ensor ne t'exaspère pas trop, conclut Prudence.

— Non. Ce sont ses idées qui me hérissent. Il en est encore à l'âge de pierre ! Mais je ne déteste pas l'idée de le faire avancer, admit-elle. J'ai l'intention de le prendre en main, et quand j'en aurai fini avec lui, il portera les couleurs de l'Union féminine.

— Il vient bien à Romsey pour le week-end ?

— Oui. Il nous retrouvera à Waterloo.

— Et tu as déjà un plan en ce qui le concerne ?

— C'est encore flou, mais cela prend forme peu à peu. Je vous expliquerai quand ce sera plus clair, ajouta-t-elle dans un large sourire. Au fait, il voulait nous emmener en automobile, mais je l'en ai dissuadé. Je lui ai dit que la vue de père baissait, qu'il voulait quand même acheter une automobile et que nous ne tenions pas à l'y encourager.

— Bien joué !

Prudence réprima un bâillement.

— Et pour Mlle Westcott ?

— Pas grand-chose de nouveau. J'ai appris qu'elle n'est pas toute jeune et qu'elle a tenu plus longtemps dans la famille Graham que les autres gouvernantes, donc l'enfant l'aime bien. C'est tout.

— C'est mieux que rien. Je me demande ce qu'il peut y avoir de si délicat dans sa situation.

— Nous ne tarderons pas à l'apprendre.

Constance éteignit les lumières et toutes trois allèrent se coucher.

Amelia Westcott se hâtait en direction du bureau de poste de Park Lane, tirant par la main une Pamela réticente. Elles pénétrèrent dans l'établissement au moment où une averse se déclenchait.

— Mon chapeau est mouillé, geignit la fillette. C'est mon tout neuf ! Maman vient de l'acheter, et maintenant, il est tout abîmé.

— Il séchera, assura Amelia. Regardez, nous sommes à l'abri, à présent. Faisons la course avec les gouttes de pluie sur la fenêtre.

Elle emmena l'enfant vers la vitre et désigna deux gouttes qui ruisselaient lentement.

— Je choisis celle de gauche, dit-elle.

— Je la veux !

— Parfait. Je prendrai celle de droite.

Réprimant un soupir, Amelia se dirigea vers le comptoir où l'employé lui adressa un chaleureux sourire.

— Bonjour, mademoiselle Westcott. J'ai une lettre pour vous… Arrivée ce matin.

Il sortit une longue enveloppe d'un casier.

— C'est la mienne qui a gagné ! s'écria Pamela en sautant de joie. Regardez, mademoiselle Westcott, la mienne a gagné !

Elle agrippa la main de sa gouvernante et l'entraîna vers la fenêtre. Amelia empocha la lettre, remercia l'employé et alla assister au triomphe de l'anonyme goutte de pluie.

— Regardez ! C'était la mienne ! Je veux recommencer, décida Pamela en haussant la voix, comme si elle s'attendait à un refus.

— Sur laquelle pariez-vous ? demanda aussitôt Amelia.

— Celle-là ! Et vous, celle-ci.

La gouvernante dut subir un bon quart d'heure de ce jeu, mais elle n'aurait rien gagné à contrarier Pamela, elle le savait. En fait, elle avait toujours bien aimé les enfants, et elle avait considéré que devenir gouvernante n'était pas le pire des sorts pour une jeune femme bien élevée et sans le sou. À présent, en regardant cette petite fille trop gâtée et plutôt triste, elle songeait qu'elle n'avait peut-être pas choisi la voie la plus facile.

Pamela finit par se lasser du jeu et la pluie cessa. Elles rentrèrent à pied à Albermale Street. La fillette était de fort bonne humeur, car elle avait gagné toutes les courses de gouttes d'eau. Elle babillait, elle sautait dans des flaques sans se soucier d'éclabousser son tablier à smocks et ses bas blancs. Nanny Baxter allait rouspéter, se dit Amelia. Mais cet après-midi cela ne la gênerait pas, car elle avait quelques heures de liberté devant elle et une lettre dans sa poche.

À peine rentrée, elle installa l'enfant devant son déjeuner, sous la surveillance de la nurse, puis elle se rendit dans sa chambre, qui était contiguë à celle de Pamela au cas où celle-ci aurait un cauchemar la nuit. Amelia sortit un feuillet de l'enveloppe et s'assit sur son lit pour le lire. C'était une écriture féminine et l'élément principal de la lettre lui fit battre le cœur. *Lyons Corner House, Marble Arch, à 16 heures aujourd'hui*. Qui que soit L'Intermédiaire, il ou elle semblait disposé à l'aider.

Amelia s'allongea sur la courtepointe sans prendre la peine de se débarrasser de son manteau humide. Lorsqu'elle avait lu l'annonce dans le *Mayfair Lady*, il lui avait semblé que c'était la réponse à ses prières. Sa situation était impossible ; il n'existait pas de solution, pourtant il lui faudrait en sortir, d'une façon ou d'une autre. Mais elle n'avait personne à qui se confier… Puis elle avait découvert l'annonce. C'était sûrement une femme qui proposait ses services, et pour la première fois depuis longtemps, elle aperçut un semblant de ciel bleu au sombre horizon de sa vie.

Comme elle relisait les quelques lignes, s'attardant sur le modelé ferme des lettres, elle éprouva un étrange sentiment de réconfort. Les seules amies qu'elle avait eues dataient de ses années d'études à Bath. Depuis, elle n'avait eu que des patronnes, or il n'y avait rien d'amical à attendre de ce côté-là. Letitia Graham était sûrement l'une des pires qu'elle eût connues.

— Mademoiselle Westcott ? Votre repas refroidit.

— J'arrive! répondit-elle à la nurse qui avait frappé un coup autoritaire à la porte.

Amelia retourna à la nursery déjeuner avec son élève.

Enfin 15 heures sonnèrent. Pamela sortit avec sa mère, bien vite suivie par Amelia qui se dirigea d'un pas vif vers Marble Arch. La pluie ruisselait sur les feuilles des arbres, les pavés luisaient, et les piétons, armés de leurs parapluies, se réfugiaient parfois sous les porches quand l'averse se faisait trop violente, mais Amelia ne se souciait guère du temps.

Les vitres du *Lyons Corner House* étaient embuées quand elle y pénétra. Elle avait une demi-heure d'avance, et elle choisit une table près de la fenêtre d'où elle avait vue sur la porte. Elle posa son exemplaire du *Mayfair Lady* en évidence devant elle et commanda un thé. Son correspondant avait dit qu'il serait muni du journal, elle avait donc trouvé logique d'en faire autant.

On lui apporta son thé, ainsi qu'une crêpe au beurre dont elle savoura chaque morceau. Hormis un souper tardif, composé d'une tranche de viande froide et de tomates ou de betterave rouge, elle prenait tous ses repas avec son élève, qui avait des goûts fort peu variés.

Elle ne quittait pas la porte des yeux, et à 16 heures précises, elle vit entrer trois jeunes femmes. Des chapeaux à voilettes dissimulaient leurs yeux, elles portaient des vêtements sobres qui évoquaient néanmoins l'élégance et l'argent. Amelia sentit son optimisme s'envoler. Puis elle remarqua le badge violet, blanc et vert qu'arborait la plus grande des jeunes femmes, et l'exemplaire du *Mayfair Lady* qu'elle tenait à la main.

Les nouvelles venues s'immobilisèrent un instant à la porte, et Amelia agita son journal d'une main hésitante. Elles s'approchèrent en relevant leur voilette.

— Mademoiselle Westcott, dit celle qui avait le badge de l'Union féminine. Je suis Constance, et voici mes sœurs, Prudence et Chastity.

Toutes trois lui serrèrent la main avant de s'asseoir.

— Alors, que pouvons-nous pour vous, mademoiselle Westcott ?

7

— Il faut que je trouve un mari, déclara Amelia Westcott.

— Voilà qui est direct, remarqua Constance en glissant ses gants dans son sac.

— Cela fait-il partie des services que vous proposez ? s'enquit Amelia, visiblement anxieuse.

— Certainement ! Mais commandons d'abord du thé.

— Ces crêpes ont l'air appétissantes, dit Chastity. Nous en prendrons une assiette, ainsi que de la crème pour quatre.

La serveuse s'éloigna de la démarche lasse des gens qui passent trop de temps debout.

— Alors, quel genre d'époux cherchez-vous ? demanda Constance.

— Je ne sais pas exactement. Je pensais que vous aviez une liste… enfin un genre de registre d'hommes en quête d'épouse.

Les trois sœurs se consultèrent du regard, et l'angoisse d'Amelia grimpa d'un cran. Comme on apportait le thé, elles se servirent en silence, puis Prudence ôta ses lunettes, les essuya soigneusement et les remit sur son nez.

— C'est notre but, mademoiselle Westcott, commença-t-elle, mais pour l'instant nous n'avons pas à proprement parler de registre. Voyez-vous, vous êtes notre première cliente.

— Oh… Comment est-ce possible ?

— Il faut un début à tout, observa Chastity en sucrant son thé.

— Oui, nous venons… ou plus exactement le *Mayfair Lady* vient juste d'organiser ce service d'intermédiaire, expliqua Constance. Mais je suis certaine que nous pouvons vous aider. Vous avez parlé de situation délicate. Si vous commenciez par nous parler de vous ?

Amelia considérait les trois sœurs avec scepticisme. Elle s'était décidée à confier sa lamentable situation à une agence efficace, professionnelle, et voilà qu'elle se retrouvait en train de prendre le thé avec trois jeunes femmes de la haute société…

Constance perçut son hésitation.

— Nous sommes vaguement au courant de votre situation, mademoiselle Westcott. Il ne doit pas être facile de travailler pour lady Graham.

Amelia rougit.

— Comment savez-vous…

— Pure coïncidence, répondit Prudence. Nous connaissons Letitia Graham, et nous avons appris par hasard que la gouvernante de sa fille était une certaine Mlle Westcott. Cela n'a rien d'extraordinaire.

Amelia s'empara de ses gants.

— Je ne vois pas comment vous pourriez m'aider. Je m'attendais à un entretien professionnel ; je ne peux absolument pas me confier à des personnes qui risqueraient de trahir ma confiance.

Elle boutonnait ses gants en tremblant légèrement. Il y eut un instant de silence, puis Chastity posa la main sur le bras de la jeune femme.

— Écoutez, Amelia. En aucun cas nous ne parlerions de vos confidences, à *quiconque* ! Nous nous engageons à respecter la plus totale discrétion. Ce que nous avons appris nous rend simplement plus désireuses de vous venir en aide. Vous avez besoin d'un époux pour échapper aux griffes de Letitia, c'est cela ?

Il y avait tant de sincérité, tant de sympathie dans sa voix qu'Amelia sentit l'espoir renaître. Les regards des trois jeunes femmes exprimaient leur compassion, mais aussi de la force, de la détermination.

Amelia prit sa décision. Qu'avait-elle à perdre, après tout ?

— Ce n'est pas aussi simple, commença-t-elle en rougissant. Sinon, je me contenterais de chercher un poste dans une autre famille.

Les trois sœurs étaient suspendues à ses lèvres. Le thé refroidissait dans les tasses, le beurre se figeait sur les crêpes.

— Il y a deux mois, j'étais à la campagne avec Pamela. Lord et lady Graham tenaient à ce qu'elle passe l'été en dehors de Londres, dans leur demeure du Kent.

Amelia jouait avec sa cuiller, les yeux fixés sur la nappe blanche.

— Je n'avais pas à lui donner de cours, puisque c'étaient les vacances, mais je devais faire des promenades instructives, surveiller ses reprises d'équitation...

Elle s'empourpra davantage.

— ... et ses leçons de musique. Pamela a horreur du pianoforte. C'est une élève plutôt rétive dans toutes les disciplines, je le crains.

— Sa mère ne croit guère à l'instruction des femmes, observa Constance.

Amelia eut un rire bref.

— C'est le moins qu'on puisse dire ! Mais il est difficile de l'en blâmer étant donné l'éducation qu'elle-même a reçue. À mon avis, elle considère les études comme un handicap pour les jeunes filles bien nées.

— Cela ne m'étonne pas, dit Prudence en remontant ses lunettes sur son nez avant de revenir au sujet qui l'intéressait. Le professeur de musique...

Amelia prit une profonde inspiration.

— Henry Franklin. Le fils cadet de Justice Franklin, juge local et directeur de la briqueterie. Henry est musicien, mais son père voudrait qu'il s'occupe de la comptabilité de son entreprise. Ses deux frères y travaillent, et M. Franklin aimerait qu'il se joigne à eux.

— Or Henry refuse, intervint Chastity en léchant la crème qu'elle avait sur le doigt.

— Pas exactement. Il... il va au bureau, il essaye de répondre aux souhaits de son père, mais il y perd son âme. M. Franklin affirme que s'il était capable de vivre de sa musique, il n'y verrait pas d'objection, mais il sait pertinemment que son fils ne peut subsister sans son aide financière. Henry n'a donc d'autre choix que de lui obéir.

Constance songea que ce Henry manquait de caractère, sinon de conviction, mais elle s'abstint de le formuler à haute voix. Elle devinait que ceci n'était que le début des problèmes d'Amelia.

— J'ai le sentiment qu'Henry et vous vous êtes découvert certaines affinités, durant votre séjour dans le Kent, observa Chastity avec tact.

Amelia leva enfin les yeux.

— Oui. Plus que cela même. Et je me trouve à présent dans une situation délicate, ajouta-t-elle sans ciller.

— Oh... souffla Prudence.

— Un époux est la seule solution possible, poursuivit Amelia. Dès que lady Graham apprendra mon état, elle me jettera dehors sans lettre de recommandation, et je ne retrouverai jamais de travail. Aucune famille respectable n'engagerait une fille perdue, n'est-ce pas ?

— En effet, admit Constance.

— En outre, renchérit Chastity, vous aurez à élever le bébé. Même si vous le mettiez en nourrice…

— Il n'en est pas question !

— Bien entendu, se reprit Chastity. Je ne le pensais pas vraiment.

— Donc il me faut un mari complaisant, déclara Amelia. J'espérais que vous en aviez un dans vos fichiers. Un veuf, peut-être… quelqu'un qui accepterait de me donner son nom et son honorabilité en échange du reste. M'occuper des enfants, tenir sa maison… tout ce dont il aurait besoin.

— Ne serait-ce pas échanger une forme de servitude contre une autre ? objecta Constance.

— Ai-je le choix ? Je ne suis pas indépendante financièrement, lui rappela Amelia, une pointe d'amertume dans la voix tandis qu'elle se comparait aux trois sœurs.

— Nous non plus, dit Prudence. Nous essayons d'éviter à notre père la prison pour dettes qui nous jetterait à la rue.

— Mais vous n'êtes pas enceintes, fit Amelia après un silence.

— Certes, admit Constance. Envisageons maintenant différents choix possibles. Et prenez une crêpe avant que Chastity n'ait tout dévoré.

— Je me suis récemment prise d'un goût catastrophique pour les sucreries, avoua Amelia en se servant. Heureusement, Pamela ne manque pas de friandises.

Elle se sentait mieux, presque légère. Ces trois femmes étaient parvenues à lui redonner courage, bien qu'elles ne semblent pas en mesure de lui offrir une solution immédiate, comme elle l'avait espéré.

— Je crois qu'Henry serait le meilleur candidat, suggéra Chastity.

Cela paraissait tellement évident qu'elle se doutait qu'Amelia ne leur avait pas tout dit.

— À moins qu'il ne soit déjà marié ? risqua Prudence.

Amelia secoua la tête.

— Non. Il ne peut pas se permettre de se marier sans le consentement de son père, or jamais Justice Franklin ne l'autoriserait à épouser une gouvernante désargentée. Encore que ma famille soit tout aussi respectable que la sienne ! précisa-t-elle fièrement.

— Et si Henry gagnait sa vie indépendamment de son père ? Il ne pourrait pas enseigner la musique dans une école, par exemple ? Je crois savoir que certaines logent même leurs professeurs.

— Pour le lui suggérer, il faudrait que j'arrive à entrer en contact avec lui, dit Amelia, soudain abattue. Je lui ai écrit plusieurs fois, sans évoquer ma situation, bien sûr. Je ne pouvais prendre le risque de le faire, car lady Graham lit probablement sur mes buvards en les regardant dans un miroir.

— Je ne pense pas qu'elle soit assez intelligente pour cela, remarqua Constance d'un ton acide.

Amelia grimaça un sourire fugitif.

— Je n'ai reçu aucune nouvelle d'Henry, il n'a jamais répondu à mes lettres. Pourtant, il a dû les recevoir, les postes marchent fort bien. J'en conclus donc qu'il ne veut plus entendre parler de moi.

— Il peut y avoir d'autres explications, dit Chastity. Un changement d'adresse, par exemple.

— Dans ce cas, pourquoi ne m'aurait-il pas écrit afin de me communiquer la nouvelle ?

— Vous avez raison, reconnut Chastity en tambourinant sur la table. Il faut en avoir le cœur net.

— De quelle façon ?

— En lui rendant visite.

— Mais je n'obtiendrai jamais une journée entière de congé !

— Pas vous, Amelia. Nous.

— Nous irons en reconnaissance, ajouta Prudence. Nous ne lui dirons rien de précis, mais nous nous ferons une opinion.

— Ce sera un début, en tout cas. Ne vous inquiétez pas, Amelia, nous avons le temps de régler votre problème. Le bébé est attendu pour quand ?

— Oh, pas avant sept mois, dit Amelia en s'efforçant de sourire afin de répondre à l'optimisme de la jeune femme.

— Alors vous avez encore deux ou trois mois devant vous. Vous élargirez un peu vos robes, et les gens n'y verront que du feu.

— Cependant, je ne peux pas attendre la dernière minute pour agir.

— Non, et nous non plus ! décréta fermement Constance. Nous allons commencer par Henry, et si cela ne marche pas, nous trouverons une solution de rechange.

Amelia jeta un coup d'œil à la pendule murale et poussa un petit cri d'inquiétude.

— Il est presque 17 h 30 ! Il faut que je sois rentrée à 18 heures, quand Pamela revient de visite avec sa mère... Combien vous dois-je pour la consultation ?

— Rien ! répondirent les trois sœurs d'une seule voix.

— Et vous ne nous devrez jamais rien ! déclara Chastity, ignorant le froncement de sourcils de Prudence.

— Il faut pourtant que je vous paye, vous fournissez un service, c'est écrit dans le journal...

— Ne vous inquiétez pas, dit Constance. Nous avons déjà de riches clients. Ils cotiseront juste un peu plus, voilà tout !

Amelia posa un shilling sur la table.

— Laissez-moi au moins payer ma tasse de thé.

— Si vous insistez, concéda Prudence.

La générosité de ses sœurs était bien belle, mais un shilling était un shilling.

— Je vois que vous êtes membre de l'Union féminine, risqua Amelia en montrant l'insigne que Constance portait à son revers.

— Oui, mais je n'en fais pas étalage, répondit celle-ci en ôtant son badge. À cause du *Mayfair Lady*. J'écris beaucoup d'articles politiques, et nous défendons ardemment le vote des femmes. Je ne veux pas que les gens devinent que j'ai un rapport avec le journal. J'ai porté le badge cet après-midi pour vous rassurer, car je me doutais que vous sympathisiez avec ce mouvement.

— Cela m'a rassurée, en effet, reconnut Amelia en se levant. Je garde mon affiliation secrète, moi aussi. Je n'ai guère l'occasion d'aller aux réunions.

— Cela va changer, affirma Constance. Un jour, tout cela changera.

— Oui, Constance est en train de travailler au corps un membre du Parlement, expliqua Chastity, malicieuse. Nous nourrissons l'espoir que le Très Honorable…

Elle s'interrompit, confuse, quand Prudence lui écrasa le pied. Elle avait failli faire une énorme gaffe.

Heureusement, Amelia était trop pressée de partir pour l'avoir remarqué. Elle écrivit l'adresse d'Henry Franklin dans la marge du *Mayfair Lady*, et Constance promit qu'elles iraient dans le Kent au début de la semaine suivante.

— Retrouvons-nous ici jeudi prochain, à la même heure, proposa Prudence en serrant la main de la jeune femme. Nous aurons des nouvelles à vous communiquer.

Amelia parut sur le point de dire quelque chose, puis elle se ravisa et sortit.

— Je suis navrée, dit Chastity dès qu'Amelia eut disparu. Je ne sais pas comment j'ai pu oublier qu'Amelia connaissait forcément Max Ensor. Ils vivent sous le même toit !

— Prends donc un gâteau, suggéra Prudence. La catastrophe a été évitée.

Chastity eut un sourire penaud.

— Vous me pardonnez ?

— Il n'y a rien à pardonner, chérie, assura Constance. Du reste c'est vrai, tu sais que j'ai l'intention de le travailler au corps.

— Je n'aurais pas dû parler de ta vie privée…

— Oublie cela, Chastity. Ma vie privée est intimement liée à ma vie politique, ce qui lui enlève tout caractère personnel.

— Quoi qu'il en soit, cela devrait animer le week-end, déclara Prudence. Plus que le tennis !

Constance préféra changer de sujet.

— Je ne suis pas certaine d'apprécier ce Henry Franklin, dit-elle alors qu'elles quittaient à leur tour le salon de thé.

— Nous n'avons pas à l'apprécier ; uniquement à le mettre face à ses responsabilités, fit remarquer Prudence. Prenons-nous un fiacre ?

— Seulement si tu juges que nous pouvons nous l'offrir, chère Prudence, la taquina Constance.

— Je n'en suis pas certaine. Avec Chastity et toi qui refusez d'être payées… Comment joindrons-nous les deux bouts si nous faisons cadeau de nos services ?

— Nous nous rattraperons sur les riches. Je serais incapable d'accepter l'argent de cette malheureuse, et toi aussi.

— C'est juste. Cette expérience nous servira de rémunération.

— Excellente conclusion, fit Constance en hélant un fiacre. Nous aurons besoin de beaucoup d'expérience, si nous voulons que L'Intermédiaire fonctionne. Comment diable arriverons-nous à établir une liste de célibataires ? Et il nous faut encore une petite souris campagnarde pour M. Anonyme. Au moins, il est prêt à payer.

— Oh, ce n'est pas compliqué, assura Chastity en grimpant dans le fiacre. Jette un coup d'œil autour de toi la prochaine fois que nous recevrons à la maison, tu découvriras plein de célibataires et de jeunes filles à marier.

— Et nous consulterons notre propre carnet d'adresses. Si simple et tellement malin, applaudit Constance.

— J'ai déjà une ou deux idées pour la souris campagnarde. Que diriez-vous de Millicent Hardcastle ? Je sais que ce n'est pas un perdreau de l'année, mais elle est sur le marché du mariage, et elle déteste Londres, elle ne cesse de le répéter… 10, Manchester Square, s'il vous plaît, cocher.

Max Ensor se tenait sous la pendule de la gare de Waterloo, calme au milieu de la foule bruyante qui se pressait sous les voûtes du grand hall, tandis que les trains crachaient leur fumée et que les chefs de gare utilisaient leur sifflet à tout va. Max évita de justesse un porteur qui poussait un chariot surchargé. Une femme perchée sur des talons dangereusement hauts s'accrochait au bras d'un homme rougeaud qui s'essoufflait à suivre le porteur.

Il était 11 h 30, et Max avait supposé que les sœurs Duncan arriveraient en avance. Il ne les imaginait pas en retard ni affolées. Son valet avait déjà porté sa valise et ses raquettes de tennis sur le quai où il attendait à l'emplacement des premières classes.

Il vit enfin les trois sœurs franchir les portes centrales, détendues, comme prévu, suivies d'un porteur. Leur père n'était pas avec elles, et il s'en étonna. Il avait cru comprendre que lord Duncan serait du week-end.

Constance lui tendit la main.

— Ah, Max, vous êtes ponctuel !

Il lui prit la main et l'embrassa légèrement sur la joue comme s'ils étaient de vieux amis avant de serrer la main des deux autres jeunes femmes.

— Où sont vos bagages, monsieur Ensor ? Oh, non, c'est ridicule ! Si Constance vous appelle Max, nous n'allons pas nous montrer conventionnelles ! Où sont vos bagages, Max ? s'enquit Chastity, charmante sous son chapeau orné de rubans de tulle.

Difficile de croire que cette coiffure en était à sa quatrième réincarnation !

— Marcel les a portés sur le quai. J'espère que cela ne vous ennuie pas qu'il m'accompagne. Sinon, je peux parfaitement me passer de lui.

— Oh, non, cela ne nous gêne pas du tout ! David Lucan ne se déplace jamais sans son valet de chambre. C'est l'espion de sa mère, à vrai dire. Ce pauvre David n'a pas le droit de faire un pas sans lui, expliqua Chastity avec son doux sourire.

— Quai 12, madame, fit l'un des porteurs. Le train devrait être entré en gare, à présent.

— Bien sûr ! Allons-y.

Constance suivit l'employé d'un pas souple et vif.

— Votre père ne vous accompagne pas ?

— Oh, si... enfin non... c'est tellement contrariant. Je vous raconterai quand nous serons installés. Et vous avez parfaitement le droit d'être vexé !

Il attendit qu'ils soient dans leur compartiment, les porteurs payés, les bagages dans les filets et Marcel dans son wagon de troisième classe pour obtenir une explication.

— C'est la faute du comte de Barclay, dit Chastity en ôtant son chapeau. Un vieil ami de père qui vient juste d'acheter une automobile. Naturellement, il a proposé à père de l'emmener à Romsey par la route.

— Et bien sûr, père a accepté, ajouta Constance. Cela me met dans une position délicate, Max. Vous vous êtes montré compréhensif quand je vous ai exposé notre problème, et tout cela pour rien.

— Mais au contraire, protesta-t-il galamment. J'ai à présent le plaisir de me trouver avec les trois sœurs Duncan.

— Au lieu d'être seulement avec moi, plaisanta Constance. Je n'aurais donc pas été d'agréable compagnie ?

Elle se moquait de lui, de son aimable compliment, comme elle l'avait accusé de flatterie lors de leur souper. Il fut agacé qu'elle refuse cette marque de courtoisie, quand bien même elle était de pure forme.

— En effet, répliqua-t-il. Les gens qui ne savent pas accepter gracieusement un compliment sont généralement de piètre compagnie.

Constance ouvrit de grands yeux. Elle ne s'attendait pas à ce retour de bâton, et on ne lui avait encore jamais reproché de manquer de grâce ! Elle en demeura un instant sans voix.

Puis elle inclina la tête avec un demi-sourire qui pouvait passer pour contrit. Sa mère l'avait souvent mise en garde contre les dangers de sa langue trop acérée. Et elle se rappelait les reproches souriants de Douglas quand elle se laissait aller à des remarques coupantes. Il disait qu'elle ne devait pas prendre l'habitude d'utiliser sa vivacité d'esprit pour mettre ses interlocuteurs en état d'infériorité. Elle entendait encore sa voix douce mais ferme ; elle se mordit la lèvre et se tourna vers la vitre, la gorge serrée. Peut-être aurait-elle été plus douce si Douglas avait vécu. Mais ce n'était pas le cas. Aussi devrait-elle surveiller seule ses propos. Surtout avec Max Ensor. Elle commençait à le considérer comme un adversaire à sa mesure.

Il se leva pour ouvrir la vitre et jeter un coup d'œil sur le quai.

— Attendez-vous d'autres invités, dans ce train ?

— J'espère que non, répondit Prudence. Nous choisissons en général celui-ci afin d'arriver avant eux. Ils prennent celui de 14 heures, et ils sont là pour le thé.

La portière s'ouvrit sur un homme en uniforme de maître d'hôtel qui les salua.

— Déjeunerez-vous avec nous, aujourd'hui, mesdames, monsieur ?

— Oh, oui ! dit Constance, qui s'était ressaisie.

— Le wagon-restaurant ouvrira à midi et demi. Une table pour quatre ?

— Certainement, fit Max.

L'homme se retira, fermant la portière derrière lui.

— Un voyage en train ne serait pas digne de ce nom sans une belle tache de soupe au potiron sur nos jupes, fit remarquer Prudence en ouvrant le *Times*.

— J'adore les repas dans le train, s'écria Chastity. Surtout à l'heure du thé. Avec ces délicieux scones, et les gâteaux mousseline au chocolat... Quoique le petit-déjeuner arrive tout de suite en second. Des harengs doux, du pain noir, du beurre...

— Des saucisses, ajouta Constance. Et des tomates.

— J'ai l'impression que vous avez faim, mesdames, observa Max, amusé.

— Nous nous sommes levées tôt, et notre petit-déjeuner est déjà loin, expliqua Prudence.

Aucune des sœurs ne précisa que, leur père n'ayant pas honoré la table de sa présence, elles n'avaient pas eu droit au menu habituel, mais s'étaient contentées de toasts et de marmelade.

— Aimez-vous les mots croisés, monsieur... Max. ? s'enquit Prudence qui sortait un crayon de son sac.

— Je n'en fais pas souvent, mais je suis tout prêt à vous aider.

Il se cala confortablement dans la banquette. Constance était assise en face de lui et il appréciait la vue. Elle avait défait les premiers boutons de sa veste de lin bleu qui soulignait sa taille mince. Il admira la finesse de son long cou, sa peau qui brillait légèrement dans la chaleur du compartiment. Elle avait croisé ses chevilles racées, et il se laissa aller à imaginer le reste de ses jambes, les mollets, les genoux, les cuisses qu'il devinait fuselées sous le tissu léger de la jupe. Et minces, comme toute sa personne. Ses poignets étaient menus, ses doigts longs, pourtant il y avait une certaine force dans ses mains. Des mains énergiques. Mlle Duncan était une femme énergique. Combative. Mais il ne détestait pas les défis, et celui-ci promettait d'être particulièrement passionnant.

Elle se penchait vers sa sœur, les sourcils froncés, cherchant une définition. Il distinguait la veine bleutée qui battait à sa tempe. Soudain, elle leva les yeux vers lui. Des yeux verts, du vert de la mousse sous un chêne centenaire. Ils étaient légèrement interrogateurs et il sut qu'elle s'était sentie observée. À son tour, elle prenait sa mesure, lui sembla-t-il.

Quand il lui sourit, elle revint à ses mots croisés, mais l'ombre d'un sourire avait effleuré ses lèvres. Le week-end risquait fort de lui réserver quelques surprises intéressantes.

8

— Où as-tu l'intention de le loger ? chuchota Prudence alors qu'elles se trouvaient sur le quai de la gare de Romsey.

Max supervisait le déchargement des bagages.

— Dans la tour sud, répondit Constance sur le même ton.

Chastity eut un petit rire, tout en nouant les rubans de son chapeau. La tour sud avait une caractéristique bien particulière.

— Qu'as-tu derrière la tête, Constance ?

Les yeux de la jeune femme pétillaient de malice.

— J'aimerais montrer à M. Ensor ce qui peut arriver quand une femme prend l'initiative. À mon avis, il ne nous en croit pas capables, et il pense à coup sûr qu'elles ne le doivent pas. Je souhaiterais lui ouvrir l'esprit, lui prouver que les femmes peuvent jouer à armes égales avec les hommes. Qu'en pensez-vous ?

— Constance, tu es peut-être un peu trop optimiste, hasarda Prudence en fronçant les sourcils. Je ne pense pas que le très honorable gentleman soit une proie si facile. Il t'a remise à ta place, dans le train.

Constance fit la grimace. Comme d'habitude, Prudence avait mis le doigt sur la faille de son projet.

— Cela m'agace, mais je dois reconnaître qu'il a marqué un point, dit-elle à contrecœur. Ce qui ne rend la gageure que plus excitante.

Elle se remémora le regard brûlant que Max posait sur elle dans le train. Si elle pouvait en tirer avantage, ce serait une arme redoutable pour relever le défi.

— Alors, tu vas essayer de le séduire ? demanda Chastity, avec une pointe d'inquiétude mêlée de scepticisme.

— Pas vraiment. Je jouerai seulement avec lui, histoire qu'il se sente un peu moins sûr de lui. Il sera plus réceptif à nos convictions s'il cesse de se croire tellement supérieur à nous.

— J'espère que tu sais où tu mets les pieds, dit Chastity.

— Je n'en suis pas tout à fait sûre, avoua sa sœur, mais l'aventure me tente. Je verrai bien où cela me mènera.

Un homme vêtu en palefrenier, gilet et culotte de cuir, sortit de la gare.

— Les bagages sont chargés, mademoiselle Constance. Le monsieur attend près du cabriolet.

— Merci, George.

Les trois sœurs lui emboîtèrent le pas, saluant au passage le chef de gare qui toucha sa casquette en réponse. La famille Duncan possédait le village et ses environs dès l'époque féodale. À présent, fermiers et villageois étaient indépendants du manoir, mais les traditions ne s'oubliaient pas facilement.

À l'extérieur, sur une pelouse piquetée de pâquerettes, un cheval attelé paissait tranquillement, tandis que Max le caressait entre les oreilles. Marcel vérifiait les sangles des bagages, à l'arrière du véhicule.

— La maison est-elle loin ? s'enquit Max.

— Environ un kilomètre et demi. Pourquoi ?

— Nous ne tiendrons pas tous dans le cabriolet, et je serais heureux de me dégourdir les jambes, après ce voyage en train.

— Oh, deux d'entre nous peuvent rester ici, et George reviendra. Il y en a pour une demi-heure, assura Chastity.

— À dire vrai, j'aimerais assez marcher, moi aussi, intervint Constance.

— Alors, c'est décidé, fit Max en désignant la route. « Marche, Macduff. »

— C'est « Frappe, MacDuff », rectifia Constance. Les gens se trompent toujours. « Frappe, Macduff, déclama-t-elle. Damné soit le premier qui criera. »

Elle s'interrompit, et ses sœurs se joignirent à elle pour lancer :

— « Assez ! »

— Visiblement, je gagnerais à me montrer prudent dans mes citations, fit Max avec une petite grimace.

— Avec nous, vous auriez intérêt, observa Prudence en grimpant dans la voiture. Nous sommes les filles d'Emily Duncan dont la connaissance de Shakespeare était tout à fait stupéfiante. Elle trouvait instantanément une citation en toute circonstance.

— Impressionnant, murmura Max.

— Plutôt, acquiesça Chastity qui s'installait près de sa sœur. Et ce n'était pas seulement Shakespeare qu'elle connaissait par cœur. Elle pouvait citer des vers entiers de tous les grands poètes et de la plupart des moins grands. À tout à l'heure !

Elle agita la main tandis que George levait son fouet d'un air peu convaincu et que le cheval se mettait en route d'une allure qui l'était encore moins.

— Ainsi, votre mère était érudite, remarqua Max alors qu'ils suivaient le cabriolet.

— En effet. Mais nous ferions mieux de passer de l'autre côté de la barrière si nous ne voulons pas avaler toute leur poussière ; en outre, le trajet est plus joli à travers champs.

Elle empoigna sa jupe et se dirigea, dans les hautes herbes, vers une barrière à demi enfouie sous la haie.

— Cela ne me paraît pas très prudent, objecta Max.

— Ne vous inquiétez pas. Il faut seulement que je prenne garde de ne pas déchirer ma robe sur un clou.

Elle inspecta l'obstacle de plus près.

— Il va falloir que je relève ma jupe assez haut, constata-t-elle.

— Je fermerai les yeux.

— C'est très galant mais tout à fait inutile. Je ne vous montrerai pas mes dessous.

Sur ce, elle releva sa jupe au-dessus des genoux et sauta agilement la barrière, offrant à Max le loisir de constater qu'il ne s'était pas trompé sur le galbe de ses jambes.

— Voilà !

Elle baissa sa jupe avec un sourire espiègle et séducteur qui laissa Max sans voix.

— À vous, maintenant. Attention au clou sur la barre supérieure. C'est juste à l'endroit où il faut enjamber, et vous risqueriez de vous blesser à un endroit fort gênant.

Max se tirailla le lobe de l'oreille droite, un tic qui remontait à l'enfance et se manifestait lorsqu'il se trouvait désorienté ou à court de mots. Ce qui était le cas ! Soit cette femme le taquinait délibérément, soit il s'agissait d'une invitation tout aussi délibérée. D'où une double question : Quelle était la bonne supposition ? Et comment devait-il réagir dans l'un ou l'autre cas ?

La tête penchée sur le côté, Constance le regardait.

— Si vous avez peur de déchirer vos vêtements, je reviens et nous prenons la route.

En guise de réponse, il sauta lestement par-dessus la barrière pour se retrouver près d'elle dans un champ de trèfle. Avec un hochement de tête approbateur, elle se détourna pour se mettre en route.

Quelle que soit la réponse à sa première question, il savait maintenant ce qu'il allait faire.

— Une minute !

Il la saisit par le bras, la fit pivoter et l'attira contre lui. Son expression surprise fut une belle récompense.

— Je sais comprendre les allusions, fit-il en prenant son visage entre ses mains.

Ce fut un baiser dur, exigeant, et le premier instant de stupéfaction passé, Constance s'y abandonna. Il la prit à la nuque afin de mieux posséder sa bouche, leurs langues se mêlèrent jusqu'à ce que Constance soit hors d'haleine, mais il la tenait si fermement qu'elle n'aurait pu se dégager si elle l'avait souhaité.

Elle le sentait durcir contre elle, ce qui la bouleversa. Elle avait l'impression de s'épanouir, et elle se dit fugitivement que ce n'était pas ainsi qu'elle avait envisagé de jouer avec lui, cependant elle se surprit à le tenir fermement aux reins et à onduler contre lui, si près qu'il devinait les os de ses hanches sous le fin tissu de sa jupe.

Enfin il la lâcha, fit un pas en arrière, haletant. Elle fut tellement déconcertée, frustrée, qu'elle ne put que rester plantée là, le souffle court.

Puis elle porta ses mains à ses joues brûlantes, ses lèvres gonflées.

— Oui, on peut le dire...

— Dire quoi ? demanda-t-il.

— Que vous savez comprendre une allusion.

Malgré elle, ses yeux se fixèrent sur la virilité de Max, évidente sous le pantalon.

Il suivit la direction de son regard et soupira.

— Conséquence inévitable.

— Je m'en doute. Si cela peut vous consoler, je ne me sens pas très à l'aise moi-même.

— On ne devrait jamais commencer quelque chose que l'on n'est pas prêt à terminer, observa Max, pince-sans-rire. Mais vous étiez extrêmement provocante.

Il fallait toujours qu'il ait le dernier mot, songea Constance. Malheureusement, elle était si sûre d'elle qu'elle n'avait pas prévu la réaction de Max. Elle commençait à se demander si Prudence n'avait pas raison. Peut-être s'attaquait-elle à trop forte partie ? La séduction était un jeu dangereux s'il vous échappait, et de toute évidence, elle avait perdu l'avantage durant cette manche.

Ignorant le tour qu'avaient pris les pensées de Constance, Max regardait autour de lui.

— Il semblerait qu'au moins nous ayons distrait quelques vaches.

Constance s'aperçut alors qu'ils étaient encerclés par des bovins intrigués qui ruminaient paisiblement en les fixant de leurs grands yeux bruns. Elle fit quelques pas vers eux, tapa du pied, claqua dans ses mains. En vain.

— Je n'aime guère les vaches, confia Max. Je crains de ne pas être un garçon de la campagne.

— Nous ne risquons rien, lui assura-t-elle.

Elle avança bravement sans cesser de taper dans ses mains, et les vaches se détournèrent, indifférentes, comme si le rideau venait de tomber sur la représentation.

Ils poursuivirent leur chemin en silence.

Mal à l'aise, Constance essayait de faire le point sur ce qui venait de se passer. C'était la première balle du jeu, un jeu qu'elle avait entamé mais qu'elle n'était plus très sûre de vouloir poursuivre. C'était une chose de contrôler la situation et une tout autre de la subir. Après tout, peut-être la séduction n'était-elle pas le bon moyen de convertir Max à sa cause. Il s'était révélé dominateur ; pas tyrannique, mais nettement dominateur. Elle avait cru pouvoir le manipuler, hélas ! c'était compter sans ses propres réactions. Ce baiser l'avait complètement déstabilisée. Cela s'était passé si brusquement, elle avait été surprise… Mais quelles que soient les excuses qu'elle s'invente, elle ne pouvait nier qu'elle avait été profondément ébranlée. Elle avait embrassé de nombreux hommes, avec plus ou moins d'enthousiasme. Seul Douglas avait suscité en elle de vraies réponses. Ces dernières minutes venaient d'ouvrir la porte à des émotions qu'elle avait presque oubliées. Des émotions dangereuses. Mais était-ce un danger à éviter, ou à accepter ?

Max marchait devant elle, frappant d'un bout de bois ramassé dans l'herbe les arbustes de la haie. Ce geste répétitif calmait un peu la tourmente qui faisait rage en lui. Il avait été surpris par l'ardeur avec laquelle Constance lui avait rendu son baiser. Avait-elle l'habitude des brèves aventures sexuelles ? En général, lui-même les évitait, cependant, il était déconcerté par la puissance du désir qu'il avait ressenti soudain pour la jeune femme qui marchait derrière lui dans la prairie. Il ne s'y attendait pas du tout. Il croyait, ou plutôt il avait cru qu'il savait exactement où il allait : il voulait quelques renseignements de la part de cette exaspérante personne sur l'USFP.

Et puis elle l'avait provoqué, et il avait décidé de lui donner une petite leçon en lui en infligeant plus qu'elle ne demandait. Au lieu de quoi… Bravo pour son subtil jeu du chat et de la souris !

À l'origine, Romsey Manor était une demeure à colombage de style Tudor, blanchie à la chaux, à laquelle des générations successives de Duncan avaient apporté des modifications. Aussi était-il devenu un mélange charmant et informel d'architectures variées.

Ils remontèrent de la rivière qui coulait en bas d'une vaste pelouse jusqu'à la terrasse où Prudence et Chastity les attendaient.

— Nous nous sommes doutées que vous aviez pris à travers champs, dit Chastity.

— C'est plus rapide, répondit Constance qui priait pour que rien de son émoi ne transparaisse sur son visage. Je vais accompagner Max à sa chambre.

— Jenkins prépare le thé et George est retourné à la gare attendre le prochain train. William est allé avec lui dans la berline, ainsi ils pourront ramener plus de monde.

— Père est-il arrivé ?

— Pas encore.

— Espérons qu'ils n'ont pas versé dans un fossé ! s'exclama Prudence. Je n'ai guère confiance en lord Barclay. Il est sûrement imbibé de brandy, à l'heure qu'il est, et il doit voir double.

— Dans ce cas, c'est père qui conduira, et cela ne va guère dans notre sens. Quand il a décidé quelque chose, il ne renonce pas facilement, conclut Constance. Venez, Max, ajouta-t-elle. Je pense que votre valet vous attend à l'étage.

Max avait l'impression que les sœurs Duncan trouvaient que leur père, si charmant fût-il, représentait une lourde charge.

Dans la maison fraîche se mêlaient les parfums des feux de cheminée de l'hiver passé, de la cire, des pots-pourris. Des jeunes filles, sans doute engagées au village pour le week-end, disposaient plateaux et tasses dans le salon sous l'œil attentif de Jenkins, arrivé de Londres par le train du matin.

— Le valet de M. Ensor est-il déjà dans sa chambre, Jenkins ?

— Oui, mademoiselle Constance. Je l'ai envoyé dans la tour sud avec les bagages, comme Mlle Prudence me l'a recommandé.

Max suivit Constance à travers un vaste hall à l'extrémité duquel trônait une cheminée monumentale, puis ils grimpèrent un étroit escalier en spirale.

À l'étage, la jeune femme ouvrit une porte de chêne, et ils pénétrèrent dans une chambre circulaire éclairée par quatre fenêtres rondes à meneaux. Marcel rangeait les vêtements de son maître dans une armoire du XVIIe siècle.

— Il y a une salle de bains attenante, dit Constance en désignant une porte. Petite mais pratique. L'eau est chauffée au gaz, et il faut des années pour faire couler un bain…

— Très bien, je suis prévenu.

Il regarda autour de lui. Il était évident que la chambre était isolée. Il pouvait s'y passer n'importe quoi, les autres occupants de la maison n'en sauraient rien. Il lança un coup d'œil interrogateur à Constance qui répondit d'un sourire indéchiffrable.

Où voulait-elle en venir ? Avant l'épisode du pré, il ne lui aurait prêté aucune intention particulière ; il fallait bien que quelqu'un dorme dans cette pièce, et elle était très agréable. Mais à présent…

— C'est la chambre d'amis que je préfère, reprit-elle. Je la réserve en général aux invités qui viennent pour la première fois. Bien, je vous laisse vous rafraîchir. Nous nous retrouverons en bas pour le thé.

Sur ce, elle tourna les talons et sortit. Sifflotant, Max s'approcha d'une fenêtre pour contempler le paysage. La lande dorée s'étendait jusqu'à la ligne d'horizon, fermée par une forêt de pins battus par les vents. Au-delà encore, il y avait la mer dont il sentait l'odeur dans l'air, aussi puissante que les riches parfums de l'amour.

Il se demanda quel serait le prochain pas dans cette danse et se tourna vers la chambre, qui avait tout du douillet nid d'amour, afin d'indiquer à Marcel ce qu'il voulait porter pour la soirée.

— J'ai eu une idée, dit Constance en balançant son maillet tout en observant le terrain de croquet.

L'après-midi touchait à sa fin et le soleil couchant filtrait à travers les feuilles du hêtre pourpre qui ombrageait la pelouse. Max tentait de faire sortir la balle de lord Duncan du terrain.

— Tu n'en manques pas, décidément, déclara Prudence. Oh ! Bien joué !

Elle applaudit Max dont la balle avait envoyé celle de lord Duncan à l'autre bout de la pelouse.

— Père va avoir du fil à retordre, après ce coup !

— Il adore cela, rappela Constance avant de revenir à ses moutons. Je pense que nous devrions trouver une épouse pour David Lucan.

— Ce ne sera pas facile, il ne veut que Chastity.

— Eh bien, il ne m'aura pas, décréta cette dernière. J'avoue que j'en ai un peu assez de ses yeux de chien battu qui me suivent sans cesse. Je vais finir par me montrer grossière.

— Raison de plus pour que nous lui trouvions une nouvelle déesse à adorer.

La main en visière au-dessus de ses yeux, Constance contempla le groupe qui buvait des cocktails en regardant la partie.

— Mais que dira maman chérie ? s'inquiéta Prudence. Je ne pense pas qu'elle ait envie de le voir prendre son indépendance.

— C'est vrai. Il faut donc lui trouver une épouse capable d'être une parfaite belle-fille soumise, afin qu'elle puisse les tyranniser tous les deux et leur expliquer comment élever leurs enfants. Or j'ai juste celle qu'il lui faut, conclut Constance, triomphante.

— Quel destin sinistre ! objecta Prudence. Tu es sûre de vouloir condamner une malheureuse et innocente créature à subir un tel sort ?

— Ce ne sera pas terrible si la malheureuse et innocente créature est plutôt vieux jeu. Nous ne pouvons espérer libérer toute la gent féminine de l'oppression domestique d'un seul coup. Et avouons que certaines femmes ne veulent absolument pas être libres. Mère elle-même le reconnaissait.

— Alors, à quel pauvre agneau songes-tu ? s'enquit Chastity qui posa son maillet contre un banc de fer forgé.

— Hester Winthrop.

— Hester ?

Les deux sœurs se tournèrent d'un même mouvement vers l'endroit de la pelouse où la jeune fille en question, modestement vêtue de rose bonbon, se tenait près de sa mère.

— Elle est jolie, docile, issue d'une excellente famille qui ne manque pas d'argent. Qu'est-ce que la douairière Lucan pourrait trouver à y redire ?

— Mais elle est tellement timide, fit remarquer Prudence. Elle ne se met jamais en avant.

— N'est-ce pas là justement le rôle de L'Intermédiaire ?

— Les filles... les filles... ne devriez-vous pas vous mêler à nos invités ?

Les trois sœurs soupirèrent à l'unisson et pivotèrent avec un sourire poli vers leur tante, la sœur de lord Duncan, qui jouait l'hôtesse officielle aux réceptions de son frère, puisqu'il n'était pas convenable que ce rôle fût tenu par une jeune fille célibataire. Or les sœurs Duncan n'avaient pas atteint l'âge où on les qualifierait de « vieilles filles ». Leur tante leur laissait volontiers les ennuyeux détails d'organisation, mais elle se conduisait ensuite avec un formidable aplomb.

— Je ne savais pas que vous étiez arrivée, tante Edith, fit Constance en se penchant pour l'embrasser. Nous attendons simplement notre tour.

— Cela ne vous empêche pas d'aller parler à nos invités, insista la tante en les poussant en avant après avoir accepté un respectueux baiser de Prudence et Chastity. Que penseront les gens s'ils vous voient faire tapisserie toutes les trois en discutant entre vous ?

— Nous jouons au croquet, ma tante, répéta Constance. Nous attendons que ce soit à nous.

— Va donc t'entretenir avec ce charmant lord Lucan, Chastity. Prudence, il me semble que lady Anne cherche avec qui bavarder.

Le salut leur vint de lord Duncan qui rata son coup. Ce fut à Constance de jouer pour le clan des Duncan contre celui, jusque-là invaincu, mené par Max Ensor.

— Excusez-nous, ma tante, dit-elle aimablement. C'est à nous. Chastity, je vais pousser ta balle. Tu entreras en jeu pour le coup final.

— Tu y arriveras ?

— À ton avis ?

— Vas-y.

Chastity était une médiocre joueuse, tandis que Constance était aussi combative que son père, avec en plus une finesse que l'âge avait atténuée chez lord Duncan.

Celui-ci s'approcha de sa fille aînée.

— Il faut que tu remettes ma balle en jeu, Constance.

— Oui, père, mais j'ai autre chose à faire avant.

Elle adressa un sourire suave à Max qui se tenait sur le côté, son maillet posé dans l'herbe.

— Une petite revanche, précisa-t-elle.

— Ne perds pas tes coups ! tonna lord Duncan. Contente-toi de garder ta boule en jeu et de ramener la mienne près du sixième arceau.

— Excellent conseil, approuva Max tandis que Constance prenait position, bien campée sur ses jambes, le maillet entre les pieds. Quel intérêt avez-vous à me viser ? Je ne représente aucun danger pour vous là où je me trouve.

— Oh, que si ! riposta-t-elle en se mordillant la lèvre inférieure. Croyez-le ou non, monsieur Ensor, je ne suis pas mauvaise à cet exercice. Et j'ai ma propre stratégie.

— J'en suis certain, murmura-t-il. J'ai remarqué avec quelle habileté vous meniez vos jeux, mademoiselle Duncan.

Elle s'immobilisa. C'était un stratagème, bien sûr, néanmoins il lui semblait un peu sournois de confondre le croquet avec l'autre petit jeu auquel ils s'étaient adonnés. Mais au croquet, tous les coups étaient permis, et elle était aussi rusée que les autres. Elle frappa la boule qui franchit le premier arceau.

Elle reprit position, frappa de nouveau juste assez pour toucher la balle de Chastity qui se trouvait en face du second arceau. Elle réitéra la manœuvre, et sa boule, poussant celle de sa sœur, franchit un arceau, puis un autre. Amusé et admiratif, Max la regarda mener sa boule jusqu'à l'arrivée, avant de tendre le maillet à sa sœur afin qu'elle puisse frapper le coup final avec sa propre boule.

— Bien joué, Chastity ! applaudit chaleureusement David Lucan.

— Je n'ai rien fait, à part le dernier coup, David, protesta la jeune fille. C'est Constance qui a poussé ma balle en même temps que la sienne. Vous n'avez pas remarqué ?

Le jeune homme prit un air penaud et Chastity vint à lui en souriant.

— Ma sœur joue bien, n'est-ce pas ?

— Oh, oui ! Mais pas aussi bien que vous.

Chastity décida qu'il était grand temps pour Hester Winthrop d'entrer en scène.

— Alors, Constance, tu as pensé au plan de table ? s'enquit Edith en agitant furieusement son éventail. Où as-tu placé M. Ensor ? Il devrait se trouver près de ton père et de lord Barclay. Ainsi, ils pourront s'entretenir de politique.

— Peut-être n'en ont-ils pas envie, ma tante, intervint Prudence. Ils en parlent assez à Londres. Nous l'avons mis entre Constance et lady Winthrop.

Elle comprenait enfin pourquoi Constance avait placé David près d'Hester, aussi loin que possible de lady Winthrop.

— Oh, si vous trouvez que c'est mieux ainsi, je vous laisse décider, déclara Edith qui s'éloigna pour aller retrouver des dames de son âge.

Prudence réfléchissait. Hester Winthrop et David Lucan, c'était une excellente idée. Toutefois, quel profit en tireraient-elles quand l'heureux couple s'unirait, si cet heureux couple ignorait qu'elles étaient à l'origine de leur idylle ? Constance était fort bien inspirée, mais comment en seraient-elles récompensées ?

Elle saisit son maillet et entra sur le terrain de jeu tandis que son père touchait le poteau d'arrivée.

— De si délicieuses jeunes femmes… Quel dommage qu'elles ne parviennent pas à trouver de maris, déclara lady Winthrop à ses partenaires de bridge après le dîner. Je me demande pourquoi Chastity n'épouse pas Lucan ?

Elle prit son face-à-main pour examiner la jeune personne en question qui parlait avec Hester à l'autre bout de la pièce. David Lucan, derrière le sofa où elles étaient assises, contemplait Chastity avec adoration.

— C'est un beau parti… Quatre piques, déclara sa partenaire. Mais Emily leur a mis d'étranges idées en tête… Assez peu convenables. Évidemment, la pauvre Constance serait mariée depuis longtemps, si…

Elle posa l'index sur ses lèvres en voyant Edith Duncan s'approcher de leur table.

À l'extrémité du salon, Chastity souriait à David par-dessus son épaule.

— Asseyez-vous donc et tenez compagnie à Hester tandis que je m'occupe de nos invités.

Elle se leva.

— Ne vous inquiétez pas, Hester, ajouta-t-elle. David ne mord pas. Et puis, vous avez quelque chose en commun : vous aimez tous les deux les chiens.

Certes, Hester adorait les épagneuls et David les terriers, mais c'était un détail, songea-t-elle en les laissant assis côte à côte, mal à l'aise, sur le sofa. Elle fut toutefois heureuse, quelques minutes plus tard, de les entendre converser.

— Vois-tu, dit-elle à Prudence, je crois que Constance a eu une bonne idée. Il faut que nous allions à la rencontre de nos clients.

— D'accord, et comment leur dirons-nous que, bien qu'ils l'ignorent, c'est un organisme appelé L'Intermédiaire qui les a rapprochés et qu'il faut maintenant le rétribuer ?

— Pas facile, concéda Chastity. Mais ce n'est pas le moment d'en discuter. Tante Edith trouve que nous ne remplissons pas correctement notre rôle d'hôtesses. Chaque fois qu'elle nous voit ensemble, elle fait un petit signe pour nous indiquer de nous séparer.

— Remettons cela à plus tard. As-tu une idée de ce qui se passe, pour Constance ?

Leur sœur jouait à une seconde table de bridge, face à Max Ensor.

— Je ne sais pas, mais il y a comme de l'électricité dans l'air. Cela se sent presque d'ici.

— Je n'ai jamais vu Constance s'intéresser vraiment à un homme... Pas depuis la mort de Douglas, du moins. Je me demande si elle se rend compte que c'est le cas.

— Peut-être pas. D'ordinaire, c'est elle qui contrôle la situation, et nous savons qu'elle joue le jeu à son idée avec Max Ensor.

— Curieusement, je crois que le seul jeu auquel elle joue, en ce moment, c'est le bridge, fit Prudence.

— Tu as raison. Crois-tu qu'elle ait oublié combien il l'irritait, au début ? Il n'a pas pu changer en une nuit. On ne change pas d'opinions sur commande.

— Il n'en a peut-être pas changé. Il est possible qu'il les mette en sourdine parce que cela ennuie Constance, et qu'il ne veut pas l'ennuyer. Au moins jusqu'à ce qu'il soit parvenu à ses fins avec elle.

Prudence s'attendait que sa sœur rie, mais celle-ci demeura sombre.

— S'il a une raison cachée de courtiser Constance, j'espère que ce n'est pas une mauvaise raison.

— Seigneur ! soupira Prudence. Que faire ?

— Rien. Tu connais Constance. Quand elle s'est fixé un but, rien ne peut l'en détourner.

— Que penses-tu de Max ? Tu l'aimes bien ?

Chastity haussa les épaules.

— Je ne sais pas. Parfois oui, d'autres fois, il me paraît un peu trop charmant. Ce qui est sûr, c'est qu'il est ambitieux.

— Mmm... grommela Prudence, songeant que, à sa façon, Constance l'était aussi.

9

Constance n'aurait pas été surprise par la conversation de ses sœurs, qui la connaissaient presque aussi bien qu'elle se connaissait elle-même. Comme la soirée avançait, elle avait du mal à se concentrer sur ses cartes. Une ou deux fois, elle avait été sur le point de couper un as de son partenaire parce qu'elle avait oublié de compter les atouts. Elle ne pouvait s'empêcher de contempler les mains de Max. Elle les avait trouvées belles auparavant, mais elle n'avait jamais remarqué à quel point ses doigts étaient souples, forts... Et elle les imaginait sur elle, sur sa peau nue.

Cela n'entrait pas du tout dans son plan ! Elle en avait la chair de poule, son estomac se contractait. Gelée, elle remontait son châle de soie indienne sur ses épaules, la minute d'après, elle s'éventait vigoureusement. Pourvu que ses compagnons ne s'aperçoivent pas de sa nervosité ! Max en était conscient, lui, même s'il jouait avec concentration. Une ou deux fois, il leva les yeux de ses cartes, et elle lui trouva le même regard sensuel que dans le train. Ce regard qui l'avait poussée à jouer son petit jeu à la barrière.

Il y avait là une bataille à mener, une bataille pour garder le contrôle des événements. Un désir lascif l'envahit, l'embrasa. Elle avait envie de lui, envie de le toucher, de goûter sa peau de la tête aux pieds. Elle voulait voir son sexe, le caresser... Ses jambes étaient-elles velues ? Et son torse ?

Seigneur ! Elle fut soudain consciente de la moiteur entre ses cuisses, de la pulsion de son sexe... Jamais elle ne s'était trouvée dans un tel état rien que par la pensée. Sa seule consolation serait que Max souffre les mêmes affres qu'elle, mais lorsqu'elle le regardait, elle ne lui voyait que l'expression neutre et posée d'un joueur de bridge habile.

— C'est ton tour, Constance ! lança son père d'un ton irrité, la tirant de sa rêverie lubrique.

— Oh, oui, pardon ! Quelles sont les annonces ? Je n'ai pas suivi.

— J'ai dit un cœur, votre père deux piques et lord Barclay a passé, fit Max avec un curieux petit sourire, comme s'il avait lu dans ses pensées.

Ce qui était absurde, puisqu'elle était incapable de lui rendre la pareille !

— Il nous manque quarante points pour le robre, lui rappela Max.

Constance ne comprenait pas comment ils pouvaient se trouver en position de gagner, vu la façon dont elle jouait. Max était sans doute assez fort pour compenser sa propre distraction.

Elle baissa les yeux sur ses cartes.

— Trois sans atout.

— Quoi ?

Il la fixait, interloqué. Ils n'avaient pas besoin de tant de plis, et c'était elle qui devrait jouer la carte ! Or il n'avait guère confiance en son talent...

Constance haussa les épaules mais ne se reprit pas. Elle avait un jeu de sans atout, et si Max avait assez de points pour ouvrir d'un cœur, en se concentrant correctement, elle remplirait son contrat.

Finalement, le goût de la compétition eut raison de sa distraction, et elle joua avec détermination.

— Voilà ! annonça-t-elle en abattant sa dernière carte. C'est fait.

— Heureusement ! grogna son père. Avec une telle main, comment aurais-tu pu perdre ?

— Max semblait penser que je pouvais perdre très facilement, justement.

Celui-ci leva les mains en signe de protestation.

— Pas du tout ! J'étais confiant, au contraire.

— Vraiment ? Je crois que j'en ai assez pour ce soir. Voulez-vous que je trouve un autre quatrième ?

— Non, j'ai suffisamment joué également, déclara Max en se levant. Je vous remercie, messieurs, dit-il avec un sourire à l'adresse de ses adversaires.

Lord Duncan posa deux guinées sur la table, et le comte de Barclay en fit autant.

— Vos gains, Ensor. Je vous laisse le soin de partager avec ma fille, dit lord Duncan en se levant à son tour. Allons donc boire un verre de ce vieux whisky que je garde précieusement, Barclay. Vous nous accompagnez, Ensor ?

Max secoua la tête.

— Non, merci, monsieur. J'aimerais faire un tour dans le jardin avec ma partenaire, si vous le permettez.

Lord Duncan éclata d'un rire sonore.

— Vous plaisantez, monsieur ! Mes filles ont échappé à mon contrôle dès qu'elles ont atteint leur majorité... et probablement avant. Venez, Barclay !

Il mit le bras autour des épaules de son vieux camarade et ils s'éloignèrent.

— La dame est-elle d'accord ? s'enquit Max en tendant à Constance sa part des gains.

Les yeux verts avaient un éclat particulier quand elle prit l'argent et le glissa dans son réticule.

— Ce doit être la pleine lune, ce soir, ce qui expliquerait ma distraction au jeu.

— Vous vous êtes rattrapée sur la dernière donne, lui rappela-t-il.

— Les nuages devaient passer devant la lune.

— Peut-être.

Il lui offrit le bras, et elle y posa la main. Un courant brûlant, qu'elle s'efforça d'ignorer, lui remonta jusqu'à l'épaule.

Ils sortirent sur la terrasse et Constance fut soulagée de découvrir qu'ils n'étaient pas seuls. La nuit était douce, la lune pleine, en effet, et presque tous les invités étaient dehors. Elle ne vit pas ses sœurs, mais elle aperçut David Lucan et Hester Winthrop appuyés contre le parapet dans un silence gêné. Peut-être qu'en leur parlant, Constance oublierait ses ridicules émotions.

— J'aimerais dire un mot à lord Lucan, murmura-t-elle. J'ai l'impression qu'il a besoin d'aide.

Max jeta un coup d'œil au jeune couple.

— Il me semble assez grand pour trouver tout seul des sujets de conversation, objecta-t-il.

— Sans doute, mais Hester est très timide, et David n'est guère expansif, c'est le moins que l'on puisse dire. Je vais juste essayer de les mettre à l'aise. Vous n'êtes pas obligé de venir.

— Il le faut, si je tiens à votre compagnie, rétorqua-t-il.

Prudence sortit de la maison à cet instant, et Constance lui fit signe.

— Prudence, il me semble que nous devrions encourager quelque peu David et Hester.

— Plus qu'un peu, décréta Prudence en regardant dans leur direction.

— Vous jouez les marieuses ? demanda Max.

— Non… bien sûr que non, se défendit Constance. Mais nous devons nous assurer que nos amis passent la soirée en harmonieuse compagnie.

— Et vous avez décidé que ces deux-là étaient en harmonie ? Cela ressemble fort à une attitude d'entremetteuse… Une franche intrusion dans la vie d'autrui.

Il secoua la tête.

— Absurdité typiquement féminine ! Je crois que je vais aller retrouver votre père et lord Barclay.

Constance le suivit du regard tandis qu'il s'éloignait à grandes enjambées.

— Absurdité typiquement féminine ! répéta-t-elle, courroucée.

— Le léopard n'a pas perdu ses taches, on dirait, observa Prudence. Tu crois que si ?

— Oh, non, pas du tout !

— Et tu es toujours déterminée à lui rabattre son caquet ?

— Oui, absolument. Le problème, Prudence, avoua Constance, c'est que je contrôle moins bien mon corps que mon esprit. Ma sensualité est déchaînée ! Jamais je n'ai ressenti cela. C'est tellement pervers ! Je veux me servir de lui, je déteste toutes les idées qu'il défend, mais mon corps s'en moque complètement. Ce doit être la lune…

— Et que comptes-tu faire ? s'inquiéta Prudence.

— Aucune idée, soupira Constance. Une part de moi dit : profite de la promenade, mais ma raison me conseille de fuir en courant. Oh, ma foi…

Elle sortit les deux guinées de son sac.

— Au fait, voilà ma part des gains du bridge. Autant les mettre dans la cassette familiale.

— Juste retour des choses. Voilà une bonne idée ! Si tu pouvais continuer à gagner contre père, son argent reviendrait chez nous au lieu d'être dépensé je ne sais où.

— Sympathique perspective, en effet. Si tu veux mon avis, nous ferions bien de l'éloigner de lord Barclay. Cet homme me flanque des sueurs froides. Je sais que père et lui sont amis depuis des années, mais il me semble qu'il a toujours des projets mirobolants dans lesquels il veut entraîner père. Ou alors ils jouent et boivent ensemble.

— Je suis d'accord avec toi. Mère ne l'aimait pas non plus. Mais pour en revenir à nos tourtereaux... Qu'as-tu prévu ?

— Tennis, répondit Constance. Demain après-midi. Nous allons les faire jouer ensemble, ainsi Hester verra à quel point il est sportif, et David pourra la protéger et lui faire marquer des points.

Prudence sourit. Le raisonnement de sa sœur était inattaquable. Elles se dirigèrent vers les deux jeunes gens qui, à demi tournés l'un vers l'autre, paraissaient horriblement embarrassés.

— Quelle belle nuit, n'est-ce pas ? lança joyeusement Constance. Avez-vous vu cette lune splendide ?

— Très jolie, mademoiselle Duncan, souffla Hester.

— Appelez-moi Constance, je vous en prie, sinon j'ai l'impression d'avoir cent ans !

Hester rougit et balbutia de vagues excuses.

Constance se contenta de rire.

— David, je crois que vous devriez emmener Hester admirer le reflet de la lune sur la rivière. C'est spectaculaire.

Lord Lucan était trop bien élevé pour formuler les objections qui lui venaient à l'esprit. Sa mère n'approuverait pas qu'il s'éloigne avec une jeune fille au clair de lune, et d'autre part, il ne savait que raconter à cette jeune personne.

Hester murmura qu'elle devait demander la permission à sa mère, mais Constance l'interrompit :

— Je lui dirai où vous êtes si elle vous cherche, mais elle joue aux cartes, et je suis certaine qu'elle ne remarquera pas votre absence. Allez profiter tranquillement du spectacle.

Lord Lucan offrit le bras à Hester qui l'accepta avec toute l'hésitation virginale requise.

— Voilà ! s'exclama Constance lorsqu'ils se furent éloignés. C'est gagné. Et je parie que lady Winthrop ne verra aucune objection à cette union.

— Mais la douairière ?

— Pas de problème. Nous irons lui rendre visite dès notre retour à Londres, et nous lui chanterons discrètement les louanges d'Hester. Nous laisserons entendre que David la trouve à son goût, puis nous lui amènerons Hester en personne. Elle séduira la vieille bique par sa douceur et sa gentillesse. Quant aux deux mères, elles s'entendront à la perfection et passeront des moments merveilleux à organiser la cérémonie en se chamaillant sur les détails. Nos deux tourtereaux n'auront à s'inquiéter de rien.

— Et comment L'Intermédiaire en tirera-t-il profit ? s'enquit Prudence. En supposant que ce soit un succès.

— Eh bien, je pensais... Si les mères décident que cette union leur convient, elles seront peut-être assez reconnaissantes pour participer à l'une de nos œuvres de charité... Une association pour les vieilles filles en difficulté financière, par exemple ?

Prudence écarquilla les yeux.

— Constance ! C'est tellement... retors !

Sa sœur haussa les épaules.

— La fin justifie les moyens, Prudence. Et peu importe la façon dont nous serons rémunérées, puisque nous aurons rempli notre mission.

— Tu es vraiment dénuée de scrupules !

— Tu as sans doute raison... J'ai l'impression que mon côté raisonnable est en train de perdre le combat, ce soir. Qu'est-ce que je risque ?

— Ton objectivité, rétorqua Prudence. Si tu tombes amoureuse de Max, il ne te servira plus à rien. Tu n'auras même plus envie de l'influencer.

— Je ne tomberai pas amoureuse, assura Constance. Je vais seulement assouvir mon désir. Jamais je ne pourrais m'éprendre d'un individu persuadé que les femmes devraient passer leur vie enceintes, pieds nus dans leur cuisine.

— Il n'en est tout de même pas là !

— C'est vrai, concéda Constance. Il croit que nous devrions nous dévouer à nos enfants et à notre foyer, et en échange nous satisfaire de chocolats, de sofas de satin et de distractions frivoles comme le lèche-vitrine et les commérages. À ton avis, que deviendront ses idées préconçues quand je prendrai l'initiative ?

— Dieu seul le sait ! s'écria Prudence en levant les yeux au ciel.

— Je vais me faire couler un bain, déclara Constance.

— Si tu ne peux être sage, sois au moins prudente.

Sur un éclat de rire, Constance embrassa sa sœur et regagna la maison.

Elle se déshabilla tandis que la baignoire se remplissait, défit son chignon, se brossa les cheveux avant de les attacher simplement au sommet du crâne avec quelques épingles.

Elle saupoudra l'eau de sels de bain à la lavande. Les robinets avaient beau protester, l'eau chaude coulait néanmoins. En hiver, le vent s'infiltrait par tous les orifices, et on gelait dès qu'on sortait le bras de l'eau, mais par une douce soirée d'été, la vaste baignoire à pieds de lion était plus qu'accueillante.

Elle s'y allongea avec bonheur, la tête contre le rebord. La pleine lune emplissait la fenêtre ouverte, en face d'elle. Le murmure des voix montait de la terrasse, en même temps que les accords d'un piano. Elle reconnut le jeu de Chastity.

Quand Max déciderait-il de se retirer pour la nuit ?

Elle passa mentalement en revue sa garde-robe, s'interrogeant sur ce qu'elle porterait pour rejoindre la tour sud. Elle possédait un kimono de soie qui avait appartenu à sa mère, d'un magnifique vert émeraude qui s'harmonisait merveilleusement avec ses yeux. Il avait des manches très larges et un dragon orange brodé dans le dos… Cependant, le négligé de mousseline sur la chemise de soie blanche… Voulait-elle avoir l'air pudique ou sexy, hardie ou subtilement séductrice ?

On frappa un coup léger à la porte, et elle tourna paresseusement la tête. Prudence ou Chastity sauraient résoudre son dilemme.

— Entrez.

Le battant s'ouvrit sur Max Ensor qui pénétra dans la pièce embuée.

Trop surprise pour bouger, elle se contenta de le fixer.

Il ferma la porte et fit tourner la lourde clé dont les sœurs ne se servaient jamais. La salle de bains était leur domaine privé, et personne d'autre qu'elles n'y pénétrait, hormis les femmes de chambre.

— Votre sœur m'a dit que je vous trouverais ici, expliqua-t-il en s'adossant à la porte.

Prudence, sûrement. Elle n'avait pas dû imaginer que Max Ensor tirerait parti de l'information d'une façon aussi cavalière ! Elle-même n'y aurait pas songé non plus, d'ailleurs. Une fois de plus, il lui coupait l'herbe sous le pied.

Elle réfléchit à l'attitude à adopter, consciente que plus elle laissait le silence s'installer, plus il serait difficile de chasser Max. L'orgueil menait une lutte sans merci contre le désir. Elle sentait ses seins se dresser sous l'eau tandis qu'il la dévorait du regard. Son corps se distinguait aisément, pourtant elle se taisait.

Max s'écarta de la porte et ôta lentement sa jaquette qu'il accrocha au porte-serviettes, puis il défit ses boutons de manchette en diamant, les posa sur la commode.

Enfin il roula ses manches de chemise. Constance le contemplait, fascinée par les mouvements précis de ses longs doigts. Il vint s'asseoir sur le rebord de la baignoire, un demi-sourire aux lèvres, plongea l'index dans l'eau, puis le posa à la racine des cheveux de la jeune femme, descendit le long de son nez, sur ses lèvres, sous son menton, son cou.

Elle ferma les yeux. Au diable, l'orgueil ! Le souffle court, elle n'était qu'attente. Max poursuivit son chemin entre ses seins, sur son nombril, pour s'arrêter à la limite du triangle entre ses cuisses.

Il enfonça la main dans l'eau et couvrit son mont de Vénus, sans insistance. Prenant appui de l'autre main sur la baignoire, il se pencha pour l'embrasser. Un baiser léger, un frôlement de la langue. Puis il se redressa, baisa le bout de son nez et retira sa main, mais elle sentait encore la chaleur de sa paume.

Il satura de savon une grosse éponge, sans quitter Constance des yeux. Ils baignaient dans la lumière dorée de l'unique lampe.

Il lui savonna le cou, un sein rond et ferme, puis l'autre, rinça l'éponge, remit du savon.

— Le dos ? murmura-t-il.

Elle se redressa et se pencha en avant.

Elle avait un dos élégant, étroit, incurvé à la taille. De petites mèches mouillées bouclaient sur sa nuque. Il la savonna depuis les omoplates jusqu'au bas des reins...

Il cessa brusquement de respirer, et son attitude délibérément posée s'envola comme par magie. Il laissa tomber l'éponge dans l'eau et se leva.

— Ne soyez pas trop longue, fit-il en déposant une serviette sur un tabouret bas, à portée de main.

Il prit sa jaquette et ses boutons de manchette, et sortit de la salle de bains en fermant doucement la porte derrière lui.

Constance expira longuement. Son corps la brûlait de la tête aux pieds. Du doigt, elle suivit le même chemin que Max, et quand elle arriva à son sexe, elle éprouva de telles sensations qu'elle faillit se laisser engloutir. Elle sortit de la baignoire dans un jaillissement d'eau pour s'enrouler dans la serviette.

La psyché lui renvoya l'image d'une jeune femme aux joues roses, aux yeux brillants.

— Dieu du Ciel ! marmonna-t-elle en se penchant pour ôter la bonde.

Elle perdait pied. Elle avait eu l'avantage de la surprise au tout début de leur relation, mais à présent, le terrain cédait sous elle. Ce qu'elle allait mettre pour monter à la tour n'avait plus d'importance. Le message qu'elle envisageait de lui adresser, quel qu'il soit, était déjà passé et elle en avait reçu la réponse.

Elle se rendit dans sa chambre, s'enduisit le corps d'huile parfumée au bois de santal, brossa de nouveau ses cheveux qui cascadèrent dans son dos en masse brillante. Elle songea soudain qu'elle se préparait comme une fille de harem pour la nuit avec le pacha. Cette idée la fit sourire.

Finalement, elle se décida pour le peignoir chinois. Il était fermé du haut en bas par de petits boutons de nacre, mais elle s'arrêta aux genoux, puis elle éteignit la lumière et sortit de sa chambre.

L'escalier menant à la tour n'était éclairé que par la lune dont les rayons tombaient d'une petite fenêtre, en haut.

Constance entra sans frapper.

Aucune lampe n'avait été allumée, et Max était allongé sur le lit, en peignoir, les bras croisés sous la nuque.

— Bienvenue, dit-il en se levant pour venir à elle, les mains tendues.

Elle glissa ses mains dans les siennes et il l'attira à lui.

— Vous sentez divinement bon.

— Comme une esclave de harem, je trouve.

Il rit contre ses lèvres.

— Vous savez que le rire est l'antithèse d'un aphrodisiaque.

Elle s'écarta légèrement pour croiser son regard.

— Vraiment ?

En guise de réponse, il déboutonna les six premiers boutons de son kimono avec une remarquable dextérité. Il dégagea ses épaules puis il prit ses seins entre ses mains, comme il l'avait fait dans le bain, et en caressa les pointes.

— Je ne sais pas si je pourrai me contenir longtemps, murmura-t-il tandis que le peignoir glissait davantage.

Comme il inclinait la tête sur ses seins, elle ondula afin de se débarrasser du kimono qui tomba à terre dans un chuchotement soyeux.

Elle était nue dans la lumière de la pleine lune, et elle ressentit soudain le besoin impératif de voir Max. Elle dénoua la cordelière de son peignoir qu'elle repoussa à la hâte. Ils se tinrent un instant poitrine contre poitrine, ventre contre ventre. Elle avait les bras autour de sa taille, tandis que ses mains à lui reposaient au creux de ses reins. Elle sentait son sexe palpiter contre elle, et elle posa les pieds sur les siens afin d'être à sa hauteur.

— Nous irons lentement une autre fois, souffla-t-elle resserrant son étreinte.

Elle dégageait la chaleur d'un feu de forêt. L'odeur de son désir mêlée à celle du bois de santal eurent raison de Max. Il l'écarta de lui, et ce fut elle qui le mena vers le grand lit à colonnes.

Il s'étendit sur le dos et la prit sur lui, espérant retarder ainsi l'instant de leur fusion. Mais il se trompait. Constance le chevaucha, se redressa sur les genoux, prit son sexe entre ses mains et le guida en elle.

Un instant, ils demeurèrent parfaitement immobiles, respirant à peine, s'habituant l'un à l'autre. Il semblait à Constance qu'il l'emplissait tout entière. Il bougea une fois, juste un léger mouvement des hanches, et l'orgasme qui couvait en elle depuis des heures la secoua de la tête aux pieds. Lorsqu'elle le sentit se convulser en elle, elle eut une nouvelle jouissance, un peu moins cataclysmique mais tout aussi délicieuse, qui lui arracha un cri de plaisir. Enfin elle s'abattit sur Max, le visage au creux de son cou tandis qu'il lui caressait les cheveux.

Au bout d'un long moment, Max se retira, et alors qu'elle roulait sur le côté, elle le vit ôter l'étui souple d'un préservatif.

— Je n'avais pas pensé à cela, murmura-t-elle d'un ton d'excuse.

Elle s'était vaguement rendu compte qu'il était protégé, mais, dans la passion de l'instant, elle l'avait à peine enregistré.

— L'un de nous deux suffit, répondit-il.

— Sans doute.

L'image d'Amelia Westcott lui vint à l'esprit. Henry Franklin n'avait pas songé à prendre ce genre de précautions, et si Amelia avait vécu une expérience semblable à celle que Constance venait de connaître, qui aurait pu lui jeter la pierre ? C'était une réflexion presque humiliante.

— Merci d'y avoir pensé. Je suis confuse de ne pas y avoir songé moi-même.

Elle effleura sa joue et ferma les yeux.

— Je crois que je vais dormir un peu.

Il glissa le bras sous elle et l'attira contre son flanc.

Ils se réveillèrent une heure plus tard. La lune s'était déplacée et la chambre était à présent dans l'obscurité. La maison était plongée dans le silence. Constance frissonna.

Elle secoua légèrement Max.

— J'ai froid. Pourriez-vous bouger un peu, que je rabatte la couverture sur nous ?

Avec un marmonnement endormi, il s'assit au bord du lit, puis il se mit debout, s'étira, alluma la lampe de chevet.

— Une personne attentionnée a laissé une carafe de cognac. En voulez-vous un verre ?

— Non, merci. Je boirai une gorgée du vôtre.

Elle remonta le drap et la couverture, retapa les oreillers avant de s'y appuyer.

— Je n'ai plus du tout sommeil, déclara-t-elle.

Il se servit un verre, et revint se glisser près d'elle, entre les draps. Il lui tendit le verre et elle en but une gorgée.

— J'ai comme l'impression que ce n'était pas votre première fois, dit-il.

Elle lui lança un coup d'œil surpris et un tantinet méfiant.

— Vous êtes choqué ?

— Étonné, je l'avoue. Depuis cet après-midi, dans la prairie.

— Pas choqué ? insista-t-elle.

— C'est inhabituel.

— Qu'une femme célibataire ne soit pas vierge, continua-t-elle d'un ton neutre.

— Oui. Pouvez-vous le nier ?

— Je ne sais pas, ce n'est pas une question que je pose souvent aux jeunes femmes de ma connaissance.

Il rit en portant le verre à ses lèvres.

— Allons, ne montez pas sur vos grands chevaux, Constance. Je ne vous critique pas, comment le pourrais-je après une telle fête ? J'énonçais simplement un fait.

— Êtes-vous certain que vous n'allez décréter à présent que vous ne pouvez respecter une femme facile ?

Constance lui reprit le verre des mains.

— Je vous ai déjà priée de ne pas me faire dire ce que je n'ai pas dit.

Il se leva pour remplir un second verre, puisque le sien semblait définitivement annexé.

— Vous avez été fiancée, n'est-ce pas ?

Elle se raidit.

— Quel rapport ?

Il revint vers le lit en haussant les épaules.

— C'est évident, il me semble. Vous avez anticipé la nuit de noces ?

Constance ferma les yeux un instant.

— Non. Douglas avait un sens très aigu du bien et du mal, de l'honneur et du déshonneur. C'en était même parfois exaspérant, ajouta-t-elle dans une ombre de sourire.

— Vous l'aimiez ?

Il l'observait avec attention, et vit son expression s'adoucir.

— Oh, oui ! répondit-elle sans hésiter. Il était toute ma vie. J'avais vingt-deux ans lorsqu'il a été tué, et j'ai cru que mon existence était terminée. J'avais l'absolue certitude qu'aucun homme, jamais, ne lui arriverait à la cheville.

Elle rouvrit les yeux.

— Et j'avais raison, conclut-elle.

Il se crispa légèrement, bien qu'il sût qu'il n'avait aucune raison de se sentir insulté. Une union brève et passionnée ne le rendait pas digne de compliments, et moins encore d'une comparaison favorable avec un fiancé disparu. D'autant qu'ils se connaissaient à peine.

— Pourtant, vous avez eu des rapports avec d'autres hommes, fit-il d'un ton neutre. Pardonnez-moi, mais vous semblez apprécier les plaisirs de la chair.

— En effet. Quand je le décide. Après la mort de mère, mes sœurs et moi avons décidé que la virginité était un fardeau dont il convenait de se débarrasser. Le mariage n'est pas une priorité pour aucune d'entre nous, mais nous ne voulions pas mourir sans connaître la réponse à certaines questions, si vous voyez ce que je veux dire.

Max la contemplait, fasciné. Jamais il n'avait rencontré de femme qui défendît ce genre de principe, et il aurait été incapable de dire si cela l'attirait ou s'il s'en formalisait.

Après une nouvelle gorgée de cognac, Constance poursuivit :

— Nous nous sommes donné un an et, à la Saint-Sylvestre suivante, nous avions toutes les trois perdu notre innocence.

— Vous avez choisi vos… vos…

Il renonça à s'expliquer plus avant.

— Nos initiateurs ? Oh, oui, bien sûr. Tous des hommes respectables, pour lesquels nous éprouvions attirance et estime. Il fallait en outre qu'ils soient d'accord sur le principe et dignes de confiance. C'était à la fois direct et plaisant, d'ailleurs nous les aimons toujours beaucoup.

— J'en connais certains ?

— Je ne pense pas que vous teniez à savoir les noms. À quoi cela vous avancerait-il ?

Elle fit mine de se lever.

— Ne partez pas, dit doucement Max. Je n'ai pas envie de terminer la nuit sur cette fausse note. Si je vous ai offensée, je vous demande pardon. Nous ne nous connaissons pas encore très bien.

Constance hésita. Il avait raison. Il aurait été grossier et stupide de gâcher ces quelques merveilleux moments. Elle écarta le drap pour l'inviter à la rejoindre, ce qu'il fit.

— Prendrons-nous notre temps, cette fois ? murmura-t-il en lui mordillant l'oreille.

En réponse, elle fit délicatement courir ses doigts vers le bas de son corps.

10

— Lord Lucan est un partenaire parfait pour Hester, assura Chastity à lady Winthrop alors qu'elles étaient assises sous un parasol au bord du court de tennis où se disputaient des doubles mixtes.

— Hester n'est pas très sportive, déclara lady Winthrop. En fait, je lui avais fortement déconseillé de participer à ce tournoi. Il fait tellement chaud ! Si elle n'y prend pas garde, elle va transpirer, ce qui est fort disgracieux pour une jeune fille.

— Je crois que David se dépense pour deux, lady Winthrop, fit remarquer Prudence en resservant de la citronnade.

— Ce jeune homme présente très bien, reconnut lady Winthrop. J'ai rencontré sa mère à plusieurs reprises, bien qu'elle ne sorte guère. Elle est de constitution assez fragile, m'a-t-on dit.

La douairière n'avait rien de fragile, mais Prudence acquiesça néanmoins.

— David est un fils dévoué, si aimant. Un véritable soutien pour sa mère.

— Excellente qualité, marmonna lady Winthrop en s'éventant énergiquement. Je crois en outre qu'ils possèdent une jolie fortune, enchaîna-t-elle sans attendre de réponse.

— On dirait que Constance fait son possible pour laisser Hester et David gagner, observa Chastity tandis que sa sœur et elle s'éloignaient du groupe de spectateurs. Mais je n'ai pas l'impression que Max en soit ravi.

— Il est fou furieux, oui ! rétorqua Prudence en riant. Il se donne à fond, et dès que c'est Constance qui sert, elle s'arrange pour que la balle tombe juste devant Hester qui ne peut la manquer.

— Et notre cher David, qui ne se doute de rien, est persuadé que sa partenaire joue comme une déesse, renchérit Chastity. Constance est vraiment retorse !

— Je t'ai parlé de son idée de taxer les mères satisfaites pour une œuvre de charité en faveur des vieilles filles indigentes ? Elle n'a vraiment aucun scrupule ! Je me demande de qui elle tient.

— Mère n'était pas toujours d'une parfaite droiture, lui rappela Chastity. Souviens-toi de la façon dont elle menait père par le bout du nez.

— Je n'ai pas l'impression que Constance réussisse de la même façon avec Max, commenta Prudence en se tournant vers le court. Il semble sur le point de lui flanquer une correction avec sa raquette.

— Ils n'ont en tout cas pas du tout l'air de deux amants qui viennent de passer une nuit torride, j'en conviens. Elle t'en a parlé ?

— Pas un mot. Mais nous n'en avons guère eu l'occasion.

Elles demeurèrent un instant silencieuses et le bruit sec des balles ricochant sur le gazon emplit l'air.

Constance était au service, et sa balle heurta le filet, ce qui fit pester Max. Il la ramassa et la lui renvoya. Elle la rattrapa avec sa raquette, lui offrit un sourire mielleux et servit pour la deuxième fois. La balle arriva doucement aux pieds d'Hester qui la frappa, l'air surpris, et eut un rire ravi quand elle parvint à lui faire franchir le filet. Max la retourna sans peine, mais il était tellement hors de lui qu'il la fit sortir.

— Jeu, David et Hester ! s'écria joyeusement Constance. On tourne.

— À quoi diable jouez-vous ? demanda Max d'une voix basse et irritée tandis qu'ils se rendaient de l'autre côté du court.

— Au tennis, répondit-elle avec le même sourire charmant. Certes, mon bras n'a pas la puissance du vôtre. Je ne suis qu'une faible femme, mais je fais de mon mieux.

— À d'autres ! Vous vous arrangez pour envoyer les balles dans la raquette d'Hester.

— Oh, mais voyez combien elle est heureuse ! Et David rayonne de fierté devant son talent. Il la regarde comme il regarde Chastity... Ou plutôt, j'espère, comme il la *regardait*.

— Je vous préviens, Constance, grinça-t-il entre ses dents, si vous ne jouez pas correctement le prochain jeu, je quitte le court.

— Ce n'est pas une attitude très sportive ! protesta-t-elle. On ne joue pas uniquement pour gagner.

— Moi si, rétorqua-t-il en se plaçant au fond du court afin de recevoir le service de David. Et je vous assure que je ne plaisante pas.

Constance pinça les lèvres. Elle se doutait qu'il n'aimerait guère sa façon de faire, mais elle ne s'attendait pas à une réaction aussi virulente. Il avait vraiment un sens aigu de la compétition. Elle le comprenait, car elle-même adorait gagner, sauf dans certaines circonstances... dont celle-ci. Toutefois, elle se dit qu'elle avait intérêt à donner le meilleur d'elle-même durant ce jeu, afin de le calmer.

Max eut un hochement de tête satisfait quand il la vit jouer avec plus de nerf. La partie prenait de l'intérêt. Ils étaient toujours un set à zéro, mais au moins elle mettait leurs adversaires en difficulté, et si elle continuait de jouer ainsi, ils avaient une chance de remporter le deuxième set, et peut-être le match.

Cependant, il ne tarda pas à se rendre compte que chaque fois qu'ils menaient, elle s'arrangeait subtilement pour perdre un point. Il en fut tellement exaspéré que son jeu s'en ressentit, et ils perdirent le set, donc le match, avec un faible écart. Il parvint à se dominer suffisamment pour féliciter les vainqueurs, un David radieux et une Hester rose de plaisir. Mais il quitta le court sans un mot pour sa partenaire et se dirigea à grandes enjambées vers la maison.

Constance réfléchit un instant, puis elle le suivit en courant. Elle le rattrapa sur la terrasse.

— Max ?

Il s'arrêta sans se retourner.

Elle posa la main sur son bras et éclata de rire.

— Oh, ne vous fâchez pas ! C'était pour la bonne cause.

— Je ne considère pas que se mêler de la vie d'autrui soit une bonne cause, déclara-t-il en pivotant pour la fusiller du regard.

— Mais je ne fais pas de mal, se défendit Constance qui s'essuya le front du revers de la main.

Max se sentit soudain fondre. Il trouvait incroyablement sensuelles les gouttes de transpiration qui perlaient au-dessus de sa lèvre supérieure, au creux de son cou qu'il apercevait par l'ouverture de son chemisier de soie. Il se remémora ses seins nus tels qu'il les avait vus le matin même, lorsqu'elle s'était décidée à quitter son lit, et il les imagina moites eux aussi.

— À l'avenir, contentez-vous de ne pas me faire participer à ces stupidités, la pria-t-il avant de la prendre par le bras pour l'entraîner derrière les buis plantés dans de vastes jardinières au bord de la terrasse.

Constance ne protesta pas. Elle posa les mains sur le parapet de pierre et s'y appuya, la tête levée vers lui, l'air interrogateur.

— J'ai tout à coup une envie irrésistible de vous embrasser, ajouta-t-il en caressant ses lèvres du doigt. Il y a quelque chose de fondamentalement excitant chez une femme qui transpire après l'effort. Encore que, vu la façon dont vous avez joué, l'effort n'était pas bien grand.

— Sauf dans le dernier set, lui rappela-t-elle.

Son pouls s'accéléra, et une bouffée de désir la parcourut de la tête aux pieds, mettant ses nerfs à rude épreuve.

— Certes, concéda-t-il. Vous vous êtes donné un mal fou pour le perdre.

Il effleura sa gorge à l'endroit où une petite veine battait, et les yeux de la jeune femme prirent la couleur de l'émeraude tandis qu'elle renversait la tête en arrière, lui offrant son cou.

Il y posa les lèvres, lécha la sueur comme s'il s'agissait d'une glace. Elle eut un petit rire enroué.

Enfin il captura sa bouche, forçant la barrière de ses lèvres tandis qu'elle faisait mine de résister. Le désir flamba entre eux.

Il déboutonna le chemisier de soie avec une hâte fébrile, ainsi que la camisole, et lâcha ses lèvres pour baiser ses seins, goûter sa peau salée. Il la tenait fermement à la taille, se repaissant des petits boutons roses dressés pour lui, et elle se mordait les lèvres pour ne pas crier tant le désir se faisait impérieux.

À l'aveuglette, ils se débattirent avec la jupe de Constance, sa culotte de dentelle, les boutons du pantalon de Max. Puis il la souleva contre lui, et elle s'accrocha à son cou tandis qu'il entrait en elle.

Elle l'embrassait avec avidité lorsque l'extase les emporta, et il se retira dès le premier spasme.

Ce fut seulement lorsque son cœur eut cessé de tambouriner à ses oreilles que Constance entendit des voix sur la terrasse, au-delà de l'écran de buis. Elle mit la main sur sa bouche pour étouffer un éclat de rire. Max secoua la tête et rajusta sa tenue avant de reboutonner le chemisier de Constance.

— C'est scandaleux ! murmura-t-elle d'un ton qui démentait ses paroles. Qu'allons-nous faire ? On sert le thé. Nous ne pouvons pas sortir de là comme s'il était naturel pour un couple de se cacher derrière une haie !

— Le parapet, souffla Max.

Il enjamba la balustrade et se retrouva dans un massif, à l'abri d'un luxuriant buddleia.

— Venez ! fit-il en lui tendant les mains.

Constance s'assit sur le rebord, les jambes pendantes, avant de se laisser tomber à ses côtés.

— Allez-y le premier, chuchota-t-elle. Il faut que je passe dans ma chambre avant de pouvoir me montrer en public.

Il acquiesça, se détourna, puis revint à elle pour un baiser sauvage.

— Vous êtes une perverse ! déclara-t-il avec une sorte de rage.

Sur ces mots, il s'éloigna en direction de l'escalier, les mains dans les poches.

Constance attendit quelques minutes puis, collée contre le mur, à l'abri des arbustes, elle rejoignit en hâte la maison.

Dans la salle de bains, nue comme un ver, elle jeta sa tenue de tennis dans le panier à linge et fit sa toilette avant d'aller enfiler une robe d'après-midi en mousseline vert sombre et de discipliner sa chevelure.

Le rire sourdait sans cesse en elle, tel un torrent de montagne. Jamais elle n'aurait cru Max Ensor capable d'une telle inconvenance ! Peut-être n'était-il pas irrécupérable, après tout. S'il parvenait à oublier ses principes et son attitude coincée aussi spectaculairement, il était sans doute possible de le convaincre d'élargir son point de vue sur d'autres sujets.

Elle retourna sur la terrasse, impeccable, en fredonnant doucement. Seule l'étincelle dans son regard indiquait qu'il s'était passé quelque chose.

Prudence lui jeta un regard interrogateur, auquel elle répondit d'un radieux sourire. La jeune fille abandonna la théière et le plateau de sandwichs qu'elle offrait à la ronde pour venir vers elle.

— Tu parais bien contente de toi, l'accusa-t-elle.

— Il y a de quoi. Regarde comme Hester et David s'entendent bien. Mon petit truc au tennis a marché à merveille.

— En revanche, ton partenaire n'appréciait guère. Où est-il, d'ailleurs ? Je ne l'ai pas revu depuis qu'il a quitté le court comme un fou furieux.

Constance haussa les épaules.

— Il doit panser ses plaies dans un coin. T'es-tu occupée de lady Winthrop ?

— Chastity et moi avons glissé quelques commentaires de circonstance qu'elle a eu l'air de prendre au sérieux.

— Parfait. Il ne nous restera qu'à aller voir lady Lucan dès notre retour en ville.

— N'oublie pas que nous devons également rencontrer M. Anonyme mercredi matin et nous lancer à la recherche d'Henry Franklin mardi, avant notre rendez-vous avec Amelia jeudi. Quand aurons-nous du temps pour lady Lucan ?

Constance grimaça un sourire.

— L'Intermédiaire prend son essor, on dirait. Puis il y a le dernier numéro du *Mayfair Lady*. Deux par mois, c'est beaucoup de pression !

— Pas de repos pour les coquins ! Où as-tu l'intention de passer cette nuit ?

— Pourquoi ?

— Nous pourrions travailler au journal, si tu n'as pas d'autre projet.

— Je pense que j'en aurai, répondit Constance, mais cela ne nous empêchera pas de travailler un peu avant.

— Tu ne peux pas te passer complètement de dormir ! protesta sa sœur.

— Oh, pour le moment, si, affirma Constance. Juste pour deux nuits. Ensuite, ce sera différent. Regarde, voilà père dans l'automobile de ce satané Barclay !

Une voiture remontait l'allée en haletant, lord Duncan au volant, affublé d'énormes lunettes.

— Nous n'arriverons jamais à le dissuader d'acheter un de ces engins, soupira Prudence.

— Encore faudrait-il qu'il ait de l'argent, observa Chastity, que ses sœurs n'avaient pas entendue approcher.

— Il va en emprunter à des taux usuraires, déclara Prudence, la bouche pincée.

— Si nous mettions l'argenterie en gage ? suggéra Constance. Et les diamants de mère. Ils doivent bien valoir le prix d'une automobile.

— Tu plaisantes ! s'écrièrent ses sœurs, horrifiées.

— Cela finira ainsi, de toute façon. C'est cela ou une douloureuse confrontation avec père pour le forcer à accepter la vérité.

Le visage sombre, toutes trois demeurèrent silencieuses un long moment. Constance avait raison. Elles pouvaient gérer les dépenses quotidiennes et certains caprices que leur père jugeait indispensables, mais une automobile était très au-dessus de leurs moyens.

— Il existe peut-être une façon de le détourner de ce projet, risqua Chastity, pensive. Supposons qu'il ait une expérience catastrophique avec un de ces véhicules… Vous savez combien il change facilement d'avis.

— Très astucieux, Chastity, approuva Constance. Je suis sûre que nous allons trouver un plan qui aille dans ce sens.

— Facile, ironisa Prudence. Nous avons tellement de loisirs !

Constance l'embrassa sur la joue.

— Ne sois pas négative, Prudence. Nous n'avons pas dit notre dernier mot.

— La passion assouvie te rend excessivement optimiste, répliqua sa sœur.

Constance se contenta de sourire.

— Oh, j'ai trop peur, lord Lucan. Le lac est si froid, si profond…

Hester se tenait sur la petite jetée au bord du lac ornemental, cramponnée à son ombrelle.

— Et si le canot chavire ?

Elle leva vers David des yeux immenses sous son charmant chapeau de paille orné de fleurs.

— N'ayez crainte, dit-il. Je vous amènerai saine et sauve sur l'île, je vous le promets.

Il lui adressa un petit sourire à la fois protecteur et légèrement condescendant tandis qu'il tenait la barque près de la jetée.

— C'est très joli, vous verrez, insista-t-il, enjôleur.

Hester observait, sceptique, la vaste étendue d'eau verte qui les séparait de l'île sur laquelle se dressait un temple grec. Deux autres canots pleins de passagers approchaient déjà de l'île, et personne ne s'était même mouillé les pieds.

— Venez, Hester, David veillera sur vous, l'encouragea Chastity qui était déjà à bord. C'est un excellent rameur, je vous assure, et vous assisterez à un merveilleux coucher de soleil sur le temple.

— J'aimerais cela, mais... ô mon Dieu...

Elle se mordilla la lèvre en se tournant vers lord Lucan qui bomba inconsciemment le torse.

— J'ai fait partie de l'équipe d'Harrow, Hester, déclara-t-il d'un ton qui semblait plus assuré, comme toute son attitude.

Chastity sourit intérieurement. La petite souris Hester réveillait l'homme chez David Lucan.

Elle échangea un coup d'œil avec Constance dont les yeux pétillaient d'amusement tandis qu'elle se tenait sur la jetée à côté de Max, lequel tapait du pied, agacé par ces tergiversations.

Il finit par s'approcher de David et lui ôta l'amarre des mains en lui murmurant :

— Pour l'amour du Ciel, mon vieux, prenez-la dans vos bras et déposez-la dans la barque !

David rougit jusqu'à la racine des cheveux, fixa Max un instant, toussota et, sans plus hésiter, suivit son conseil. Hester poussa un petit cri effarouché quand il la souleva pour la poser fort peu cérémonieusement dans l'embarcation. Elle s'assit sur le banc, agrippée à son ombrelle et, éperdue d'admiration, contempla David qui sautait près d'elle.

Il était encore cramoisi quand il balbutia :

— Euh... Excusez-moi, Hester. J'ai pensé qu'il valait mieux vous aider à prendre une décision.

— Oh, oui, David, souffla-t-elle, les yeux brillants. Je n'aurai pas peur, à présent. Je sais que je suis en sécurité.

Max lança la corde à David.

— Qu'on me donne la force ! marmonna-t-il. Ce satané lac est-il profond ?

— Pas plus d'un mètre, répondit Constance en riant. Mais ne soyez pas si rabat-joie. Nous encourageons la naissance d'un amour, voilà tout.

Il lui décocha un regard à faire cailler du lait.

— Nous prendrons cette barque, décréta-t-il en montrant la dernière.

— Nous pouvons tous tenir dans celle de David, objecta-t-elle.

— Pas question. Je ne supporterai pas ces niaiseries une seconde de plus.

— Vous n'êtes vraiment pas romantique, observa Constance avant de crier à ses sœurs : Max préfère prendre l'autre barque, nous nous retrouverons là-bas !

— Vous aimeriez que je sois romantique ? s'étonna-t-il tandis que le canot s'éloignait de la rive. C'est un comble, venant de la part d'une jeune femme qui n'a pas une once de romantisme dans toute sa personne.

Constance éclata de rire.

— Injuste et peu galant ! s'exclama-t-elle en détachant l'amarre. Vous ramez, ou c'est moi ?

— Je rame.

Il roula ses manches de chemise, et Constance se surprit une fois de plus à admirer ses longues mains. Elle nota de nouveau combien ses avant-bras étaient musclés, et se demanda ce qu'il avait fait avant de se lancer dans la politique. Il avait quelque chose de très physique. Pas du tout le genre d'homme à hanter les couloirs des ministères. Curieux qu'elle ne se soit pas intéressée à son passé… Il lui avait suffi de savoir qu'il était le frère de Letitia, qu'il était député et qu'il pourrait lui être utile. À présent, cependant, elle n'était plus tout à fait sûre que cela suffise. Elle ne connaissait même pas son âge, ne savait pas non plus s'il avait été marié ou non…

Elle sauta dans le canot sans aide.

— Quel âge avez-vous, Max ?

Il eut l'air surpris.

— Voilà une question plutôt inattendue !

— Pas vraiment. Je n'ai simplement pas pensé à vous la poser plus tôt. Si vous souhaitez un échange d'information, j'ai vingt-huit ans.

Il secoua la tête en s'installant sur le banc du milieu.

— Il ne me serait pas venu à l'idée de vous le demander. J'aurai quarante ans dans deux mois.

— Ah... C'est à peu près ce que j'imaginais.

Il rit et commença à ramer.

— D'autres questions ?

Elle laissa glisser sa main dans l'eau.

— Avez-vous été marié ?

— Non.

— Amoureux ?

— C'est autre chose.

— Qu'est-il arrivé ?

Il rentra les avirons, et le petit esquif se mit à danser doucement sur les vagues.

— Je l'ai rencontrée en Inde. C'était l'épouse du chef de la garnison à Jodhpur. Souvent seule, elle s'ennuyait. Elle était un peu plus âgée que moi. Bref, nous avons eu une liaison passionnée. Elle avait l'intention de quitter son mari, de demander le divorce, et nous envisagions de rentrer en Angleterre, pour vivre certes en exclus de la société, mais heureux jusqu'à la fin de nos jours.

Il eut un petit sourire de dérision, et dans ses yeux brilla une lueur ironique que Constance n'aima guère.

— Mais cela ne s'est pas passé ainsi, devina-t-elle.

— Non. Elle a finalement décidé qu'elle ne supporterait pas d'être en disgrâce, que cela nuirait à la réputation de sa famille. En outre, elle avait un enfant, un fils, et elle craignait que son mari ne lui interdise de le voir si elle partait.

Il reprit les rames et mit le cap sur l'île. Constance aurait dû se contenter de cette réponse, mais elle était certaine qu'il ne lui avait pas tout dit. Elle sortit sa main de l'eau et la secoua, déclenchant une petite averse de gouttes argentées sur la surface du lac que le soleil couchant rosissait.

— Que faisiez-vous en Inde ?

— En sortant d'Oxford, je me suis engagé dans la cavalerie. Je ne m'entendais pas très bien avec mon père, et j'ai trouvé judicieux de mettre un océan entre nous. J'ai démissionné quand...

Il laissa sa phrase en suspens et haussa les épaules.

— Voilà, vous savez tout, mademoiselle Duncan.

— Et à présent, vous vous lancez dans la politique.

— Cela m'a paru une carrière adaptée à un homme de mon âge.

— Quels sont les sujets qui vous intéressent le plus ?

— La question est trop vaste pour que je puisse y répondre maintenant.

Il tira davantage sur les rames, et le canot fit un bond en avant.

Sur l'île, les invités commençaient à gravir la colline.

— Jenkins ouvre le champagne sur la terrasse, annonça Prudence en aidant sa sœur à monter sur le ponton. Si nous tardons trop, nous raterons le coucher de soleil. Vous avez mis un temps fou !

— C'est que Max n'est pas très bon rameur, expliqua Constance avec un sourire espiègle. Il a ramassé au moins trois crabes !

— Calomnie ! s'écria-t-il.

Elle éclata de rire et se dirigea vers le temple blanc où Jenkins et un serviteur circulaient parmi les invités avec des plateaux chargés de flûtes.

— Tu sembles t'entendre au mieux avec notre très honorable gentleman, commenta Prudence en prenant un verre. Tu es certaine de ne pas avoir perdu ton objectivité ?

Constance hésita. Elle jeta un coup d'œil à Max qui se tenait au bord de la terrasse, un verre à la main. Elle l'avait toujours trouvé très séduisant en costume, mais il l'était plus encore en pantalon de flanelle blanche, sa chemise à col ouvert, aux manches retroussées sur ses bras bronzés.

— Rien que de le regarder, j'ai les jambes en coton. Cela signifie-t-il que j'ai perdu mon objectivité ? Je l'ignore. Tu ne le trouves pas magnifique ?

Prudence se mit à rire.

— Il est beau, je te l'accorde. Mais tu ne le considères plus comme un être pompeux et arrogant ?

— Oh, que si ! Mais il y a en ce moment des compensations physiques qui contrebalancent largement les inconvénients.

— Cela ne durera pas, prédit Prudence. Le désir n'est pas éternel.

— Alors mon objectivité me reviendra, à supposer que je l'aie provisoirement perdue.

Prudence haussa les sourcils, mais elle s'abstint de tout commentaire.

11

Max gravissait les marches de la maison de Manchester Square, de bonne heure, le mardi matin, lorsque la porte s'ouvrit sur les trois sœurs en tenue de ville.

— Nous rentrerons en fin d'après-midi, Jenkins, lançait Constance par-dessus son épaule tout en enfilant ses gants. Oh, Max ! Que faites-vous là ?

Accueil assez peu chaleureux, songea-t-il.

— Cela me semble évident, répondit-il avec une petite grimace. Je venais vous voir. Pourquoi êtes-vous dehors si tôt ? Il est à peine 9 heures.

— Nous sortons.

— Un but particulier ?

— Nous avons un train à prendre, répondit Chastity.

— Et nous devons nous dépêcher si nous ne voulons pas le rater, renchérit Constance. Désolée, Max. Pouvez-vous revenir une autre fois ?

— Où vous rendez-vous, en train ? insista-t-il, intrigué et un peu déconcerté par son attitude désinvolte.

Ils s'étaient quittés la veille, à la gare de Waterloo, de façon toute formelle, pourtant il s'était attendu à un peu plus de chaleur de sa part à leur prochaine rencontre. Il avait honnêtement tenté de résister à son envie de se précipiter à Manchester Square dès que possible, en vain. Et il commençait à regretter d'avoir suivi son impulsion.

— Juste une affaire à régler à la campagne, expliqua Constance avec un geste vague de la main. Revenez donc demain. Nous ne serons pas chez nous le matin, mais nous avons notre jour l'après-midi.

— Hélas ! je serai à la Chambre pour l'intervention du Premier ministre, répliqua-t-il un peu raide. J'espérais vous inviter à déjeuner, et j'avais l'intention de laisser un message à Jenkins dans ce sens, car j'étais convaincu que vous ne seriez pas encore levée.

— Désolée, répéta Constance qui s'engageait déjà sur le trottoir. J'aurais été ravie, mais nous avons ce rendez-vous… Prudence, veux-tu héler le fiacre qui tourne au coin de la rue ?

— Parfait, je ne vous retiens pas davantage.

Max s'inclina et attendit que les trois sœurs soient montées en voiture.

Constance lui adressa un petit signe d'adieu, mais il ne lut que distraction dans son regard, pas un soupçon de regret ni d'intimité.

Il fronça les sourcils. Il avait trop d'expérience pour se laisser rebuter par cette attitude indifférente, et surtout pour s'en vexer. C'était une ruse bien connue que celle de la douche écossaise. Curieusement, les femmes pensaient qu'elles attisaient ainsi le désir des hommes, et il avait appris depuis l'adolescence à ignorer ces sautes d'humeur. Toutefois, Constance était bien la dernière personne qu'il aurait imaginée avoir recours à ces simagrées puériles.

— C'était un peu embarrassant, dit Constance, accrochée à la poignée de cuir du fiacre.

— Tu as été plutôt sèche, fit remarquer Prudence.

— C'est parce que je sais où nous allons. Nous sommes de mèche avec la gouvernante de sa sœur, en mission secrète pour la libérer de la tyrannie de cette dernière. Je n'ai rien trouvé à dire…

— Tu aurais pu l'inviter à dîner ce soir. Ou lui suggérer de t'emmener au restaurant, dit Chastity. Il semblait blessé, ajouta-t-elle avec sympathie.

— Sans doute.

Constance regarda par la fenêtre. La sensibilité de Chastity agissait sur elle comme une réprimande.

— En vérité, poursuivit-elle, je ne tiens pas à ce que les choses aillent trop vite. C'était différent à Romsey. Ici, cela paraît un peu… précipité.

— Tu n'as pourtant pas hésité à sauter dans son lit, remarqua Prudence d'un ton sec. C'était plus qu'un peu précipité !

— J'ai eu peut-être un peu plus que je n'attendais, avoua franchement Constance. Et maintenant, je le paye par des doutes. Remords d'amante, ajouta-t-elle avec un petit sourire penaud.

— Donc, tu as bel et bien perdu ton objectivité, insista Prudence.

— Possible… Mais elle reviendra. Il faut que je reprenne le contrôle des événements, et le seul moyen, c'est de mettre un frein à cette histoire.

Ses sœurs se contentèrent de hocher la tête. Elles étaient d'accord avec Constance, mais elles avaient assisté avec une certaine inquiétude à sa perte de contrôle et elles doutaient de sa capacité à se ressaisir si facilement.

— Bien, comment allons-nous nous y prendre avec Henry Franklin ? demanda Prudence.

— Il faudrait d'abord le trouver. Et le trouver seul, répliqua Constance, ravie du changement de sujet. Nous essaierons en premier le bureau de son père.

— Allons-nous le brusquer, ou le cajoler ? s'interrogea Chastity.

— Peut-être les deux, fit Constance après un instant de réflexion. Cela dépendra de lui. De son attitude. Tu pourrais peut-être jouer la gentille et moi la méchante. Quand il ne saura plus où il en est,

Prudence interviendra avec quelques suggestions pratiques.

— Cela pourrait marcher, convint Prudence. Mais s'il est faible et déjà écrasé par son père, il vaudrait mieux lui donner du courage… le construire au lieu de le détruire.

— Attendons de l'avoir vu.

Le fiacre les déposa devant la gare de Waterloo et elles se hâtèrent à travers le grand hall. Le train pour Ashford était déjà à quai.

— Nous prendrons les billets sur place, décida Constance. Nous n'avons pas le temps de faire la queue au guichet.

Elles s'installèrent dans un compartiment, achetèrent leurs billets au chef de train, puis Constance déboucha la Thermos qu'elle transportait dans son grand panier. Elle remplit trois tasses et les tendit à ses sœurs alors que le convoi s'ébranlait.

— Tu as apporté des sandwichs ? s'enquit Chastity en jetant un coup d'œil dans le panier.

— Petits pains au fromage et saucisses froides, mais il vaut mieux les garder pour plus tard. Je ne sais pas si nous aurons l'occasion de déjeuner.

— Oh ! s'exclama Chastity. Il y a aussi de la tarte, la spécialité de Mme Hudson. Cela va si bien avec le café.

Sans tenir compte du conseil de sa sœur, elle en prit une part qu'elle dégusta avec bonheur.

Le train atteignit Ashford un peu avant midi et, en sortant de la gare, les jeunes femmes entreprirent de chercher une voiture pour les emmener en ville.

— *Franklin Construction*, lut Prudence sur le papier que leur avait remis Amelia Westcott. West Street.

— Renseignons-nous auprès du chef de gare.

Le vieil homme aux cheveux gris informa Constance qu'il n'y avait pas de calèches à louer, mais que le centre-ville se trouvait à un quart d'heure à pied, et que West Street partait de la place du marché.

— Nous allons devoir prendre notre courage à deux mains, annonça-t-elle à ses sœurs.

— Espérons qu'il ne pleuvra pas, s'inquiéta Prudence en jetant un coup d'œil au ciel menaçant.

Franklin Construction était un imposant bâtiment au milieu de West Street.

— Franklin Senior semble fort prospère !

— Largement assez pour entretenir un fils doué pour la musique, renchérit Chastity.

— Allons-y, décida Prudence qui s'approcha résolument de la porte qu'elle ouvrit sans hésiter.

Une cloche tinta, et elles se retrouvèrent dans une pièce bien nette aux murs tapissés de classeurs, avec trois bureaux.

Un homme à la moustache tombante, au regard triste derrière ses lunettes, leva le nez de ses registres. Il eut un sourire un peu étonné et se mit debout.

— Que puis-je pour vous, mesdames ?

— Nous cherchons Henry Franklin, répondit Constance. Savez-vous où nous pourrions le trouver ?

— Ici même, madame. Je suis Henry Franklin.

Il avait de l'encre sur ses manchettes, visibles sous la veste. Il était négligé, comme s'il se moquait de son apparence, ses cheveux étaient à peine coiffés. Mais il avait de longues mains blanches parfaitement manucurées. Des mains de pianiste…

Il était difficile de lui donner un âge, cependant, il semblait si las, si déprimé que Constance songea qu'il était peut-être plus jeune qu'il ne le paraissait.

— Que puis-je pour vous ? répéta-t-il sans cacher sa surprise.

Constance entendit parler derrière une porte, au fond de la pièce.

— Vous est-il possible de sortir quelques minutes afin que nous nous entretenions en privé ?

— De quoi s'agit-il ?

Il jetait des coups d'œil nerveux en direction de la porte où une voix particulièrement autoritaire dominait les autres.

Papa Franklin, sans doute...

— Amelia, murmura Chastity qui lui décocha un regard direct sous le rebord de son chapeau de velours.

Elle posa la main sur son bras.

— Où serions-nous tranquilles pour discuter ?

Il la scrutait, au bord de la panique.

— Il lui est arrivé quelque chose ? Elle va bien ?

Constance se tourna vers Prudence qui acquiesça imperceptiblement.

— Oui à la première question, et non à la seconde, dit-elle aussi bas que Chastity mais d'un ton beaucoup moins chaleureux. Il faut que nous parlions, monsieur Franklin. Vous n'aimeriez sûrement pas que tout le monde s'en mêle.

Il avait soudain le teint terreux.

— Au *Copper Kettle*, sur Market Street. J'y déjeune parfois. Je vous y retrouve dans un quart d'heure.

— Entendu, dit gentiment Chastity. Ne vous inquiétez pas, monsieur Franklin. Nous ne vous voulons pas de mal.

Elle suivit ses sœurs et lui lança un dernier coup d'œil encourageant avant de franchir la porte. Il ne sembla pour autant encouragé.

— Vous croyez qu'il viendra ? fit Prudence.

— Oh, oui ! déclara Constance. Il viendra parce qu'il a peur. Il imagine sans doute que nous voulons le faire chanter.

— C'est un peu cela, d'une certaine manière, dit Prudence.

Constance la regarda, interloquée, avant d'éclater de rire.

— Au fond, tu n'as pas tort. Nous sommes en train de nous découvrir des talents cachés !

Le *Copper Kettle* était un petit salon de thé douillet, et les trois sœurs consultèrent la carte.

— Le Welsh Rabbit est excellent, mesdames, assura la serveuse. C'est notre spécialité.

— Et la tourte à la viande ? s'enquit Prudence.

La femme secoua la tête.

— Je ne choisirais pas ça, si j'étais vous. La sauce n'est pas très fraîche. Mais la morue est bonne.

— J'en mange bien trop souvent ! rétorqua Prudence avec une grimace. Qu'en penses-tu, Constance ?

— Welsh Rabbit, répondit celle-ci. Et du thé, s'il vous plaît.

— Trois Welsh Rabbits et trois thés, répéta la femme en notant sur son bloc.

— Nous attendons quelqu'un, reprit Chastity. M. Henry Franklin.

— Oh, M. Henry prend toujours des toasts à la sardine ! Tous les jours que Dieu fait…

Elle plissa les yeux.

— Vous êtes nouvelles en ville ? Des amies de M. Franklin ?

— Oui.

La serveuse était visiblement dévorée de curiosité, mais le sourire impassible des trois jeunes femmes l'empêcha de poser les questions qui lui brûlaient les lèvres.

— Bon, alors j'ajoute les sardines de M. Franklin et une autre tasse.

Henry Franklin se présenta quelques minutes plus tard et regarda autour de lui d'un air anxieux, puis il s'approcha de leur table en dénouant son cache-nez. Accessoire bien inutile par ce temps, songèrent les sœurs qui lui désignèrent aimablement la chaise libre à leur table. Mais peut-être était-il délicat de la gorge.

— La serveuse nous a dit que vous choisissiez toujours des sardines, alors nous avons pris la liberté de commander pour vous, dit Chastity avec son bon sourire. Nous avons préféré le Welsh Rabbit.

— Il paraît qu'il est excellent, ici.

Il s'assit sans cesser de jeter des coups d'œil furtifs dans la salle.

— Je ne dispose que d'une demi-heure. Je vous en prie, dites-moi ce que vous voulez.

Il ôta ses lunettes dont il nettoya les verres à l'aide d'un mouchoir à la propreté douteuse. Il avait les yeux larmoyants.

— Nous ne voulons rien, fit Chastity en se penchant vers lui. Nous sommes là au nom d'Amelia, qui ne peut se déplacer.

— Je ne comprends pas. Elle... Amelia et moi... avions décidé de ne plus nous voir. C'est impossible. Mon père ne me permettrait jamais de l'épouser. Que lui est-il arrivé ?

— Ce qui se passe souvent quand deux personnes font l'amour, répliqua placidement Constance.

Henry se tassa sur sa chaise et se tordit convulsivement les mains.

— Je ne... je ne comprends pas.

— Qu'est-ce que vous ne comprenez pas ?

C'était au tour de Prudence d'entrer en scène. Elle était assise à côté de lui, de biais afin de le regarder.

— C'est la vie, Henry, poursuivit-elle. Ce genre d'incident arrive, et quand cela se produit, il y a des décisions à prendre.

— Vous ne voudriez pas laisser Amelia porter toute seule ce fardeau, renchérit Chastity en lui posant une main amicale sur le bras. Vous êtes un homme trop honnête pour ça, Henry. Je le sais.

La serveuse revenait, et Constance déclara à voix haute :

— Quel plaisir de vous revoir, monsieur Franklin ! En route pour Douvres, nous passions par Ashford, et nous nous sommes dit qu'il serait charmant de renouer avec vous. Nous avons tellement aimé votre concert ! Jouez-vous toujours ?

Henry marmonna une vague réponse. Il était à présent blafard, et la sueur perlait à son front. Il ne leva pas les yeux avant que la serveuse ne se soit éloignée, frustrée.

— Je ne comprends pas son silence. Pourquoi ne m'a-t-elle pas écrit afin de me tenir au courant ?

— Elle l'a fait, répondit Prudence Elle nous a dit qu'elle vous avait écrit à plusieurs reprises, sans toutefois évoquer son état, mais que vous ne lui aviez jamais répondu.

— Je n'ai reçu aucune lettre ! Nous avions résolu de rompre, et j'ai pensé qu'elle s'en tenait à cette décision.

— Alors, qu'a-t-il bien pu arriver à ces lettres ? intervint Constance en attaquant la belle croûte de fromage dorée.

— Mon père voit tout le courrier qui arrive avant les employés, expliqua Henry, amer. Il le distribue lui-même au moment du petit-déjeuner.

— Et il était au courant de votre liaison avec Amelia ?

— Quelqu'un lui a raconté nous avoir vus nous promener ensemble un soir. Il a été extrêmement désagréable, dit Henry qui frissonnait encore à ce souvenir. Je ne supportais pas de l'écouter… tout ce qu'il disait d'Amelia ! Il prétendait qu'elle n'était pas assez bonne pour un Franklin, que c'était une fille de petite vertu… Oh, c'était horrible !

— Pourquoi ne lui avez-vous pas tenu tête ? s'étonna Prudence.

— Facile à dire ! rétorqua-t-il avec la même amertume tout en coupant ses sardines en petits morceaux. On ne s'oppose pas à mon père. Personne. Il a menacé de me jeter à la rue si je continuais à la voir, ou à lui parler. Et ce n'était pas une menace en l'air, je vous assure.

— Alors, qu'allez-vous faire ? voulut savoir Chastity sans se départir de sa douceur compréhensive.

Il eut un geste d'impuissance.

— Que *puis*-je faire ? Il me chassera, et je serai incapable de subvenir aux besoins d'une femme et d'un enfant si je n'ai pas d'argent !

— Pourquoi ne pas en gagner ? suggéra Prudence.

— Comment ? Je ne sais que jouer du piano.

— Vous êtes employé de bureau chez votre père. Vous pourriez l'être dans une autre entreprise.

— J'y perds mon âme, soupira-t-il, faisant écho au commentaire d'Amelia.

— Et que croyez-vous que la présence d'un enfant illégitime fasse à l'âme d'Amelia ? riposta Constance à bout de patience.

Henry semblait au bord des larmes. Il se prit la tête entre les mains.

— Aimez-vous Amelia ? murmura Chastity.

— On ne peut pas vivre d'amour et d'eau fraîche ! Il leva les yeux et son expression désespérée eut raison de l'irritation de Constance. Elle jeta un coup d'œil à Prudence.

Celle-ci remonta ses lunettes d'un index déterminé.

— Je vais vous dire ce qu'il faut faire.

Henry la regardait avec l'expression incertaine d'un chien qui ne sait pas s'il va recevoir une caresse ou un coup de bâton.

— Vous devez avant tout vous affranchir de la tutelle de votre père. Vous viendrez à Londres où vous épouserez Amelia civilement. Ensuite, vous trouverez un poste d'employé de bureau. Nous vous y aiderons. En fait, nous vous tiendrons la main en permanence.

« Cela fait, vous emmènerez Amelia rendre visite à votre père. Je parierais que, mis devant le fait accompli, il s'adoucira à l'idée d'être grand-père. Alors vous lui expliquerez votre plan : Amelia est une femme intelligente, et cultivée… Elle a toutes les qualités requises pour s'occuper d'un bureau. Donc elle prendra votre place dans l'entreprise, tandis que vous donnerez des leçons de piano. Au cas où il refuserait de se réconcilier avec vous, ce dont je doute, vous rentreriez tout simplement à Londres où vous reprendriez votre travail. S'il se rend compte qu'il ne peut plus vous malmener, il y réfléchira à deux fois, je vous assure.

— Magistral, Prudence ! s'exclama Chastity. Qu'en pensez-vous, Henry ?

Il en avait le souffle coupé. Il ne pouvait pas plus résister à la force incroyable de ce trio féminin qu'endiguer une avalanche.

— Comment obtiendrai-je la permission d'aller à Londres ? Il ne m'accorde jamais de congés.

— Vous avez mal écouté, Henry, intervint Constance. Prudence a dit que vous deviez d'abord prendre votre indépendance. Vous ne demanderez aucune permission. Vous allez tout simplement partir et mener une nouvelle vie. Si vous ne pouvez affronter votre père de vive voix, écrivez-lui. Préférez le train de nuit si c'est plus facile. Vous pourrez rester chez nous quelques jours le temps de trouver un logement pour Amelia et vous. Amelia devrait réussir à dissimuler le fait qu'elle est mariée et continuer à travailler chez les Graham encore environ un mois, s'il le faut. Cela vous donnera le temps de régler les problèmes. Mais avant tout, il faut vous marier.

Il se frotta les yeux.

— Amelia refusera sûrement un mariage à la sauvette…

— Amelia veut un mariage, n'importe quel mariage, du moment qu'elle obtient un livret de famille et une alliance, assura Constance. À présent, si vous lui écrivez une lettre pour lui faire part de votre décision, nous la lui apporterons jeudi, quand nous la verrons.

— J'ai ce qu'il faut, claironna Prudence en sortant de son sac un bloc-notes et un crayon. Tenez.

Henry regarda ses sardines froides, puis les trois jeunes femmes qui le fixaient d'un air déterminé. Elles possédaient une vitalité incroyable, et peut-être, seulement peut-être, seraient-elles des adversaires à la mesure de son père. Il éprouva un petit sursaut d'énergie. Avec elles derrière lui, il n'avait pas à hésiter davantage.

— Quand dois-je venir à Londres ?

Elles sourirent, et Henry fut réconforté par leur approbation silencieuse.

— Le plus tôt sera le mieux, dit Prudence. Le week-end prochain, si vous voulez. Nous vous attendrons dimanche.

Il respira un bon coup et débita d'une traite :

— Oui. D'accord. Dimanche.

— Nous nous arrangerons avec Amelia pour l'autorisation, et le jeudi suivant, son après-midi de congé, vous pourrez vous marier.

— Mon Dieu… souffla-t-il en secouant la tête. C'est tellement… bouleversant.

Il commença à écrire, et les sœurs revinrent à leur repas qui refroidissait.

Une demi-heure plus tard, elles retournaient à la gare, la lettre d'Henry au fond du sac de Constance.

— Vous pensez qu'il viendra ? s'inquiéta Prudence.

— Oui. Je ne pense pas qu'il trahisse sa promesse à Amelia. Et puis, il ne prendra pas le risque de nous voir revenir pour tout raconter à son père. Constance a laissé entendre assez clairement que c'était ce que nous ferions s'il n'était pas là dimanche.

— Je n'ai pas fait dans la dentelle, reconnut celle-ci en se rappelant son ultime remarque alors qu'ils quittaient le salon de thé, mais j'ai pensé que la peur allait peut-être lui donner du cœur au ventre. J'espère seulement, ajouta-t-elle avec une petite grimace, que nous agissons dans l'intérêt d'Amelia. Ce type est tellement mou !

— Ne te tracasse pas pour cela, rétorqua Prudence. Amelia est forte pour deux, en outre elle connaît ses faiblesses. C'est elle qui portera la culotte, et il lui obéira. Si elle est capable de venir à bout de cette sale gamine de Pamela Graham, diriger Henry sera un jeu d'enfant.

Constance approuva dans un petit rire.

— Tu as sûrement raison ! Je me demande si Max a un secrétaire.

— Pourquoi ?

— Ma foi, s'il n'en a pas, il en a forcément besoin. Henry Franklin ferait un candidat idéal !

— Il n'y a donc pas de limite à ta perversité, Constance ?

— Je l'ignore, je n'en ai pas encore découvert, répondit la jeune femme en souriant. Il faut juste que je voie si je peux le persuader.

— Ainsi le mari travaillerait pour Max, l'épouse pour sa sœur, et leurs employeurs ignoreraient qu'ils sont mariés ?

Chastity secoua la tête, amusée.

— Seulement jusqu'à ce qu'Amelia soit obligée de quitter les Graham à cause de sa grossesse, se défendit Constance. Ce n'est pas vraiment une tromperie.

— À d'autres ! railla Prudence.

— Je lui parlerai quand même.

Elles s'assirent sur un banc en attendant l'arrivée du train, et Chastity soupira.

— C'est très fatigant, cette histoire d'Intermédiaire. Et demain, nous devrons nous occuper de M. Anonyme.

— Pas de repos pour les criminels, déclara Constance.

— Pas de repos pour ceux qui sont dans l'embarras financièrement, rectifia Prudence.

— Nous attendrons derrière le rideau de l'arrière-boutique, dit Prudence le lendemain matin. Mme Beedle assure que nous entendrons tout si M. Anonyme et toi parlez près des gâteaux secs.

Elle désigna un coin poussiéreux où des bocaux de sucres d'orge se mêlaient aux paquets de biscuits.

— Vous avez le temps de prendre une tasse de thé, mademoiselle Constance, si le monsieur n'arrive qu'à 11 heures.

Une femme replète en tablier amidonné poussait le lourd rideau dont les anneaux de cuivre cliquetèrent sur la tringle.

— J'en prépare toujours à cette heure-ci, continua-t-elle. Avec un bon morceau de gâteau au saindoux. J'en ai un tout frais de ce matin. Nous entendrons la cloche, si quelqu'un entre.

— Oh, j'adore cela ! s'écria Chastity. Cela me donnera du courage pour jouer mon rôle.

— Je m'en chargerai, Chastity, si cela te gêne, proposa Prudence.

— Bien sûr que non, je plaisantais.

La jeune fille suivit ses sœurs dans une petite cuisine proprette où une bouilloire chantonnait joyeusement.

— Asseyez-vous.

Mme Beedle montrait la table ronde avec le gâteau truffé de fruits confits. Elle ébouillanta la théière, dosa le thé.

— Voilà. Une tranche de gâteau, mademoiselle Constance.

Constance détestait le gâteau au saindoux, mais elle en accepta une part par politesse. Elle la glisserait dans l'assiette de sa sœur dès que la brave dame aurait le dos tourné.

La cloche du magasin tinta, et Mme Beedle entrouvrit le rideau.

— Ce n'est que M. Holbrook qui vient chercher son journal et ses cigarettes.

Elle alla accueillir le client avec son amabilité coutumière.

Chastity se servit une grosse part de gâteau et se lécha les doigts.

— C'est si bon que c'est presque un péché !

— Je ne sais pas comment tu peux avaler cela ! protesta Constance en servant le thé.

— Il est particulièrement réussi, intervint Prudence

— Prends le mien, fit Constance qui jeta un coup d'œil à la pendule. Presque 11 heures. Je me demande s'il sera en avance.

La porte tinta de nouveau, et elles se tournèrent vers le rideau. Une voix d'homme, un murmure, leur parvint.

— C'est lui !

Chastity s'essuya les mains, avala une gorgée de thé et rabattit son épaisse voilette noire.

— Vous voyez mon visage ?

— À peine.

— Parfait. À présent, je vais mettre mon accent français à l'épreuve.

Mme Beedle pointait le nez.

— Un monsieur pour vous, mademoiselle.

— Merci.

Après un signe de tête à ses sœurs, Chastity carra les épaules et pénétra dans la boutique. Constance repoussa un peu le rideau.

— Vous me cherchiez, monsieur ? demanda Chastity avec un accent à couper au couteau qui faillit déclencher un fou rire chez ses sœurs

— Vous êtes L'Intermédiaire du *Mayfair Lady* ?

L'homme était en tenue de ville, avec un chapeau haut de forme et une canne à pommeau d'argent. Il avait le cheveu gris et rare, un lorgnon perché au bout de son long nez. Une petite moustache bien taillée ornait sa lèvre supérieure. Il était banal mais tout à fait convenable.

— Je le représente, répondit Chastity.

Il retira ses gants et lui tendit la main. Elle la lui serra sans se déganter avant de désigner le coin des biscuits.

— Installons-nous là, je vous en prie. Nous y serons tout à fait tranquilles.

Il regarda autour de lui.

— Je m'attendais à un bureau...

— Nous avons de bonnes raisons de vouloir demeurer également anonymes, monsieur.

Les sœurs échangèrent un regard d'approbation.

— Vous pouvez néanmoins m'aider ?

— Je vous le dirai avec plus de certitude lorsque vous aurez répondu à quelques questions. Vous comprenez bien que les jeunes femmes qui ont recours à nos services exigent les plus strictes références.

— Oui, oui, bien sûr... C'est normal. Croyez-moi, je ne voulais pas porter atteinte...

Chastity l'interrompit d'un petit geste de la main.

— C'est parfait, monsieur. Nous sommes d'accord. Parlons maintenant de la personne que vous souhaiteriez épouser. Vous disiez que vous préfériez vivre à la campagne ?

— Oui. J'ai une petite propriété dans le Lincolnshire. Pas un manoir, mais c'est tout de même une belle demeure. Je possède une confortable fortune.

Il trébuchait un peu sur les mots dans sa hâte à se raconter. Constance et Prudence savaient ce qui se passait, car Chastity produisait souvent cet effet sur les gens. Son attitude, sa douceur suggéraient la sympathie et une oreille complaisante.

— Vous recherchez une épouse qui ait des goûts paisibles, j'imagine ?

— Il ne se passe pas grand-chose dans notre village, madame. Certes ma... ma femme devra recevoir le vicaire et sa femme, ainsi que quelques voisins. Nous organisons des tournois de bridge, des soirées musicales, mais dans l'ensemble, nous menons une vie très casanière.

— Vous ne demandez ni beauté ni fortune, si j'ai bien compris ?

— Je souhaite une compagne, madame, et j'ai lu que la beauté est une médiocre compagne. Elle s'occupe trop d'elle, or je déteste la vanité, chez une femme.

— Et qu'avez-vous lu au juste, mon ami ? marmonna Constance derrière le rideau.

Prudence lui flanqua un coup de pied dans la cheville.

— Cela ne concerne pas L'Intermédiaire, monsieur, répondit Chastity avec une impartialité admirable. Nous nous contentons de faire les présentations, à nos clients de décider s'ils veulent poursuivre.

— Parfait... parfait.

L'homme toussota avant de reprendre :

— En ce qui concerne l'argent, je pense en avoir suffisamment pour deux.

Il brossait nerveusement le bord de son chapeau.

— Malgré tout, je n'aimerais pas une épouse dépensière. Ma fortune me permet de mener une vie aisée, mais nous n'aimons guère le luxe ostentatoire dans le Lincolnshire.

Chastity hocha la tête.

— Avez-vous d'autres exigences, monsieur ?

— Je souhaite une épouse de bonne famille... qui puisse se présenter la tête haute dans notre petite communauté.

Il rougit légèrement et poursuivit :

— Une femme assez jeune pour... pour pouvoir être mère me conviendrait. Un héritier, vous comprenez ?

Il eut un sourire gêné.

— Parfaitement. Et il est fort possible que j'aie une personne à vous recommander. Je peux organiser une présentation, si vous le désirez.

— Je vous en serais infiniment reconnaissant, madame, fit-il en joignant les mains avec ferveur.

— Mercredi prochain, vous viendrez à cette adresse, à 15 heures, expliqua Chastity en lui remettant une carte de visite. Ce sera une réception pour le thé, et la jeune personne à laquelle je pense portera une rose blanche à la boutonnière. Vous demanderez à la maîtresse de maison de vous présenter à elle si vous décidez que vous avez envie de mieux la connaître.

Il jeta un coup d'œil à la carte.

— Manchester Square. C'est à Mayfair... Pensez-vous qu'une dame qui fréquente une telle adresse accepterait de se retirer à la campagne ?

— Vous voulez une personne de lignée irréprochable, monsieur. Où espérez-vous la trouver, sinon là ? Les goûts varient avec les individus, quelle que soit leur position sociale.

— Bravo, Chastity ! souffla Prudence.

— Bien sûr, bien sûr, approuva l'Anonyme avec véhémence. Les dames qui habitent cette adresse, les demoiselles Duncan, sauront-elles pourquoi je suis là ? Comment devrai-je me présenter ?

— Sous votre nom, monsieur. Je suppose que si vous décidez d'aller plus loin, vous ne verrez pas d'inconvénient à ce que votre identité soit connue.

— Certes non ! Mais mes hôtesses ? Ont-elles un rapport avec L'Intermédiaire ?

— Aucun, affirma Chastity avec aplomb. Cette petite réception est simplement le meilleur moyen pour vous de rencontrer une éventuelle future épouse dans un lieu respectable. Vous remettrez votre carte au majordome, comme il est de mise, et quand on vous annoncera, vous direz à vos hôtesses que vous êtes une relation de lord Jersey. Qu'il vous a dit qu'il viendrait et que vous souhaitez vous entretenir avec lui. Comme il y a beaucoup de monde à ces réceptions, personne ne s'étonnera de votre présence. Une fois les présentations faites, L'Intermédiaire ne se mêlera plus de rien.

— Je vois. Cela semble tout de même un peu compliqué.

— Uniquement par souci de discrétion, monsieur. À la fois pour vous et pour la dame.

Chastity avait réussi à prendre un ton presque sévère.

Il hocha vivement la tête.

— Oui, oui, bien sûr. Précaution indispensable… Est-ce que je vous dois quelque chose pour cette consultation, madame ?

— Vous avez déjà payé, monsieur. Cependant, si vous voulez profiter de la proposition et vous présenter à Manchester Square, ce sera cinq guinées de plus à verser tout de suite. Si vous ne le désirez pas, naturellement, vous ne nous devez plus rien.

— Puis-je en savoir un peu plus sur la dame avant de me décider ?

On aurait dit un écolier qui craignait de se ridiculiser.

Chastity décréta que pour cinq guinées, il avait droit à quelques informations supplémentaires.

— C'est une jeune femme de bonne famille. Son père est pasteur. Elle a environ trente-cinq ans, elle est agréable à regarder, sait tenir sa place en société, et si elle ne possède pas de fortune, c'est une dévote. Je suis certaine qu'elle apprécierait la compagnie des épouses de vicaires.

— Je constate que vous avez parfaitement cerné ma demande, madame. Je présume que cette dame est intéressée par le mariage ?

— Je le pense. Mais L'Intermédiaire ne peut fournir de garanties quant à sa réponse.

— Je comprends.

Il sortit un portefeuille de sa poche et y prit un billet de cinq guinées.

— Je serai à Manchester Square à 15 heures précises, mercredi.

— Disons plutôt 15 h 30. Les invités n'arrivent pas toujours à l'heure dans ce genre de réception.

— C'est vrai... Les femmes sont souvent en retard.

Il caressa sa moustache, une étincelle d'enthousiasme dans le regard.

— Je suis certaine que vous rencontrerez celle que vous cherchez, monsieur, conclut Chastity en lui tendant la main. Je vous souhaite une bonne journée.

— Bonne journée, madame.

Il s'inclina et sortit de la boutique en se redressant tel un jeune coq.

Chastity releva sa voilette et respira à fond en s'éventant de la main.

— Tu as été formidable, Chastity ! s'écria Prudence en repoussant le rideau.

— Ton accent était étonnant, renchérit Constance. Cela m'étonnerait que M. Anonyme y ait cru une minute !

— Je crois qu'il s'en moque, répliqua Chastity. Bon. À présent, il nous reste à persuader Millicent Hardcastle de venir mercredi et de porter une rose blanche à la boutonnière ! Mais il vaudrait mieux que je ne sois pas là, au cas où il me reconnaîtrait.

— En effet. Même sans le voile et sans cet invraisemblable accent français, il risquerait d'avoir des soupçons s'il te parle.

— Je me ferai discrète. Pour l'heure, j'ai besoin d'une tranche de gâteau.

— Tout ce que tu veux, chérie, fit Constance en lui tenant le rideau ouvert. Tu as donné une magnifique représentation. Je ne connais pas de lord Jersey. En existe-t-il un ?

Chastity s'assit en souriant.

— Pas à ma connaissance. C'est bien pour cela qu'il ne sera pas là mercredi. J'étais assez contente de moi ! Et sincèrement, je pense que M. Anonyme devrait convenir à Millicent.

Elle mordit dans le gâteau.

— C'est le meilleur que j'aie goûté de ma vie, madame Beedle.

La sœur de Jenkins s'épanouit.

— Finissez-le, ma chère. Ça ne se garde pas. Je retourne à la boutique. Prenez votre temps. Ah, au fait, j'allais oublier ! Vous avez une autre lettre. Je l'ai posée derrière la boîte à thé.

Constance s'empara de l'enveloppe.

— Tante Mabel, ou L'Intermédiaire ? Une idée ?

Ses sœurs secouèrent la tête. Elle ouvrit l'enveloppe et lut le message, un sourire extatique aux lèvres.

— Alors ? s'enquit Prudence.

— Une lectrice de Hampstead demande si nous accepterions de publier le calendrier des réunions de l'UFSP, répondit Constance. Elle dit que cela rendrait un grand service aux militantes qui ne peuvent pas y assister régulièrement ou déclarer publiquement leur appartenance au mouvement. Nous y arrivons, ajouta-t-elle, les yeux brillants de joie. Nous parvenons enfin à toucher ces femmes !

Ses sœurs l'étreignirent. C'était la victoire de Constance en même temps que celle de leur mère, aussi leur appartenait-elle à toutes les trois. Elles restèrent un instant enlacées, silencieuses, songeant au passé. Cela leur arrivait souvent, et elles avaient appris à vivre avec ce sentiment de perte et à puiser du réconfort dans les souvenirs partagés.

Quand elles se séparèrent, Chastity s'essuya furtivement les yeux.

— Et maintenant ? Ces cinq guinées brûlent ma poche. Si nous nous offrions un bon déjeuner ?

— Un modeste déjeuner, corrigea Prudence. Si nous dépensons tout au fur et à mesure, jamais nous ne nous en sortirons.

— Va pour modeste, céda Constance. Il nous restera un peu de temps avant notre réception pour passer prendre la petite Hester et l'emmener en visite chez sa future belle-mère, puis nous la ramènerons chez nous où David viendra certainement. Voilà qui devrait aboutir à une substantielle donation pour les vieilles filles nécessiteuses.

12

— Un secrétaire ajouterait à votre importance, remarqua négligemment Constance.

Elle était allongée sur une couverture, près de la rivière, juste sous le château de Windsor.

— Et pourquoi aurais-je besoin d'un surcroît d'importance ? s'étonna Max. Je me trouve bien tel que je suis.

— Mais vous allez bientôt être membre d'un cabinet ministériel, et il y a certainement tant de détails à régler dans votre vie... rendez-vous, sujets d'interventions... Vous pourriez même souhaiter que quelqu'un rédige vos discours. Et vous seriez sûrement content que l'on vous aide à rechercher des références légales, des précédents parlementaires, ce genre de choses.

— Qu'avez-vous derrière la tête ? demanda-t-il en remplissant leurs coupes.

— Pourquoi voudriez-vous que j'aie une arrière-pensée ?

— Oh, Constance, cessez de me prendre pour un imbécile !

Elle s'assit. On ne pouvait guère berner Max Ensor, aussi opta-t-elle pour la franchise.

— Il y a un homme que j'aimerais aider. Il veut épouser une personne de ma connaissance, mais il lui faut un emploi stable pour entretenir une famille. C'est un très bon employé de bureau, même si sa passion est la musique. Il est pianiste, cependant cela ne lui permet pas de gagner suffisamment sa vie. Alors j'ai pensé que vous pourriez peut-être lui donner sa chance.

— Très bien. Envoyez-le-moi.

— Vous le recevrez… comme ça ?

— Pourquoi pas ? C'est bien ce que vous vouliez ?

— Eh bien, oui, mais je ne pensais pas que vous accepteriez si facilement…

— Oh, voilà donc ce qui m'a valu cette humeur charmante toute la matinée ! J'aurais dû m'en douter. Vous m'avez passé de la pommade pour arriver à vos fins. Jamais je ne vous aurais crue capable de ce genre de ruse féminine. Vous !

Constance se sentit rougir sous le reproche.

— Il faut bien que je me serve des armes qui sont à ma disposition, se défendit-elle. Je ne pouvais pas deviner que vous seriez si conciliant, ce n'est pas vraiment dans votre tempérament, si je ne m'abuse.

— Ni dans le vôtre, ma chère.

Cette riposte lui tira un sourire.

— Juste. Nous n'avons rien de très paisible, vous et moi, n'est-ce pas ? J'avoue que j'avais une raison pour ne pas laisser des discussions gâcher l'atmosphère. Mais c'était un charmant pique-nique et j'ai pris grand plaisir à votre compagnie, en dehors de tout motif caché.

Il demeura un instant silencieux avant de lâcher :

— L'autre matin, vous ne sembliez pas ravie de me voir.

— Vous m'avez prise au dépourvu. J'étais préoccupée, et je ne m'attendais pas à votre visite.

— Je m'en souviendrai la prochaine fois, rétorqua-t-il, pince-sans-rire.

Il était certain qu'elle ne lui disait pas tout.

Elle hésita, se demandant si le moment était bien choisi pour faire évoluer la situation. Si elle voulait l'influencer dans ses opinions, il leur fallait nettement plus d'intimité et de confiance l'un en l'autre. Le sexe ne suffirait pas. Elle ne savait pas du tout si leur aventure avait des chances de devenir plus sérieuse, et moins encore ce qui se passerait au cas où ils en arriveraient là, mais cette éventualité l'intriguait. Évidemment, au cas où il n'aurait pas l'intention d'approfondir leur relation – et il n'en avait jamais manifesté le désir –, elle risquait de le faire fuir en insistant.

Le silence n'avait que trop duré, et elle prit le taureau par les cornes.

— J'avais... euh... j'ai peur que nous n'allions trop vite. Je sais que je suis responsable de ce qui s'est passé à Romsey Manor, mais de retour à Londres, je me suis dit que nous ne nous connaissions pas vraiment. J'ai plaisir à être avec vous...

Elle eut un petit rire presque embarrassé.

— J'ai envie de vous. Mais à la froide lumière du jour, c'est insuffisant.

Max était désarçonné. Il ne s'attendait pas à une invite aussi directe – à moins qu'il ne s'agisse d'un défi – à creuser leur relation. Pas si vite. En vérité, il n'avait pas pensé qu'elle pourrait souhaiter plus qu'une aventure légère et passionnée, et il ne s'était pas demandé si, de son côté, il en souhaitait davantage. Était-elle en train de lui dire que s'il refusait sa proposition – son défi – leur aventure prendrait fin ? Pour sa part, il n'en était pas question !

— Alors peut-être est-il temps d'apprendre à nous connaître, dit-il d'un ton raisonnable. Peut-être en effet avons-nous mis la charrue avant les bœufs.

Il se tourna pour la regarder intensément.

— Parlez-moi de ce qui est le plus important dans votre vie. Hormis votre famille, naturellement. Qu'est-ce qui vous passionne, Constance ? Qu'est-ce qui vous fait bouillir le sang ?

Elle eut un nouveau petit rire.

— Vous voulez dire à part faire l'amour avec vous ?

— Un peu de sérieux ! la réprimanda-t-il. C'est vous qui avez voulu cette conversation.

— Le droit de vote des femmes, répondit-elle en sentant la bouffée d'enthousiasme que le sujet faisait toujours monter en elle. Je suis passionnée par le suffrage féminin. Par l'égalité des droits des femmes. C'est la force vive de mon existence.

— Je connaissais votre point de vue sur le sujet, vous n'en faites pas mystère. Mais est-ce réellement à ce point important ? La force vive de votre existence ?

— Absolument. Je n'exagère pas, assura-t-elle en soutenant fermement son regard.

Il était une fois de plus déconcerté. Comment un simple problème politique pouvait-il remplir une existence ? C'était une réaction de fanatique.

— Alors vous êtes membre de l'Union féminine ?

— Bien sûr. Cependant je n'en fais pas étalage de peur de contrarier mon père. Le temps viendra où j'en parlerai ouvertement, mais pas maintenant.

— Je vois.

Elle le dévisageait comme si elle cherchait à déchiffrer ce que cachait son apparente placidité.

— Vous pensez qu'une féministe est une compagne de lit embarrassante, Max ?

Il y avait un soupçon d'ironie dans sa voix.

— Autant que vous le sachiez maintenant, ajouta-t-elle.

— Cessez de parler à ma place, Constance, s'énerva-t-il. Laissez-moi une chance de répondre.

— Désolée, s'excusa-t-elle vivement. C'est une détestable habitude, j'en suis consciente.

Il faillit rire.

— Vraiment consciente ?

— Oui. Je m'emporte trop vite, on me l'a souvent reproché.

— Qui ?

Il s'adoucit quelque peu en voyant les yeux verts se voiler de tristesse.

— Ma mère… Douglas… Mes sœurs. Tous les gens que j'aime… que j'ai aimés. Mais il semblerait que je n'aie pas retenu la leçon.

— En effet. Toutefois, je trouve que vous vous êtes suffisamment autoflagellée pour aujourd'hui. Quant à votre question, si c'en est une, je ne vois pas l'intérêt du vote des femmes, je vous l'ai déjà dit. Je suis néanmoins tout à fait disposé à tolérer un point de vue différent.

— Tolérer ! s'indigna-t-elle. Quelle condescendance, Max !

Il réfléchit un instant.

— C'est à mon tour de m'excuser, dit-il.

— Si vous veniez à l'une de nos réunions, vous en comprendriez l'intérêt. Vous pourriez rencontrer Emmeline Pankhurst. Cela vous ouvrirait l'esprit.

Cela lui donnerait aussi l'occasion de voir l'organisation de l'intérieur, songea-t-il.

— Vous pourriez aussi nous dire ce que fait ou pense le gouvernement, poursuivit-elle. Vous ne trahiriez aucun secret. Vous m'avez déjà raconté que l'État étudiait le dossier afin de voir ce qu'il pouvait accorder aux femmes qui paient des impôts Donc ce n'est pas un secret.

Elle était vraiment rouée, se dit-il, amusé. Elle avait l'intention de lui extirper un maximum d'informations, ce qui les mettait chacun d'un côté du court. Il allait être intéressant de voir qui servirait le premier.

— Je ne peux rien vous dire de plus que ce que racontent les quotidiens, fit-il en haussant les épaules. Mais je vous accompagnerai volontiers à une réunion.

— Il y en a une après-demain à la salle municipale de Kensington à 19 heures. Serez-vous libre ?

— Peut-être. Y aura-t-il une manifestation ?

— Non. Je vous retrouverai sur les marches, si vous voulez.

— Je présume qu'il faut quelqu'un pour me parrainer.

— Pas forcément, nous voulons seulement voir qui assiste aux réunions. On n'est jamais trop prudent, vu l'hostilité que déclenche cette cause.

— Ah…

Il acquiesça, et elle fronça les sourcils, un peu mal à l'aise, comme si quelque chose clochait. Pourtant, il semblait parfaitement détendu, comme d'ordinaire.

— Après la réunion, vous pourrez dîner avec moi.

C'était une affirmation, pas une question.

— Si c'est la condition *sine qua non*.

Il secoua la tête.

— Seigneur ! Laissez-moi recommencer. Mademoiselle Duncan, cher hérisson, me ferez-vous l'honneur de dîner avec moi après la réunion ?

— Avec plaisir, monsieur Ensor. Cela nous donnera l'occasion de discuter et d'enrichir votre connaissance du problème.

Elle lui offrit un sourire aimable dans lequel il crut discerner une lueur de triomphe. Elle était persuadée d'avoir eu le dernier mot. Et elle avait raison, conclut-il. Pour l'instant, en tout cas.

— Tout le plaisir sera pour moi, madame.

Il était temps de battre en retraite, décida Constance. Elle se méfiait trop de la capacité de Max à mordre en retour pour se risquer à mettre sa victoire en danger.

— Je dois rentrer, annonça-t-elle en s'étirant voluptueusement. Vos sandwichs au homard étaient délicieux. Et les tourtes à la viande… je les adore ! C'est la cuisinière de Letitia qui a tout préparé ?

— Non. La salle à manger de la Chambre des communes, répondit-il en versant le reste de champagne dans leurs verres. Le chef est excellent. J'espère que vous viendrez y dîner avec moi, un soir.

— J'en serai ravie, dit-elle avec son plus gracieux sourire.

Elle termina son champagne et lui tendit sa coupe tandis qu'il ramassait les restes de leur pique-nique. Puis elle se leva et secoua sa robe de mousseline crème.

— Je n'aurais pas dû choisir cette tenue, toutes les taches marquent, fit-elle en se tordant le cou afin de jeter un œil dans son dos. Y a-t-il des traces d'herbe ?

Max l'examina avec grand intérêt, lissa les plis, les remit en place.

— Je n'en vois pas.

— J'imagine pourtant que vous avez bien regardé…

— Cela vous étonne ?

Elle s'appliquait à nouer les rubans de son chapeau de paille sous son menton et ne répondit pas.

Max prit le panier, lui offrit son autre bras, et ils remontèrent vers la route où il avait parqué son automobile.

— Quelle marque est-ce ? s'enquit Constance en faisant le tour du véhicule d'un rutilant vert sombre.

— Une Darracq. Fabriquée en France.

— Coûte-t-elle très cher ?

— Oui, répondit-il succinctement.

— Et ces automobiles sont-elles fiables ?

— Pas vraiment, avoua-t-il en s'efforçant de faire rentrer le panier derrière le siège avant. Mais cela ajoute au plaisir…

— Elles tombent souvent en panne dans des endroits incongrus ?

— Oh, elles choisissent en effet toujours les endroits les plus ennuyeux pour vous faire faux bond. C'est le prix de la vanité.

— Du snobisme, rectifia-t-elle en riant.

— Si vous voulez.

— À vrai dire, je ne saurais vous en blâmer. Elle est magnifique !

Constance contemplait l'intérieur et elle s'extasia sur les garnitures de chrome et de cuivre, s'enivra de la délicieuse odeur de cuir.

— Qu'est-ce qui tombe en panne le plus souvent ? Ce levier, là ?

— Non, la boîte de vitesses est relativement solide, si on la traite avec égards. C'est plutôt le moteur et l'alimentation. Vous montez ?

— Oh, oui ! Pardon.

Elle s'écarta pour le laisser ouvrir la portière.

— J'aurais pu sauter par-dessus, elle est tellement basse !

— C'est vrai.

Il alla à l'avant afin de mettre la voiture en route, et celle-ci partit au troisième tour de manivelle. Il se glissa au volant.

— Alors, pourquoi le moteur tombe-t-il en panne ? insista Constance tandis que l'engin s'élançait sur la route.

— Un mauvais mélange d'essence. Un câble qui lâche. Des tas d'incidents.

— Et on pourrait le faire exprès ?

Max comprit qu'il y avait une raison cachée à son intérêt pour la mécanique. Il lui lança un regard.

— Précisez votre pensée.

— Eh bien, par exemple si quelqu'un voulait qu'une voiture tombe en panne loin de toute assistance, serait-ce possible ?

— Seriez-vous en train de me mêler à quelque sombre machination ?

— C'est à cause de mon père. Il nous a annoncé qu'il allait recevoir une Cadillac demain après-midi, mais nous ne pouvons lui permettre de la garder, dit-elle simplement. Il n'est guère patient, et si elle lui cause le moindre ennui, il l'abandonnera aussitôt. Il faut donc que nous trouvions un moyen de saboter le moteur.

— Grands dieux ! s'exclama-t-il tout en actionnant l'avertisseur afin de faire bouger une vache égarée sur la route.

L'animal, effrayé par le son tonitruant, fila à travers champ.

— Vos sœurs et vous projetez de saboter la voiture toute neuve de votre père ?

— Dans son propre intérêt, répondit Constance avec un sourire innocent. Mieux vaut une automobile endommagée et un père vivant que l'inverse.

— Et vous voudriez que je vous aide ?

Il avait peine à y croire, pourtant cela était conforme à ce qu'il avait appris sur les Honorables demoiselles Duncan depuis qu'elles avaient fait irruption dans son univers.

— Si cela ne vous ennuie pas. C'est pour la bonne cause. Une affaire de vie ou de mort, vraiment. Nous le ferions volontiers nous-mêmes, mais nous ne connaissons pas grand-chose à la mécanique. Pour le moment.

— Pour le moment, marmonna-t-il. Vous aimeriez sûrement conduire pour nous ramener en ville.

— Oh, j'adorerais ! s'écria-t-elle, les yeux brillants, en se tournant vers lui. Je peux ? Je vous ai bien regardé, cela ne semble pas si difficile.

Cela ne l'était pas, en effet, dès lors qu'on maîtrisait le changement de vitesse. Mais Max n'avait pas l'intention de le lui dire.

— Je ne crois pas que la conduite soit une affaire de femmes, déclara-t-il. Elles n'ont pas le sens de la technique, et les changements de vitesse sont très complexes.

Constance eut un rire bref.

— Comment ai-je pu espérer une réponse différente ? Un peu de patience, monsieur Ensor. Les femmes apprendront à conduire ces engins plus vite que vous ne le croyez.

— Pourtant, vous venez d'admettre que vous ne connaissiez rien à la mécanique.

Il n'osait pas la contredire ouvertement, car il commençait à soupçonner que si la société était peuplée de personnes du genre de Constance et de ses sœurs, il y aurait bientôt une femme derrière chaque volant.

— En effet, acquiesça-t-elle. C'est pourquoi je sollicite humblement votre aide.

— Et de quelle façon suis-je censé vous aider ?

Il se mordit aussitôt la langue. Dans quel guêpier allait-il se fourrer ?

— Nous avons pensé qu'après sa première promenade, quand il rentrerait sa voiture à l'écurie, enfin là où on gare ces engins, nous pourrions la bricoler afin qu'elle tombe en panne à la sortie suivante.

— Et quand doit avoir lieu cette opération ?

— Demain soir. Vous êtes libre ?

— Pour votre sabotage ?

— Vous exagérez !

— C'est pourtant le terme exact.

— Certes. Il sera tellement enchanté de sa première sortie qu'il voudra recommencer le lendemain, et nous souhaiterions qu'il tombe en panne assez loin de la ville pour en être fort contrarié. En vérité, ajouta-t-elle avec un enthousiasme grandissant, vous n'aurez pas besoin d'y toucher, il vous suffira de nous expliquer la marche à suivre. Ainsi, vous ne serez absolument pas impliqué.

— Non, je serai juste un conseiller technique.

— Ne vous inquiétez pas, nous ne vous dénoncerons pas aux autorités.

— Et je n'aurai pas à craindre de ternir mon irréprochable réputation de parlementaire.

Il haussa les sourcils en une interrogation sardonique.

— Vous acceptez ? demanda-t-elle, soudain sérieuse.

— Pour l'amour du Ciel, Constance, il n'y a pas d'autre moyen d'arriver à vos fins ? demanda-t-il, luttant contre l'impression qu'il avait de glisser sur une pente savonneuse. Pourquoi utiliser un plan aussi tortueux ?

— Croyez-le ou non, c'est le moyen le plus simple. Père n'écoutera personne ; il faut qu'il abandonne cette idée de lui-même. Nous avons vraiment besoin de vous, ajouta-t-elle en lui posant la main sur le bras. Vous êtes notre seul recours.

— Dieu me protège, grommela-t-il. Entendu, je viendrai et je vous dirigerai.

Comment avait-il pu dire cela ? Accepter de participer à cet invraisemblable projet ? Il aurait dû témoigner une mâle solidarité avec lord Duncan plutôt que d'aider ses folles de filles. Exaspéré, il se tourna vers la jeune femme et lut dans la profondeur de son regard la réponse à ses questions : quand Constance Duncan voulait quelque chose, elle était positivement ensorcelante. Aucun homme n'aurait pu lui résister.

— Merci, dit-elle avec un sourire radieux. Alors, vous viendrez vers 10 heures, demain soir ? Père sera à son club.

— Je ne promets rien sur l'heure. Cela dépendra de la séance du Parlement.

— Bien sûr, fit-elle, conciliante. Quand vous voudrez… Nous vous attendrons.

Elle entreprit de renouer les rubans de son chapeau, malmené par le vent, tandis que Max accélérait.

— Au fait, quel est le nom de ce secrétaire potentiel que vous m'envoyez ?

— Henry Franklin. Pourrait-il passer vous voir à la Chambre des communes lundi prochain ?

Max évita habilement un chien qui s'était précipité sur la route en aboyant.

— Il me semble plus simple de l'envoyer chez moi. Je voulais vous le dire, j'ai trouvé une maison à Westminster. J'ai signé le bail hier.

— Oh, merveilleux ! Cela signifie que nous pourrions...

Elle ravala la fin de sa phrase. Elle s'était promis d'avancer doucement, et voilà qu'elle se croyait de nouveau en train de disputer le Tour de France !

— Cela signifie que nous pouvons, acquiesça-t-il solennellement. Si vous décidez que nous sommes en mesure de reprendre un peu de vitesse.

Constance se mordit la lèvre.

— Je ne sais pas. Cela m'a échappé. Je vous l'ai dit, j'ai envie de vous, mais j'étais sérieuse aussi quand je parlais d'apprendre à nous connaître.

Max quitta un instant la route des yeux pour la regarder. Il n'y avait plus rien de taquin dans son expression. Elle semblait plutôt un peu perdue.

— Je vous retourne le compliment, dit-il.

Il en fut récompensé par un sourire.

— Je ne vois pas pourquoi il serait impossible de satisfaire à la fois notre désir physique et notre besoin de mieux nous connaître, hasarda-t-il.

Sa chevelure ébouriffée brillait au soleil et ses yeux étaient plus bleus que jamais. Constance en avait les genoux tremblants.

Elle s'éclaircit la voix.

— Au sujet de cette maison... ?

— Elle est meublée, et j'en ai la clé, dit-il en tapotant sa poche de poitrine.

— J'aimerais bien la visiter.

— Quand vous voudrez.

— Où as-tu passé la journée ? s'enquit Prudence quand Constance entra dans sa chambre, habillée pour le dîner.

— J'ai pique-niqué au bord de l'eau à Windsor. Je suis venue t'emprunter tes boucles d'oreilles en topaze. Elles vont si bien avec ma robe.

— Dans le coffret à bijoux. Et ensuite ?

— Max a loué une maison à Westminster.

— Oh... Objectivité jetée par-dessus les moulins une fois de plus ?

— Peut-être...

Constance cherchait les boucles.

— Franchement, je n'en sais rien, enchaîna-t-elle. Je ne sais plus du tout où j'en suis. Je n'ai jamais éprouvé cela auparavant.

— Pas même avec Douglas ?

Prudence pivota sur le tabouret de sa coiffeuse. Constance exprimait rarement ce genre d'incertitudes.

Elle secoua la tête en jouant nerveusement avec les boucles d'oreilles.

— Non. Tout était clair, avec Douglas. Je l'aimais, il m'aimait. Il n'y avait rien de... conflictuel, dans notre relation. Je n'éprouvais pas le besoin de l'emporter sur lui. Avec Max, il semble y avoir une rivalité dans presque toutes nos paroles. Je ne veux pas être vulnérable, je ne veux pas baisser ma garde. Pourtant, il n'a jamais rien fait qui puisse justifier ce sentiment... Hormis son attitude de dinosaure vis-à-vis du problème des femmes.

Elle fixa les boucles à ses oreilles.

— Normalement, je méprise les hommes qui défendent ces opinions, mais je suis incapable de mépriser Max.

— Non, approuva Prudence avec conviction. On peut le détester, mais certainement pas le mépriser.

— Or je ne le déteste pas, soupira Constance. Au contraire. C'est complètement déroutant, Prudence.

— Je le crois volontiers.

— Mais pour être positive, je suis parvenue à le convaincre de voir Henry. Lundi matin chez lui.

— Merveilleux ! s'écria Prudence en revenant à son miroir. Amelia a envoyé un mot pour dire qu'elle s'était arrangée du côté de la licence. Le mariage est prévu pour jeudi prochain à la mairie de Caxton. Nous serons les témoins.

— Sous réserve qu'Henry ait pu rassembler suffisamment de courage pour venir… Plus je suis loin de lui, moins je suis optimiste.

— Chastity est certaine qu'il viendra, et elle ne se trompe jamais.

— C'est vrai. Où est-elle, ce soir ?

— Elle dîne avec David et Hester chez lady Winthrop.

Constance haussa les sourcils.

— Donc nos affaires progressent ?

— Apparemment.

— J'ai aussi convaincu Max de nous aider pour la voiture, dit Constance, l'œil soudain pétillant. Demain soir.

— J'ai du mal à le croire ! s'exclama Prudence. Il est tellement collet monté ! Comment t'es-tu débrouillée pour qu'il accepte ?

— À vrai dire, j'en ai été surprise moi-même. Il a essayé de résister, mais… il n'a pas pu, tout simplement.

— Tu es une vraie chipie !

— Je ne suis pas la seule, ma chère sœur. Si je me souviens bien, l'idée vient de Chastity.

Prudence eut une grimace résignée.

— Tu es prête ? demanda-t-elle. Lord Barclay dîne avec nous.

— Seigneur ! gémit Constance. J'avais passé une journée tellement agréable.

13

— On a sonné ?

Chastity bondit sur ses pieds et se précipita vers la porte du salon.

Constance consulta la pendule. 22 h 30.

— Ce doit être Max, dit-elle en suivant sa sœur sur le palier. C'est M. Ensor, Jenkins ?

— C'est bien moi.

Max, le pied sur la première marche, leva les yeux vers les jeunes femmes penchées sur la rampe.

— Il n'est pas trop tard ?

— Non, bien sûr que non ! répondit Constance. Montez, Jenkins vous apportera du whisky, si vous le souhaitez. Sinon, nous avons du cognac, ici.

— Ou du chocolat chaud, ajouta joyeusement Chastity.

— Je veux bien un whisky, merci, Jenkins.

Max rejoignit les trois sœurs.

— Votre père n'est pas là ?

— Il est sorti pour la soirée, mais Jenkins a les clés de l'automobile.

Max haussa les sourcils.

— Votre majordome est au courant ?

— Oh, oui, Jenkins connaît tout de la famille. Y compris nos vilains petits secrets, déclara Prudence. Il nous aiderait volontiers, mais il ignore tout de la mécanique.

— Vous avez tout l'air d'un conspirateur, remarqua Constance. Avec ce long manteau noir, vous allez vous fondre dans l'ombre.

— Il fallait bien que je porte le costume du rôle.

Présumant que Constance ne cachait rien à ses sœurs, il prit ses lèvres dans un baiser fort peu conventionnel.

La veille, ils avaient fait l'amour sauvagement dans la maison déserte, et il était encore dans le même état d'esprit. Simple et élégante dans sa robe de crêpe lavande, Constance lui donnait une envie folle de la prendre là, sur le tapis, de l'embrasser à perdre haleine. Ce n'était pourtant pas du tout son style, et il trouvait cette aberration amusante, bien que troublante. Il mit cette réaction sur le compte des activités douteuses, pour ne pas dire carrément illégales, de la soirée.

Après un bref sursaut de surprise, Constance s'abandonna à son baiser. Il perçut une pointe de nostalgie dans son regard, comme si elle avait lu dans ses pensées.

Ses sœurs s'éloignèrent et tournèrent pudiquement le dos. Comme Jenkins montait avec un plateau, Max releva lentement la tête puis entra dans le salon. Un sourire s'attardait sur ses lèvres et dans ses yeux.

— Vous n'avez pas apporté d'outils ? s'étonna Chastity en voyant ses mains vides.

— Je n'ai besoin de rien. Constance m'a dit qu'il s'agissait d'une Cadillac… Oh, merci, Jenkins.

Il prit le verre que lui offrait le majordome.

— Et qu'est-ce que cela change ? voulut savoir Constance.

— Je vous montrerai sur place. Dites-vous bien que je n'ai aucune intention d'endommager le moteur. C'est un engin bien trop précieux.

— Je suis de votre avis, monsieur, intervint Jenkins.

— Comment pouvez-vous dire cela, Jenkins ? s'exclama Prudence. Vous qui connaissez parfaitement la situation.

— Certes, mademoiselle Prudence, mais s'il y a un moyen de persuader votre père de renoncer à l'automobile sans abîmer ce véhicule, c'est quand même mieux, à mon avis.

— Bien sûr, nous ne voulons pas faire de dégâts inutiles, approuva Constance. Alors, comment allons-nous nous y prendre, Max ?

— Un petit tour de passe-passe avec le réservoir à essence, répondit ce dernier en buvant une gorgée de whisky. Lord Duncan a vraiment bon goût, commenta-t-il.

— Les goûts de notre père sont aussi excellents que dispendieux, expliqua Prudence. Il exige le meilleur en tout.

Max s'interrogea sur la causticité de la remarque, mais il n'insista pas. Il ne lui avait pas échappé qu'il y avait un problème entre lord Duncan et ses filles, néanmoins il répugnait à se montrer indiscret. Cela viendrait peut-être quand il les connaîtrait mieux. Et il était en bonne voie, songea-t-il. En trop bonne voie pour sa tranquillité d'esprit ! Se lancer dans un sabotage au beau milieu de la nuit était un grand pas en avant. Difficile d'être plus proche de ce trio diabolique. Elles étaient prêtes à tout pour arriver à leurs fins, et elles ne devaient guère nourrir de scrupules sur les moyens à utiliser. Il avait certainement été honteusement coopté à l'unanimité.

Il jeta un coup d'œil à Constance, perchée sur le bras du sofa, mondaine, gracieuse, et pourtant si délicieusement, si follement sensuelle quand l'envie lui en prenait... Il comprit brusquement pourquoi il s'était laissé convaincre.

Il posa son verre vide.

— L'opération est plutôt malpropre, et comme je n'ai pas l'intention de me salir les mains, je me demande si vous ne devriez pas enfiler des tenues moins fragiles.

— Pas de problème ! répondit Chastity en se dirigeant vers la porte. Nous en avons pour quelques minutes.

— Malpropre à quel point ? s'enquit Constance, méfiante.

Elle avait l'impression que Max prendrait plaisir à les voir se couvrir de cambouis pendant que, toujours impeccable, il leur donnerait ses instructions.

— Vraiment dégoûtant, répondit-il avec une lueur dans le regard qui confirma ses soupçons. Et malodorant, ajouta-t-il sans pouvoir retenir un petit sourire satisfait.

« Tout a un prix », songea Constance avant de sortir avec ses sœurs.

Max se servit un autre verre en parcourant le salon d'un regard distrait. C'était une petite pièce agréable, informelle, joliment fanée. Il s'approcha du secrétaire et y découvrit un exemplaire du *Mayfair Lady*, ce qui n'était guère étonnant, puisque les trois sœurs le lisaient. Il s'apprêtait à s'éloigner quand il s'immobilisa soudain. Autre chose avait retenu son attention. Quelque chose de tout à fait étrange. Il prit le journal et vérifia la date. *Lundi 31 juillet*. C'était dans deux semaines ! Comment avaient-elles pu se procurer un exemplaire en avant-première ?

La réponse s'imposait d'elle-même. Elles en étaient les auteurs. Son instinct ne l'avait pas trompé.

Comme il entendait des voix dans le couloir, il se rendit vivement à la fenêtre, et lorsque la porte s'ouvrit, il contemplait innocemment le jardin, son verre à la main.

Constance sentit pourtant aussitôt un changement. Une tension des épaules, son port de tête. Il se détourna de la fenêtre.

— Quel agréable salon !

— C'était la pièce favorite de notre mère ; nous n'avons rien changé depuis sa disparition.

Constance fit le tour du salon du regard, et elle aperçut le journal sur le secrétaire. Comment avaient-elles pu se montrer aussi étourdies ? L'avait-il vu ? Devait-elle le lui demander carrément et voir comment il réagissait ?

Non. Elle n'allait pas attirer son attention sur quelque chose qu'il n'avait peut-être pas remarqué. Et quand bien même, il n'aurait sans doute pas prêté attention à la date. On trouvait ce journal partout, alors pourquoi pas ici ? Toutefois, s'il avait noté qu'il ne s'agissait pas du dernier numéro, leur secret risquait d'être éventé. Mais il ne les trahirait jamais. Pas avant de lui en avoir parlé, elle en était sûre. Vraiment sûre ?

Elle se dirigea vers le secrétaire d'un air détaché pour y remettre, tout aussi naturellement, un peu d'ordre. Il ne parut pas y prêter attention, ce qui ne signifiait rien. De toute façon, ce n'était pas le moment de s'en inquiéter.

— Alors, sommes-nous équipées convenablement pour ce travail salissant ? demanda Chastity. Nous avons mis nos plus vieilles affaires.

Max les considéra d'un œil critique, la tête inclinée de côté. Elles avaient empilé tant de tabliers les uns sur les autres qu'il n'aurait pu dire ce qu'elles portaient en dessous.

— Et nous avons des gants ; ceux qu'utilisent les domestiques pour nettoyer les cheminées.

— Cela ira, jugea-t-il. Allons-y.

Constance en tête, ils gagnèrent le hall, puis empruntèrent un escalier qui les mena aux cuisines en sous-sol. Trois lampes à pétrole brûlaient sur la vaste table de bois blanc.

— Il n'y a pas de lumière dans les communs, c'est pourquoi Jenkins nous a préparé ces lampes, expliqua Constance. Vous êtes sûr que nous n'avons pas besoin d'outils, un couteau, par exemple ? insista-t-elle, sceptique.

— Je vous le répète, nous n'allons pas abîmer ce véhicule. Pas même une rayure sur la carrosserie.

Il les suivit dans la petite cour derrière la cuisine. Il avait l'impression d'escorter un trio d'infirmières tandis qu'elles se hâtaient dans leurs tabliers blancs, leur lampe à la main. Trois jeunes femmes très subversives au beau milieu de la nuit… Comment avait-il pu se retrouver dans une pareille situation ?

Ils passèrent devant l'écurie, plongée dans l'obscurité. Aucun rai de lumière ne filtrait sous la porte du logement du cocher, à l'étage. Cela sentait le foin, le cheval et le crottin.

— Elle est là, murmura Prudence en ouvrant la double porte d'un bâtiment contigu.

Les battants grincèrent sur leurs gonds, et la lumière tomba sur un véhicule rutilant, qui dégageait une odeur de cuir plus puissante encore que celle des chevaux.

— Superbe !

Max passa la main sur le capot.

— Ces Cadillac sont magnifiques… Un modèle idéal pour ce que nous voulons faire.

— Je préfère les chevaux, décréta Chastity en posant sa lampe sur un tonneau. Faut-il les clés ? C'est Constance qui les a.

Max secoua la tête.

— Nous n'avons pas besoin de la mettre en route.

Il fit le tour de la voiture, se pencha pour regarder en dessous.

— Parfait, c'est bien ce que je pensais. Les Cadillac ont un robinet, donc un siphon sera inutile.

Il se redressa.

— Trouvez-moi un seau. Constance, glissez la main là-dessous.

La jeune femme s'agenouilla sur le sol et s'exécuta.

— Juste à votre gauche, il y a un robinet. Vous le sentez ?

— Oui.

— Parfait. Ne le lâchez pas. Prudence, mettez le seau sous le robinet... Bien. Maintenant, Constance, ouvrez le robinet. Laissez le liquide s'écouler lentement, très lentement, afin que vous puissiez en contrôler le débit. Non, trop vite ! Refermez-le.

— Ce serait plus facile si vous le faisiez vous-même, riposta-t-elle, les doigts crispés, les épaules douloureuses. Vous sauriez doser précisément.

— Oh, non, je ne veux pas me salir les mains, lui rappela-t-il en les enfonçant dans ses poches. Il faudra plusieurs seaux, Chastity.

— Je vais en chercher à la sellerie.

Prudence plissait le nez. Elle ôta ses lunettes pour les nettoyer et posa sur Max son regard de myope.

— Ce liquide nauséabond, qu'est-ce que c'est ?

— De l'essence. Il faut bien que les moteurs fonctionnent avec un carburant. Vous l'ignoriez ?

— Inutile de vous montrer aussi condescendant ! Il se trouve que je partage les goûts de Chastity en matière de moyens de transport. Ça va, Constance ?

— Je crois. Il me semble que j'ai maîtrisé le flot. Si je garde le robinet à moitié fermé...

— Bon, ça suffit. Il ne faut pas vider complètement le réservoir.

Constance ferma le robinet, se releva et s'essuya les mains sur son tablier avec une grimace de dégoût.

— Je crois que j'ai compris la manœuvre. Combien en avons-nous laissé ?

— De quoi parcourir environ quatre kilomètres. Une automobile aussi grosse et lourde ne peut guère faire plus de trente kilomètres avec un gallon. Mais il doit y avoir des bidons de secours, peut-être dans un petit compartiment derrière le siège passager.

Constance le dénicha.

— Il y en a trois.

— Retirez-les.

Elle eut du mal à les soulever et lança à Max un regard assassin qu'il feignit de ne pas remarquer.

— À présent, versez la moitié de chacun dans un des seaux vides. Attention, c'est un liquide dangereux, très volatil, qui s'enflamme facilement.

— Charmant ! marmonna Constance. Je suppose que vous n'envisageriez pas de porter ce satané bidon vous-même ?

Elle souleva le premier et l'appuya contre sa hanche.

— Certainement pas ! Les femmes ne sont-elles pas censées valoir les hommes sur tous les plans ?

— Il y a des aspects physiques incontournables, rétorqua Constance. Et vos sarcasmes sont bien inutiles.

— Pardonnez-moi.

Il ne put retenir un sourire.

— Laisse-moi t'aider, intervint Prudence qui soutint le bidon tandis que Constance l'inclinait.

— Chastity, pourriez-vous trouver du pétrole quelque part ? demanda Max.

— Quelle quantité vous en faut-il ?

— Autant que vous pourrez en trouver.

— Je crois en avoir vu un baril dans l'arrière-cuisine.

Elle s'arrêta sur le seuil.

— Je suis sûre que j'arriverai à le rouler dans la cour sans aide.

Il y eut un silence plein d'attente, mais Max demeura nonchalamment appuyé au mur, les mains dans les poches.

— Je vais te donner un coup de main, proposa Prudence.

Une fois seule avec Max, Constance posa le bidon à demi vide, déboucha le deuxième, le hissa sur sa hanche.

Il ne put tenir plus longtemps.

— Allons, laissez-moi faire.

— J'y arrive, merci, répliqua-t-elle avec une dignité glaciale. Vous risqueriez de tacher vos vêtements. Ou vos mains si soignées. Vous pourriez même vous casser un ongle, sait-on jamais !

— Donnez-moi ça.

Il s'approcha pour lui prendre le bidon des mains. Elle résista un instant, puis elle se rendit compte que si elle ne cédait pas, ils risquaient d'être aspergés par ce liquide malodorant. Elle lâcha le bidon en retenant un soupir de soulagement et recula.

— Si j'ai bien compris, l'idée est que mon père tombe en panne d'essence loin de tout ?

— C'est bien cela.

Il reposa le deuxième bidon avant de s'attaquer au troisième.

— Mais il se rendra bien compte que ceux-là sont à moitié vides ! remarqua Constance.

— Ils ne le seront pas. Nous allons y mélanger du pétrole.

Il vint s'essuyer les mains au tablier de la jeune femme.

— Il y a de l'eau quelque part ?

— Près de l'abreuvoir.

Elle le suivit dans la cour éclairée par la lune et le regarda se laver les mains. Elle attendit qu'il eût fini pour en faire autant.

— Et que se passera-t-il alors ?

— Pour que cela marche, il faut mélanger très précisément l'essence et le pétrole. Là, nous ne nous soucierons pas des proportions, ainsi le moteur fonctionnera encore un peu, puis il s'arrêtera. La mécanique n'en pâtira pas, mais ce sera fort ennuyeux pour le conducteur.

— Vous voulez dire que chaque fois qu'il croira l'avoir remis en route, il s'arrêtera ? C'est vraiment très fort ! Il sera fou de rage. Je vous ai peut-être sous-estimé, monsieur Ensor.

— Ce serait une grave erreur de votre part.

Il la contemplait dans la lumière argentée, enroulée dans son tablier, les cheveux en désordre, une tache noire sur la joue, la sueur au front.

— Pour ma part, mademoiselle Duncan, j'ai cessé de vous sous-estimer à peu près au moment où vous avez sauté par-dessus la barrière.

Elle sourit, repoussa une mèche de son front d'un revers de main.

— Et s'est-il passé quelque chose pour confirmer cette opinion, Max ?

Allait-il évoquer le *Mayfair Lady* ? Laisser entendre qu'il avait vu l'exemplaire du petit salon ?

Le bruit d'un baril que l'on roulait sur les graviers empêcha Max de répondre… au cas où il en aurait eu l'intention. Chastity et Prudence le rentrèrent dans le garage tandis que Max mouillait de salive un coin de son mouchoir afin d'essuyer la trace de cambouis sur la joue de Constance. Puis il retourna dans le garage.

Constance lui emboîta le pas, songeuse. Le lendemain, il y aurait la réunion, ensuite, ils dîneraient ensemble. Elle aurait alors l'occasion d'obtenir la réponse qui la tracassait… Cependant elle décida de ne pas parler de ce problème à ses sœurs tant qu'elle ne saurait pas si elle se tourmentait à juste titre ou non.

— J'espère que nous ne sommes pas allées trop loin, dit Chastity, le lendemain après-midi, chez *Fort-*

num and Mason. Père est parti à 11 heures, et il n'était pas rentré tout à l'heure.

Elle croqua une bouchée de meringue couronnée de crème chantilly.

— Il est avec lord Barclay, lui rappela Prudence. Je m'inquiéterais davantage s'il était seul.

— Personnellement, je trouve qu'il vaut mieux être seul qu'avec Barclay, répliqua Constance en levant les yeux de la feuille sur laquelle elle écrivait. J'ai eu ce matin une conversation tout à fait instructive avec Dolly Hennessy que j'ai rencontrée chez le coiffeur.

— Des ragots, Constance ? la taquina Prudence. Je croyais que tu n'avais pas de temps pour cela.

— C'est vrai, répondit sa sœur sans se troubler le moins du monde, mais cela a un rapport avec notre sujet. Il semblerait que Barclay soit un débauché.

— Cela ne me surprend pas, dit Prudence qui avait repris son sérieux. Père n'est pas non plus blanc comme neige.

— Mais je ne pense pas qu'il s'amuse à faire des enfants à ses servantes.

Prudence posa sa fourchette et siffla entre ses dents.

— En effet. Il ne ferait jamais cela. Que veux-tu dire ?

— Que Barclay est bien connu pour chasser sur ce genre de terrain. Au moins deux femmes, autant que je sache. J'ai entendu dire aussi, ajouta-t-elle en baissant la voix, qu'il était réputé, dans ses clubs, pour... comment dire ? rechigner à payer ses dettes de jeu.

Chastity ouvrit de grands yeux.

— Je sais qu'il est méprisable, mais pas au point de se comporter de façon aussi... indélicate.

Elle ne savait guère comment formuler ce manquement élémentaire aux règles. Ne pas honorer ses dettes de jeu était le crime social le plus atroce qui soit.

— Si c'est vrai, pourquoi ne l'a-t-on pas rayé de ces clubs ? s'étonna Prudence qui aimait aller droit au but.

Constance haussa les épaules.

— Apparemment, personne n'a le cran de l'accuser en face.

— Mais pourquoi ? insista Chastity en picorant une noisette.

— Je pensais que nous pourrions peut-être obtenir la réponse à cette question en suggérant la possibilité d'un scandale dans les pages du *Mayfair Lady*, fit Constance avec un sourire diabolique. En réalité, je me fiche des dettes de jeu, mais je ne supporte pas les hommes qui n'assument pas leurs responsabilités vis-à-vis des femmes. Nous avons remis Franklin dans le droit chemin, pourquoi pas Barclay ? Mère approuverait certainement.

Prudence eut un hochement de tête satisfait.

— J'en suis sûre. Et il ne pourrait pas s'en prendre à nous, puisque le journal est anonyme.

Constance hésita un instant à confier ses craintes à ses sœurs.

— Quelque chose te tracasse, Constance ?

Intuitive, comme d'habitude, Chastity avait perçu la seconde d'incertitude de sa sœur.

— Non, répondit celle-ci résolument. Je réfléchissais à la façon de rédiger un article accusateur par des moyens détournés. Prends une autre meringue, celles au café semblent délicieuses.

— Mais tu ne flétrirais pas tes délicates papilles gustatives en les goûtant, riposta Chastity.

— Mon plaisir est de te voir les apprécier.

Constance jeta un coup d'œil à la pendule du salon de thé.

— Je dois être à la mairie de Kensington à 18 heures, afin de discuter avec Emmeline avant le début de la réunion.

— Et il faut que tu t'habilles pour le dîner avec Max, dit Prudence. Nous ferions bien d'y aller.

— Attends, jette un coup d'œil à cela, l'arrêta Constance en lui tendant la feuille qui se trouvait devant elle. C'est une ébauche un peu crue de ce que j'ai envie de dire au sujet de Barclay. Nous aurons le temps de la peaufiner.

Prudence lut l'article, secoua la tête, le tendit à Chastity.

— Quoi que tu fasses pour l'adoucir, cela restera un texte incendiaire, Constance.

— Les hommes qui se conduisent de cette façon doivent s'attendre à en supporter les conséquences.

— J'espère de tout mon cœur qu'il ne découvrira jamais qui en est l'auteur.

— Père sera hors de lui en lisant une telle attaque, s'inquiéta Chastity. Tu sais combien il apprécie Barclay. De toute façon, il défend toujours ses amis aveuglément.

— Nous ne le publierons pas tout de suite. Il faut que je vérifie mes sources, et cela peut prendre un ou deux mois. Dolly connaît le nom d'une des deux femmes, qui s'est réfugiée dans une maison pour filles mères de Battersea. J'irai d'abord lui parler.

— Comment Dolly est-elle au courant de cela ?

— Sa gouvernante est la cousine de celle de Barclay, expliqua Constance en rangeant la feuille dans son sac. Et Dolly a des antennes dès qu'il s'agit de commérages.

— J'espère que ses antennes ne vont pas jusqu'au 10, Manchester Square ! déclara Prudence. Allez, il est temps de partir. Peut-être que père est rentré, qui sait ?

Elles prirent un omnibus pour rentrer chez elles, où elles trouvèrent un lord Duncan cramoisi, bouillonnant de rage, qui arpentait le hall tel un ours en cage.

— Satané engin ! explosa-t-il dès qu'il les aperçut. J'ai été obligé de l'abandonner à Hampstead. En plein champ !

— Que s'est-il passé ? s'enquit Constance en feignant une sympathie intéressée.

— Une panne ! Pas une fois, mais quatre, figure-toi. Sacrées machines ! Jamais un cheval ne ferait cela.

Sa Seigneurie essuya la sueur qui lui perlait au front à l'aide de l'audacieuse cravate écossaise qu'il portait pour sa promenade.

— Mon Dieu ! s'écria Chastity en posant une main réconfortante sur son bras. Comme c'est décevant ! Jenkins, apportez un whisky à lord Duncan, poursuivit-elle en embrassant gentiment son père. Racontez-nous exactement ce qui s'est passé.

— Non, murmura Prudence à Constance tandis que Chastity entraînait leur père dans le salon. Je ne crois pas que nous ayons besoin de le savoir.

Constance lui intima le silence d'un regard et pénétra à son tour dans le salon en dénouant son foulard.

— Cela n'aurait pas été si pénible sans la présence de Barclay, déclara lord Duncan d'une voix vibrante de rage. J'étais là, en train de vanter cette fichue Cadillac, supposée être plus fiable que sa Panhard, et la voilà qui nous laisse tomber au beau milieu de la lande ! À la première colline, elle a calé, et elle a redescendu la côte en arrière.

Il prit le verre qu'un Jenkins impassible lui offrait.

— « Panne d'essence, a déclaré Barclay. Vous avez dû en consommer plus que vous ne pensiez, hier ». Alors nous avons rempli le réservoir. La voiture a démarré…

Il vida son verre d'un trait et le tendit sans un mot à Jenkins pour qu'il le lui remplisse de nouveau.

— Elle a remonté gentiment, nous avons atteint le haut de la colline, et cinq cents mètres plus loin, elle s'est arrêtée. Comme ça !

Il prit le verre plein.

— Trois fois… Nous avons remis de l'essence trois fois, vous imaginez ?

Elles imaginaient aisément… et évitaient soigneusement de se regarder.

— Nous avons vidé ces trois maudits bidons, puis nous avons été obligés de marcher jusqu'au *Bull and Bush*. Nous avons laissé cette machine du diable au milieu de nulle part, et nous avons marché. Des kilomètres ! Par une chaleur infernale ! Sans ce brave Ensor, elle serait toujours là-bas, et nous nous tournerions les pouces au pub.

— Max Ensor ? s'exclama Constance. Que vient-il faire dans cette histoire ?

— Il est arrivé au *Bull and Bush* dans une superbe Darracq, il nous a ramenés à la Cadillac et il a tracté ce satané engin jusqu'ici. Il y restera jusqu'à ce qu'on vienne le rechercher définitivement. Qu'on me donne un bon cheval !

Il vida le second verre comme le premier.

— Quelle chance qu'il soit passé par là ! commenta Constance. À ce propos, je dîne avec lui ce soir, ajouta-t-elle en embrassant son père. Je suis heureuse que vous soyez rentré sain et sauf… Vous avez dû être affreusement contrarié, mais je parie que Cobham ne regrettera pas que la voiture disparaisse.

Son père ne put retenir un rire bref.

— Oh que non ! Si ce sacripant n'avait pas les jambes aussi raides, il aurait dansé la gigue quand on l'a rentrée dans le garage. Enfin, j'aime assez cet Ensor. Tu as ma bénédiction… bien que cela ne te fasse ni chaud ni froid, je le sais, ajouta-t-il, bourru.

— Vous vous trompez, père, rétorqua Constance. Jamais je ne voudrais vous déplaire, en rien. Aucune de nous, d'ailleurs.

Il la regarda avec attention et sourit enfin. Il semblait s'être ressaisi.

— Je te crois volontiers. Vous ressemblez à votre mère, toutes les trois. Pourtant, vous m'obligeriez en vous trouvant un mari ou deux. Étudie ce Max Ensor de plus près, Constance. Il me plaît bien.

— Oh, je pense que je vais attendre qu'il se déclare pour envoyer les faire-part, répliqua Constance d'un ton léger. À présent, je dois aller m'habiller.

14

La mairie de Kensington était déserte lorsque Constance y arriva, à 18 heures. Elle traversa en hâte le hall pour se rendre dans un petit bureau où Emmeline Pankhurst et sa fille s'entretenaient à voix basse avec quelques autres femmes.

— Ah, vous voilà, Constance ! s'exclama Emmeline avec un chaleureux sourire. Il y a du café, si vous voulez.

Elle fit un geste vers la cafetière, mais Constance, qui savait combien le breuvage était insipide, refusa aimablement.

— Nous parlions d'une pétition, expliqua Emmeline. Une pétition destinée à Westminster. Si nous parvenions à rassembler un grand nombre de femmes prêtes à la porter en cortège, cela nous ferait sans doute une bonne publicité. Nous songeons à aborder le sujet à la réunion de ce soir.

— Nous récolterons certainement de la publicité, acquiesça Constance. Reste à savoir si elle sera bonne ou mauvaise...

— Peu importe. Nous en avons besoin pour réveiller la conscience des femmes, décréta Christabel de son ton le plus militant.

Sa mère, qui avait une vue plus posée et à long terme de leur mouvement, fronça légèrement les sourcils, mais elle ne se risqua pas à la contrarier.

— Je vous amène un invité, ce soir, annonça Constance. Un membre du Parlement.

— Un partisan ? demanda Emmeline.

— Pas encore. En fait, il ne voit pas l'utilité d'accorder le droit de vote aux femmes, mais il est prêt à tolérer un point de vue différent, fit Constance avec un haussement de sourcils ironique.

— Pompeux imbécile ! lâcha Christabel.

— Il lui arrive de l'être, concéda Constance, qui se demandait pourquoi cela la hérissait d'entendre Christabel critiquer Max, alors qu'elle l'avait bien cherché.

Elle-même ne s'en était d'ailleurs pas privée non plus.

— Est-il capable d'évoluer ? s'enquit Christabel sur le même ton méprisant.

— Ce n'est pas un primate, répondit Constance un peu sèchement.

La jeune femme rougit légèrement, mais ne riposta pas.

— Nous pourrions en apprendre pas mal par lui, poursuivit Constance. Il m'a déjà dit que le gouvernement examinait la question des femmes qui paient des impôts. Il est possible qu'il se livre davantage.

— De qui s'agit-il ?

— Max Ensor. Il a été récemment élu à Southwold, et je pense qu'il a l'oreille du Premier ministre.

— Eh bien, voyons-le ce soir. Tout intérêt porté à notre cause par un parlementaire est important, même si ce n'est pas encore un partisan, déclara Emmeline en ramassant un paquet de tracts sur la table. Voudriez-vous distribuer cela à la porte, Constance ? C'est une note au sujet de la pétition.

— Qui prend les noms des personnes présentes ?

— Géraldine ? fit Emmeline en se tournant vers une grande jeune femme élégante qui se tenait près de la fenêtre.

— Bien sûr, répondit celle-ci d'une voix douce.

— Alors, nous sommes prêtes. C'est Christabel qui prend la parole, ce soir, et nous poserons des questions depuis la salle. Allons-y.

Constance se posta près de la porte, tendant les tracts aux femmes qui passaient devant elle. Il y en avait de toutes les classes sociales, quelques-unes bien vêtues, d'autres en haillons, certaines épuisées par le travail manuel, d'autres dont les ongles manucurés n'avaient jamais vu un évier. Mais toutes arboraient la même expression, les yeux brillants d'excitation, toutes débordaient d'espoir et d'énergie.

Elles prenaient les tracts en saluant Constance, que beaucoup connaissaient. Celle-ci gardait les yeux fixés sur les marches, guettant Max. Il y avait quelques hommes, dans l'assistance, seuls ou accompagnés. Constance se réjouit d'une telle affluence. Il aurait été embarrassant, et mauvais pour la cause, que Max découvre une salle à demi vide.

Finalement, elle était en grande discussion avec une de ses relations quand il arriva et elle ne le vit pas venir.

— Puis-je avoir un de ces tracts ?

Elle sursauta en entendant sa voix profonde et pivota vers lui.

— Oh, je vous cherchais, et puis j'ai été distraite… Bien sûr, prenez, ajouta-t-elle en lui tendant une feuille.

— Merci… Une marche sur Westminster ?

— La remise d'une pétition. Vous en apprendrez davantage à l'intérieur. Nous n'allons pas tarder à commencer.

Il la suivit dans le hall. Elle s'arrêta à une petite table où se tenait Géraldine avec le registre des entrées.

— Géraldine, voici le Très Honorable Max Ensor. Max, puis-je vous présenter l'Honorable Mme George Brand ?

La jeune femme tendit la main à Max.

— Bienvenue, monsieur Ensor.

— Voulez-vous signer le registre, ou préférez-vous que votre présence reste anonyme ? demanda Constance sans mettre de défi dans sa question. Nous n'insistons jamais.

— Je n'y vois pas d'objection, dit-il en apposant son paraphe sur le cahier. Pourquoi en aurais-je ?

— Je ne sais pas. Je vais rester avec vous. Normalement, je suis sur l'estrade, mais pas ce soir.

— J'en suis fort honoré, madame, fit-il en souriant.

— Il n'y a pas de quoi, rétorqua-t-elle. Je tiens seulement à m'assurer que vous resterez bien jusqu'au bout !

La réunion fut très animée. Christabel avait le chic pour électriser son auditoire, qualité dont manquait un peu sa mère. Elle s'exprimait avec une ferveur militante qui amenait l'assistance à applaudir, à pousser des vivats, et après son discours, les questions fusèrent de toute part.

Constance ne participa pas, mais elle vibrait, intensément, consciente de la présence de Max à ses côtés.

Lui aussi se taisait, mais il ne manifesta ni énervement, ni impatience, ni hostilité durant l'intervention de Christabel. En fait, il demeura impassible.

La réunion se termina à 20 h 15. Beaucoup de femmes devaient être de retour chez leurs employeurs quand les deux heures qui constituaient leur temps de repos entre le thé et le souper étaient terminées.

Constance se levait lorsqu'elle aperçut Amelia au fond de la salle. Elle avait dû arriver en retard. Max s'était levé, lui aussi, et Constance eut l'impression que l'on ne voyait que lui, dominant la foule de sa haute taille, exsudant puissance masculine et privilège. Elle passa devant lui le plus naturellement au monde et essaya de croiser le regard d'Amelia, mais celle-ci avait déjà repéré le frère de sa patronne. Elle jeta un coup d'œil interrogateur à Constance, puis se hâta de disparaître en direction de la rue.

Encore une explication délicate à fournir, songea Constance. Elles avaient décidé de ne pas avertir Amelia que Max avait été choisi comme éventuel employeur d'Henry. Autant attendre de voir si cela marchait.

— Pourquoi êtes-vous si pressée ? interrogea Max quand ils parvinrent enfin à quitter leur rangée.

— Désolée, je ne voulais pas vous bousculer. J'avais cru reconnaître quelqu'un à qui je souhaitais parler, mais je m'étais trompée.

Elle lui sourit.

— Alors, qu'en avez-vous pensé ?

— Je ne sais pas. Il me faut le temps d'assimiler.

— Aimeriez-vous rencontrer Emmeline et Christabel ? Je les ai prévenues que vous seriez là.

— Sous quelle étiquette me présenterez-vous ?

— Observateur neutre

— Cela semble assez juste. « Frappe, Macduff. »

— Un primate tout à fait capable d'évoluer, murmura Constance.

— Pardon ?

— Non, rien... Venez, allons retrouver les Pankurst.

Ils montèrent sur l'estrade où l'oratrice et ses compagnes étaient assaillies par quelques militantes volubiles.

— Voici M. Ensor, je suppose ? fit Emmeline avec sa courtoisie habituelle en venant à eux.

Un silence curieux tomba sur l'assemblée.

Max avait l'impression d'être un animal de cirque. Il serra la main de Mme Pankhurst avec un sourire qu'il espéra affable.

— Merci de m'avoir permis d'assister à cette réunion, madame. C'était très intéressant.

— Intéressant ou simplement amusant, monsieur?

La question acide venait de Christabel, qui s'avança avec une hostilité non dissimulée.

— Je ne trouve pas le sujet amusant, madame, répliqua Max d'une voix tranchante en fusillant la jeune femme de son regard bleu glacier. Vous devriez réfléchir : si vous voulez vous attirer la sympathie des gens susceptibles d'aider votre cause, vous auriez intérêt à ne pas vous en faire des ennemis d'emblée.

Constance retenait son souffle. Elle savait qu'il avait la dent dure, mais à ce point! Et elle devait reconnaître, à contrecœur, que Christabel avait fait preuve d'une impardonnable grossièreté.

— Nous nous méfions toutes un peu, Max, intervint-elle d'un ton posé. Nous avons déjà eu des amis influents, et ils nous ont laissées tomber. Comprenez que nous n'accordions pas aisément notre confiance.

Christabel, brusquement calmée, tendit la main à Max.

— Constance a raison, monsieur Ensor. Chat échaudé... Mais je vous présente mes excuses, mon commentaire était gratuit et déplacé.

Il lui serra la main avec un sourire tout à fait sincère.

— Je comprends, mademoiselle Pankhurst.

— J'espère que vous reviendrez, dit Emmeline. Nous cherchons sans vergogne à attirer des membres du gouvernement.

Max montra le tract qu'il avait à la main.

— Vous envisagez une marche sur Westminster?

— Cela nous aiderait grandement si un membre du Parlement acceptait la pétition.

Constance sentit Max se raidir, et elle déclara vivement :

— Ne soyons pas trop présomptueuses, Emmeline. Ce n'est pas un recrutement !

— Vous avez raison, reconnut Emmeline. Votre mère aurait dit la même chose.

Elle sourit à Max.

— Vous n'avez jamais rencontré lady Duncan. C'était une femme remarquable !

— J'imagine... Je connais ses filles, répliqua-t-il.

Constance en eut soudain assez.

— Excusez-nous, Emmeline, Christabel. Max a un autre engagement.

Ils prirent congé et, une fois dans la rue, Constance exhala un léger soupir.

— Étrange, remarqua Max. Je ne m'attendais pas à une telle attaque.

— Moi non plus, dit Constance. Mais le désespoir pousse parfois les gens les plus intelligents à saboter leurs propres intérêts.

Elle glissa la main sous son bras, et ils se dirigèrent à pied vers Kensington Church Street.

— À propos de sabotage, reprit-elle, comment se fait-il que vous vous soyez trouvé au bon endroit au bon moment pour porter secours à mon père ?

— Simple coïncidence.

— Menteur ! Ce n'est certainement pas un hasard que vous soyez arrivé au *Bull and Bush* à Hamster Heath en même temps que mon père furibond.

— Il n'était pas ravi, en effet. J'ai l'impression que votre petit stratagème a parfaitement réussi. Il a juré de ne plus toucher une automobile de sa vie.

— Cela a marché, en effet. Mais j'aimerais tout de même savoir pourquoi vous étiez là.

— Je ne trouvais pas judicieux de l'ennuyer plus que nécessaire pour atteindre votre but. Alors je l'ai suivi. J'espère que cela ne vous contrarie pas ?

— Non, pas du tout. Le pauvre était au bout du rouleau quand il est rentré, je dois dire.

Max s'étonna du ton tendre qu'elle avait soudain pris pour parler de son père. Cela ne cadrait pas avec les réflexions acerbes qui accompagnaient généralement ses évocations de lord Duncan.

— Votre père est-il sévère ? ne put-il s'empêcher de demander.

Constance eut un rire qu'il trouva imperceptiblement embarrassé.

— Non ! Il est d'une indulgence incroyable, il ne se mêle jamais de nos affaires.

— Alors, en quoi vous agace-t-il ?

— M'agacer ? s'indigna-t-elle. Comment pouvez-vous dire une chose pareille ?

— Accordez-moi un minimum d'intelligence, Constance. Il faudrait que je sois sourd et aveugle pour ne pas avoir remarqué combien vos sœurs et vous semblez exaspérées dès que l'on parle de lui.

Constance soupira. Il fallait bien qu'elle lui avoue au moins une partie de la vérité.

— Il est obstiné. Quand il a une idée en tête... Et ce ne sont pas toujours des idées raisonnables. Notre mère le manipulait si habilement qu'il ne s'en rendait même pas compte. Lorsqu'elle est morte, il n'y avait plus personne pour le freiner. Il a perdu beaucoup d'argent dans une spéculation absurde, et nous avons décidé que nous devions agir comme notre mère si nous ne voulions pas nous retrouver dans la misère. Nous n'y parvenons pas toujours, alors nous sommes un peu frustrées.

— Je vois... Je ne voulais pas me montrer indiscret. Voulez-vous que nous entrions ?

Il désignait un restaurant, devant lequel ils s'étaient arrêtés.

— J'ai réservé ici. C'est un endroit agréable et très calme. À moins, évidemment, que vous ne préfériez un établissement plus distingué.

— Non, celui-ci me convient parfaitement.

Le lieu était sans prétention, loin des quartiers à la mode, et Constance en fut surprise en même temps que ravie. La salle à manger était petite, et les six tables baignaient dans la lumière dorée des bougies. Ils furent accompagnés à une place près de la fenêtre par une dame affable qui appelait Max par son nom et lui serra la main avec chaleur.

— J'ai un succulent pot-au-feu, ce soir, monsieur Ensor. Je sais que vous aimez cela.

— Nous nous remettons entre vos mains, madame Baker, déclara Max. Moi, en tout cas. Quant à Mlle Duncan, je ne sais pas. Elle aime prendre ses décisions elle-même.

Constance, qui s'était assise et dépliait sa serviette, accepta la plaisanterie de bonne grâce.

— Ce soir, je vous imiterai, Max. Moi aussi, je m'en remets à vous, ajouta-t-elle avec un gracieux sourire à leur hôtesse.

— Très bien, madame.

Quelques minutes plus tard, un serveur revint avec une bouteille de bordeaux qu'il déboucha afin de la faire goûter à Max.

Celui-ci hocha la tête, approbateur.

— Les Baxter ont travaillé pour ma famille, expliqua-t-il à Constance. M. Baker était majordome et son épouse gouvernante. Après avoir mis un peu d'argent de côté, ils ont décidé de monter leur propre affaire. Voilà le résultat. Ils ont parfaitement réussi, et je viens aussi souvent que je peux.

— C'est un endroit charmant.

Elle porta le verre à ses lèvres tout en observant Max. Elle avait évoqué la nécessité de mieux se connaître, d'approfondir leur relation au-delà des indéniables plaisirs du sexe, or il y avait dans l'atmosphère de l'établissement une intimité qui poussait aux confidences.

— Alors, quand cette manifestation est-elle prévue ? s'enquit Max. Je n'ai pas entendu citer de date pendant la réunion.

— Je pense qu'elle n'est pas encore fixée. Pourquoi ? Vous voulez vous joindre à nous ?

— Je ne pense pas, non.

Le serveur apportait des soupières individuelles ainsi qu'une corbeille de pain frais. Max en huma le contenu avec délices.

— Cela vous guérit tous les maux, assura-t-il.

— Mais si je commence par cela, je ne pourrai rien avaler d'autre.

Il rit.

— Je doute que vous résistiez au pot-au-feu.

— C'est un plat d'hiver, commenta Constance en enroulant des filaments de fromage autour de sa cuiller. Hum, c'est délicieux ! En revanche, cela ne se mange pas très proprement…

Il rit de nouveau et coupa un fil de gruyère au ras de la bouche de Constance.

Elle but une gorgée de vin en se demandant d'où venait que le climat était si convivial, tout à coup. Quel genre d'homme était Max, en définitive ? Au lit, c'était un amant attentionné, tour à tour tendre et dominateur, ce qui faisait de l'amour une véritable fête. Dans la vie de tous les jours, c'était la même chose. Il pouvait se montrer galant, charmant, distrayant, et l'instant d'après arrogant, sarcastique, voire prétentieux. Chacun avait sans doute différentes facettes dans sa personnalité, mais il battait tous les records.

— Pourquoi ne la posez-vous pas, tout simplement ? dit-il, brisant un silence qui avait duré plus longtemps qu'elle ne s'en était rendu compte.

— Poser quoi ?

— La question qui vous brûle les lèvres. Vous mourez d'envie de me demander quelque chose, alors, allez-y, je ne vais pas vous frapper.

— Je me demandais pourquoi, après votre liaison en Inde, vous n'aviez pas trouvé une femme avec qui partager votre vie. C'est rare, à votre âge.

— Sans doute n'ai-je pas rencontré celle que j'aurais envie d'épouser. Peut-être que je ne trouve pas les femmes très fiables.

— Jugement un peu hâtif. Que l'une d'entre elles ait brisé sa promesse ne signifie pas que toutes sont ainsi.

— Intellectuellement, j'en suis conscient. Disons seulement qu'après cette triste expérience, je n'ai pas rencontré de femme avec qui j'aie souhaité être vraiment intime.

— Et vous ne vous sentez pas trop seul ?

Il secoua la tête.

— Absolument pas. Je n'ai aucun mal à trouver d'agréables compagnes, ma chère.

— Comme moi ?

Elle se mordit la langue, mais il était trop tard.

— Comment suis-je censé répondre sans que cela ressemble à une insulte ?

— Répondez quand même, insista-t-elle.

Autant aller jusqu'au bout, maintenant !

Il la considérait, pensif.

— D'accord. Il se trouve que vous n'entrez pas dans la catégorie des « agréables compagnes ». En partie parce que la plupart du temps vous n'êtes pas agréable. Vous êtes raisonneuse, agressive, entêtée.

— Oh !

Elle eut un petit rire.

— Vous n'aimez que les femmes qui sont de votre avis et qui boivent vos paroles, c'est cela ?

— Non, répondit-il en souriant. Cette conversation est absurde, Constance. Mais puisque j'ai commencé, autant terminer. En dehors de ces caractéristiques, je vous trouve infiniment séduisante, souvent énigmatique et, quand vous le voulez, follement passionnante. Voilà. Satisfaite ?

Elle se surprit à rougir légèrement.

— Désolée de vous avoir posé la question.

— À votre tour de répondre à l'une des miennes.

Elle acquiesça. Elle était un peu nerveuse, mais il y avait droit.

— Vous êtes très passionnée, tant physiquement qu'intellectuellement. *Vous* ne vous sentez pas seule, par moments ?

Elle dessinait sur la nappe du bout de sa fourchette.

— J'ai mes sœurs. Sur le plan familial, je ne suis pas du tout seule.

— Et sur les autres ?

Elle le regarda droit dans les yeux.

— Je n'y ai jamais beaucoup pensé… du moins avant de vous rencontrer.

— Dois-je prendre cela comme un compliment ?

— C'est un fait. Dont je ne m'étais pas rendu compte jusqu'à présent.

Ils demeurèrent silencieux tandis qu'on débarrassait les soupières. Max se demandait si c'était le bon moment pour évoquer le sujet du *Mayfair Lady*. Puis il décida qu'il valait mieux que ce soit elle qui en parle. Il allait essayer de la persuader de se confier à lui, sans toutefois gâcher l'ambiance.

Le pot-au-feu était délicieux, et Constance n'eut aucun mal à en venir à bout. Ils le firent suivre d'un fromage des Pyrénées, et Max commanda une grosse part de tarte aux pommes.

Il en prit une cuillerée qu'il porta aux lèvres de Constance.

— Goûtez-la, au moins. Mme Baker fait les pâtisseries les plus légères du monde. Ouvrez la bouche.

Elle obéit et ferma les yeux de plaisir. Elle en prit un autre morceau dans l'assiette de Max.

— Vous êtes certaine que vous n'en voulez pas une part entière ? demanda-t-il.

— Oh, non ! Je n'ai absolument plus faim, assura-t-elle en grappillant de nouveau dans son assiette.

— J'abandonne, dit-il en la poussant vers elle. Prenez celle-ci, je vais en demander une autre.

— Mais je n'en veux plus ! protesta-t-elle. Je n'aime pas le sucré sauf que... cette tarte est divine, conclut-elle avec un petit rire penaud.

Ils quittèrent le restaurant à minuit et marchèrent un peu dans la douceur de la nuit. Constance se sentait extraordinairement légère. Peut-être était-ce le vin, ou plutôt l'impression qu'elle n'avait jamais passé une soirée aussi agréable. Leurs habituelles discussions ne lui avaient même pas manqué.

— À la maison ? demanda-t-il en hélant un fiacre.

— La vôtre, ou la mienne ?

— J'ai tendance à laisser la dame décider.

— La vôtre, alors, répondit Constance, délicieusement grisée. Vous me raccompagnerez plus tard.

— À votre service, madame. Canon Row, cocher.

— C'est comme si vous y étiez, m'sieur.

Constance s'installa confortablement sur la banquette de cuir craquelé pour contempler le visage de Max où jouaient l'ombre et la lumière. Il lui caressa la joue, et l'atmosphère se chargea d'emblée d'électricité. Constance retint son souffle, sentant le désir déferler en elle tel un raz-de-marée. Elle se colla à lui, les lèvres offertes, caressa son sexe à travers le tissu du pantalon.

Il glissa la main sous sa jupe, remonta le long de sa jambe gainée de soie, repoussa les dentelles de sa culotte. Elle eut un petit hoquet et se laissa aller au plaisir qui l'envahissait tout entière. Elle se mordit les lèvres pour ne pas crier quand l'extase la saisit.

— Seigneur, souffla-t-elle, nous sommes dans un fiacre !

Il rit doucement, mais son regard était brûlant de désir contenu.

— Je ne m'attendais pas à cela, murmura-t-il en retirant doucement sa main où s'attardait l'odeur de Constance. Une telle urgence dans le désir !

Constance rajusta sa jupe tandis que son cœur reprenait un rythme normal, mais elle était encore dans l'état languide d'après l'amour, malgré la brutalité et la rapidité de sa jouissance.

— Je me sens coupable, avoua-t-elle. Nous n'avons rien partagé.

— Oh, si ! chuchota-t-il sans la quitter des yeux. Je deviens fou, quand je vous caresse. Vous êtes si ouverte, si chaude, si sensuelle ! J'ai envie de m'enfouir en vous, de cueillir de mes lèvres la preuve de votre désir, je veux vous explorer de la langue. Et je le ferai... dès que la porte sera refermée sur nous. Je vous ôterai vos vêtements un à un, et quand vous serez nue, je posséderai chaque centimètre de votre corps. De ma bouche et de mes mains. Je veux vous entendre sangloter de plaisir, Constance. Je veux vous emmener sur des sommets que vous n'avez encore jamais atteints. Et quand nous en aurons fini, je vous promets que vous ne pourrez plus bouger un muscle.

Constance déglutit avec peine. Son corps s'embrasait de nouveau, et elle s'agita sur la banquette afin d'apaiser le désir qui la taraudait.

— Arrêtez, je n'en peux plus, supplia-t-elle. Plus un mot avant que nous soyons arrivés.

Il eut un sourire à la fois satisfait et carnassier.

— J'aime vous contempler ainsi, dit-il. J'aime l'idée de vous amener presque jusqu'à l'orgasme rien que par la parole.

— C'est du sadisme ! protesta-t-elle. Du pur sadisme.

— Allons donc ! Je vous donne seulement du plaisir.
— Certains plaisirs sont très proches de la douleur.

Leur conversation lui fournissait une diversion bienvenue qui lui permettrait au moins de sortir de la voiture avec un maintien correct.

— Et réciproquement, observa Max. Certaines douleurs sont très proches du plaisir, comme le décrit si éloquemment notre cher marquis.

— Vous avez lu Sade ?

C'était mieux, se dit-elle, en désespoir de cause. Même si ce sujet ne l'éloignait guère du sexe.

— Il est mis à l'index, n'est-ce pas ?

— On peut acheter des exemplaires de ses livres sous le manteau, à Paris. Voulez-vous que je vous prête *Justine* ? C'est sans doute le meilleur.

— Canon Row, m'sieur ! annonça le cocher en arrêtant la voiture.

— Nous terminerons cette passionnante conversation une autre fois, déclara Max avec le même sourire carnassier. Pour l'instant, j'ai d'autres projets en tête.

Il sauta à terre et tendit la main à Constance.

La maison était sombre, car Max n'avait pas encore engagé de domestiques, hormis une femme de ménage qui venait dans la journée. Marcel, son valet, avait sa soirée et ne rentrerait qu'au matin.

— Vous me prêteriez vraiment *Justine* ? demanda Constance tandis que Max insérait la clé dans la serrure. J'aurais cru que vous trouveriez cela inconvenant pour une femme !

— N'essayez pas de me distraire, chérie.

— C'est moi que j'essaie de distraire.

Une fois dans le hall, elle se jeta dans ses bras. Il l'embrassa avec une passion qui parut l'engloutir tout entière. Il la serrait, la tenant aux fesses, la soulevait afin qu'elle sentît toute la puissance de son désir. Elle avait envie d'être nue, de sentir l'air frais sur sa peau, d'être toute à lui.

Il dut le deviner, car il recula d'un pas, lui prit la main et l'attira dans le salon. Les rideaux étaient ouverts, et le réverbère extérieur fournissait une faible source de lumière.

— Je veux te voir, dit-il doucement.

Il alluma un chandelier, et la pièce fut aussitôt baignée d'une douce lumière.

— Nous devrions fermer les rideaux, suggéra-t-elle.

— Personne ne peut nous voir.

Il la mena jusqu'à la cheminée, la déshabilla comme il le lui avait promis, lentement, pièce par pièce, s'attardant aux boutons et aux agrafes tout en déposant des baisers sur ses épaules, sa gorge, la vallée entre ses seins.

Lorsqu'elle fut nue, il renonça à toute lenteur. Elle se cambrait sous sa bouche avide qui l'explorait sans relâche, l'emplissant d'un plaisir torturant à lui faire perdre la tête.

Incapable de contenir davantage son propre désir, Max se déshabilla à son tour sans cesser de la caresser fugitivement de la bouche ou des mains. Elle était là, devant lui, privée de toute volonté devant la magie de la sensualité.

Lorsqu'il fut enfin nu, elle se laissa glisser le long de son corps musclé et prit son membre dans sa bouche, lui rendant le plaisir qu'il lui avait donné, tout en y trouvant le sien.

Puis il s'agenouilla devant elle, baisa ses lèvres qui gardaient le goût de son propre désir. Il l'allongea sur le tapis et entra en elle, profondément. Elle cessa de respirer en sentant tourbillonner la spirale de la jouissance, plus proche, toujours plus proche.

Ses muscles intimes se contractèrent et elle cria dans la maison vide à l'instant où elle bascula dans l'extase. Elle sentit Max trembler, et il cria avec le même abandon avant de s'abattre sur elle.

Ils demeurèrent ainsi, le souffle court, la peau moite, jusqu'à ce qu'ils retrouvent leurs esprits.

Constance lui caressa le dos et remua légèrement, alors il roula sur le côté, la main sur le ventre de la jeune femme.

— C'était divin, murmura-t-il.

— Divin, acquiesça-t-elle.

Cet homme savait tenir ses promesses !

15

La cloche retentit de bonne heure, le dimanche soir. Les trois sœurs étaient dans le salon, où elles avaient passé l'après-midi à tenter d'oublier leur anxiété. Rien ne prouvait qu'Henry viendrait, et Chastity elle-même commençait à en douter.

En entendant sonner, elles se regardèrent sans mot dire. Puis Jenkins ouvrit la porte.

— M. Franklin, mesdames.

Henry pénétra dans la pièce d'un pas timide. Il portait une petite valise et semblait aussi tourmenté et harassé qu'au restaurant. Il posa son bagage à terre, serra solennellement la main des jeunes femmes.

— Pourriez-vous nous apporter du sherry, Jenkins, s'il vous plaît ? demanda Constance. M. Franklin a visiblement besoin d'un remontant.

— Certainement, mademoiselle Constance.

— Je suis parti, tout simplement, dit Henry, comme s'il n'en revenait pas encore. J'ai laissé une lettre sur la cheminée et je suis parti. J'ai pris le train de l'après-midi. Il ne me pardonnera jamais.

— N'en soyez pas si sûr, le rassura Prudence en le menant vers le sofa. Nous allons suivre notre plan, et je suis certaine qu'il reviendra à de meilleurs sentiments.

Henry s'assit, triturant le bord de son chapeau.

— Comment va Amelia ?

— Elle meurt d'envie de vous voir. Oh, merci Jenkins... Lord Duncan est-il à la maison, ce soir ?

— Non, mademoiselle Constance. Je crois qu'il sort avec lord Barclay.

— Alors nous dînerons avec M. Franklin. À 20 heures, comme d'habitude.

— Très bien, mademoiselle Constance. Je vais porter la valise de M. Franklin dans la chambre bleue.

Constance servit le sherry, et Henry, après l'avoir goûté parcimonieusement, se laissa aller à terminer son verre d'un trait. Constance le resservit.

— Le courage dans la bouteille, s'excusa-t-il.

— Vous n'en avez plus besoin maintenant, fit Chastity avec chaleur. Vous êtes ici, vous avez réussi. Demain après-midi, je vous emmènerai au parc à l'heure où Amelia promène son élève. Nous avons prévu de la rencontrer, par hasard, naturellement, dans la roseraie. La petite ne se doutera de rien si vous faites quelques pas avec Amelia pendant que je m'occupe d'elle.

— Et vous avez rendez-vous avec le très Honorable Max Ensor demain matin, l'informa Constance. Comme il cherchait un secrétaire, je lui ai dit que vous seriez parfait pour le poste. D'ailleurs, cela pourrait vous intéresser davantage que d'être enchaîné dans le bureau d'une entreprise de construction.

Henry avala son deuxième verre d'alcool.

— Je n'arrive pas à tout assimiler en même temps.

— Vous n'y êtes pas obligé. Le mariage est prévu pour jeudi après-midi à la mairie de Caxton. La cérémonie sera très simple. Amelia et vous aurez une heure d'intimité avant qu'elle retourne chez les Graham.

— Et dès que vous aurez un emploi, vous vous mettrez en quête d'un logement. Amelia quittera alors ses patrons et s'installera avec vous, déclara Prudence.

Henry semblait un peu perdu.

— Je ne connais absolument pas Londres, je n'y suis jamais venu auparavant. C'est affreusement bruyant, même le dimanche. Je sens pointer une migraine.

— Je vais vous montrer votre chambre, vous vous reposerez un peu, s'attendrit Chastity. Pauvre Henry ! Nous devons vous paraître bien retorses.

— Vous l'êtes ! s'écria-t-il franchement.

— Mais c'est uniquement dans l'intérêt de tous, le rassura Chastity en lui pressant amicalement la main. Nous ne vous ferons pas de mal, c'est promis.

— J'en suis sûr, fit-il en secouant la tête. En tout cas pas intentionnellement.

— Mon Dieu ! soupira Constance quand la porte se fut refermée sur eux. Tu crois que c'est vraiment ce que souhaite Amelia ?

— C'est ce qu'elle dit, répliqua Prudence en se resservant du sherry. Ce n'est pas à nous de contester son choix.

— Non. Mais je crains que nous ne passions une soirée fort ennuyeuse.

— Penses-tu que Max le prendra à l'essai ?

Constance ne put s'empêcher de sourire. Comme chaque fois qu'on prononçait le nom de Max, d'ailleurs.

— À mon avis, il essaiera sincèrement de tirer le meilleur de cet homme.

Son sourire radieux n'échappa pas à Prudence.

— Je crois que tu es amoureuse ! déclara-t-elle.

Constance secoua vigoureusement la tête.

— Certainement pas ! Je le désire, c'est tout.

Prudence secoua la tête tout aussi vigoureusement.

— Ne te leurre pas, Constance. Chastity et moi ne nous y trompons pas. Jamais nous ne t'avons vue ainsi, même avec Douglas.

— Cela me passera...

— Tu le souhaites ?

Constance poussa un soupir agacé.

— Je n'en sais rien, Prudence ! Je ne veux pas être amoureuse de quelqu'un qui ne l'est pas de moi.

— Et il ne l'est pas ?

— Je ne pense pas.

— Comment le saurais-tu ?

— Je m'en rendrais compte, non ?

— Je l'ignore. Parfois, les personnes les plus impliquées sont les dernières à savoir.

Chastity revenait, et elles se tournèrent d'un même mouvement vers la porte.

— Il va bien ?

— Un peu désorienté, le malheureux. Il n'arrive pas à croire à ce qu'il vient de faire. De quoi parliez-vous ?

— De Max, répondit Prudence. Nous nous demandions s'il était ou non amoureux de Constance. Quel est ton avis, Chastity ?

— C'est vraisemblable, mais il est possible qu'il ne s'en soit pas encore aperçu, dit Chastity après un instant de réflexion. Vois comme il a changé, Constance, depuis qu'il te connaît. Et il nous a aidées, avec l'automobile. Ce qui ne lui ressemble guère !

— Et puis il est venu avec toi à la réunion de l'Union féminine, renchérit Prudence.

Constance n'avait nul besoin qu'on le lui rappelle. Cette soirée était à jamais gravée dans sa mémoire.

— J'avoue qu'il se montre plus ouvert que prévu... Mais revenons à Henry. Si Max l'embauche, il aura besoin de trouver un logement, or il ne semble pas capable de s'en occuper lui-même.

— Nous devrions peut-être monter une agence immobilière, suggéra Prudence. En plus de L'Intermédiaire, de tante Mabel et de tout le reste !

— Tu plaisantes, j'espère ? répliqua Constance. Nous sommes déjà tellement surchargées que nous n'avons pas le temps de tout faire. A-t-on invité Millicent, au fait ?

— Je m'en suis occupée. Je suis passée la voir hier à l'improviste, et j'ai beaucoup insisté pour qu'elle vienne. Mais comment faire en sorte qu'elle porte une rose blanche à la boutonnière ?

— Nous n'avons qu'à en offrir une de couleur différente à chacune de nos invitées, proposa Prudence. Peu importe le nombre de roses, de jaunes ou de rouges, du moment qu'il n'y en a qu'une seule blanche. En outre, le blanc va avec tout.

— En effet, acquiesça Constance. Croyez-vous qu'il soit nécessaire que j'accompagne Henry chez Max ? Je ne le vois pas s'y rendre tout seul.

— Avertissons-le de ne pas prononcer le nom de sa fiancée, au cas où le sujet viendrait dans la conversation.

— Que c'est compliqué ! marmonna Prudence. Je serai soulagée quand nos deux tourtereaux seront unis légalement.

Henry fut un compagnon de table tranquille. Il mangea convenablement, but modérément. Il semblait s'être un peu ressaisi, et lorsqu'on lui proposa un porto, il déclina l'offre et avoua qu'il ne buvait jamais rien de plus fort que du vin ou du sherry. Au salon, il déclara qu'il serait ravi de leur jouer quelques morceaux, car il avait remarqué le pianoforte.

— Très volontiers, dit Constance. Merci.

Il eut un très beau sourire, et les sœurs commencèrent à deviner ce qui avait pu séduire Amelia. Elles comprirent tout à fait quand il commença à jouer. C'était un autre homme ! Le garçon timide et balbutiant s'était transformé en un artiste parfaitement sûr de son talent. Qui était considérable.

Fascinées, elles l'écoutèrent jouer pendant presque deux heures, principalement de mémoire. Une ou deux fois il s'interrompit entre deux morceaux afin de plier ses longs doigts, mais elles avaient l'impression qu'il n'était pas tout à fait avec elles, qu'il était perdu dans son univers.

Lorsqu'il s'arrêta enfin, après une valse de Chopin magistralement interprétée, les trois jeunes femmes applaudirent spontanément.

— C'était merveilleux, Henry ! s'écria Chastity. Je comprends que vous ayez horreur du travail de bureau. Si je possédais un talent pareil, jamais je n'accepterais de faire autre chose de ma vie.

Il rayonnait, rouge de plaisir.

— Merci infiniment, c'est très gentil.

— Non, renchérit Constance, ce n'est pas gentil, c'est la vérité. Il nous faudra trouver un moyen pour que vous puissiez vous adonner à votre art, mais pour l'instant, je pense que nous devons nous en tenir au plan initial.

— Tant que j'aurai la possibilité de toucher de temps en temps un piano, j'accepterai n'importe quoi. À présent, si vous voulez bien m'excuser, la journée a été éprouvante.

Il les salua et quitta le salon.

— Quelle révélation ! commenta Prudence en étouffant un bâillement. Je me sens rassurée sur le choix d'Amelia.

Henry était visiblement soulagé de ne pas devoir se rendre seul à Westminster, et il acquiesça lorsque Constance lui conseilla de ne pas prononcer le nom d'Amelia au cours de l'entretien.

— De toute façon, dit-il, je n'en vois pas l'utilité. Ma vie privée ne regarde pas mon futur employeur.

Ils prirent l'omnibus jusqu'à Canon Row, et Max vint leur ouvrir en personne.

— Bonjour, Constance. Je ne vous attendais pas, dit-il en lui serrant formellement la main.

— M. Franklin vient d'arriver à Londres et j'ai pensé qu'il serait agréable pour lui de vous être présenté. M. Henry Franklin, le très Honorable Max Ensor.

Les deux hommes se serrèrent la main. Henry fut impressionné par la carrure de Max, par son allure, son élégance irréprochable. Il se sentait horriblement provincial, avec sa banale redingote.

— Bon, je vous laisse, fit Constance. Vous retrouverez votre chemin, Henry ?

— Je doute que M. Ensor ait envie de m'embaucher si j'étais à ce point empoté, répliqua-t-il avec une pointe d'agressivité.

— Bien sûr. Pardonnez-moi, je me conduis comme une mère poule.

Max haussa exagérément les sourcils en répétant, amusé :

— Une mère poule ?

— Bonne journée, monsieur Ensor, dit Constance en se détournant afin de dissimuler le sourire qui lui montait aux lèvres.

Elle marcha jusqu'à Westminster Bridge, où elle prit un fiacre pour Battersea. Le cocher lui lança un coup d'œil intrigué lorsqu'il la déposa devant le vieux bâtiment qui abritait le Foyer pour femmes célibataires.

— Vous feriez mieux de m'attendre, dit-elle. Il n'y a guère de fiacres en maraude, par ici.

— Pas beaucoup de clients non plus, m'dame. Vous en avez pour longtemps ?

— Une demi-heure tout au plus. Je paierai pour l'attente.

Avec un hochement de tête, l'homme prit son journal et l'ouvrit à la page des courses.

Constance sonna à une porte écaillée qui lui fut ouverte par une femme à l'allure rébarbative, en tablier amidonné. Elle avait tout d'une gardienne de prison. Et elle ne paraissait pas ravie de cette visite.

— J'aimerais parler à Gertrude Collins, dit Constance, tentant de trouver le juste milieu entre le comportement hautain et la prière, bien qu'elle n'appréciât pas du tout le regard hostile de la mégère.

— Pourquoi ?

— J'ai sans doute des informations qui l'intéresseront.

Quelque part, dans la maison qui sentait le chou et le désinfectant, on entendit un bébé pleurer.

— Je ne lui veux pas de mal, je vous assure, reprit Constance, qui ajouta, après une seconde d'hésitation : Je ne suis pas une amie de lord Barclay.

La femme l'observa plus attentivement, mais Constance crut déceler une légère fissure dans son armure.

— Vous êtes une parente ?

— Non. Seulement quelqu'un qui lui veut du bien.

— Il y en a pas beaucoup, dans le coin, marmonna la femme en ouvrant davantage la porte. C'est pas un ange, mais c'est cruel d'abuser d'elle alors qu'elle avait pas le choix, et puis de la jeter à la rue comme ça, sans un sou. Je les tuerais, ces énergumènes !

Constance l'en croyait tout à fait capable. Elle se dirigea vers la pièce que lui indiquait le cerbère, un petit salon au sol couvert de linoléum noir et blanc, et meublé de chaises alignées le long du mur. Une minute plus tard, une femme entra, un bébé sur la hanche.

— Que me voulez-vous ?

Une demi-heure plus tard, Constance quittait la sinistre maison emplie d'une juste indignation et cependant triomphante. Elle avait assez de preuves pour rendre son récit crédible. La presse à scandale s'emparerait de l'histoire avec délices, et Gertrude en recevrait des compensations financières, tandis que lord Barclay serait mis au ban de la bonne société. Ses pairs, qui fermaient volontiers les yeux sur de discrètes aventures ancillaires, ne supportaient pas le scandale. Constance allait en faire un récit tellement infamant dans les pages du *Mayfair Lady* que Barclay n'oserait plus se montrer en ville.

Elle arriva chez elle au milieu du déjeuner, pour apprendre qu'Henry était rentré de son entrevue tout excité. Il avait apprécié Max Ensor et, apparemment, cela avait été réciproque. Il devait commencer le lundi suivant. Après avoir avalé un morceau de fromage, il était sorti acheter une bague de fiançailles.

— C'est étonnant de voir à quel point il s'est épanoui, observa Prudence. Il marche même différemment.

— Il vaudrait quand même mieux qu'il trouve rapidement un autre toit, dit Chastity. Père risque de le terrifier, au dîner… Alors, où étais-tu, Constance ?

Elle leur raconta sa matinée tout en mangeant.

— J'espère seulement que ta croisade ne nous vaudra pas d'ennuis, commenta Prudence, songeuse. Je suis bien de ton avis, l'homme est méprisable, mais nous jouons avec le feu.

— Comment pourrait-il faire le rapprochement avec les sœurs Duncan ?

Prudence haussa les épaules.

— Je ne sais pas. Il n'empêche que cela me met mal à l'aise.

— Bon, il faut que j'aille retrouver Henry pour notre promenade au parc, annonça Chastity en se levant de table. J'ai hâte d'assister aux retrouvailles ! C'est tellement romantique.

— Henry ? s'écria Prudence.

— Romantique ? ajouta Constance.

— C'est l'idée qui est romantique, répliqua Chastity. D'ailleurs, je vais mettre mon plus joli chapeau pour l'occasion.

Elle prit en effet grand soin de sa toilette, puis partit pour le parc. Comme prévu, Henry l'attendait à la grille Stanhope.

— Vous croyez que ceci va lui plaire ? demanda-t-il tout de go en tendant un petit écrin à Chastity. C'est une bague de fiançailles. Je sais qu'elle ne pourra pas la porter tout de suite, mais je me suis dit que je devais quand même en acheter une.

— Ravissante ! déclara Chastity en tenant le bijou dans le soleil. N'importe quelle femme serait fière de l'avoir au doigt.

— Je ne pouvais me permettre mieux...

— Elle est très jolie, assura Chastity. Venez, la roseraie est de ce côté.

Ils patientèrent sur un banc, environnés du suave parfum des fleurs. Henry ne cessait de se lever, d'arpenter les allées de gravier entre les luxuriants massifs. Il semblait souvent sur le point de se ronger les ongles, mais il remettait fermement les mains dans ses poches.

Chastity entendit la voix pointue de Pamela Graham de loin, et elle fit signe à Henry.

— Donnez-moi le bras, Henry, et faites comme si cette rencontre était fortuite.

— J'essaierai, murmura-t-il.

Ignorant les protestations de son élève, Amelia ouvrait le portillon.

— Je ne veux pas aller là, mademoiselle Westcott. Je n'aime pas les fleurs, ronchonnait la fillette. Vous aviez promis la balançoire !

— Plus tard, Pamela. Je veux d'abord vous montrer le bassin pour les oiseaux, avec un dauphin au milieu.

À cet instant, elle aperçut le couple qui venait lentement à elle, et elle pâlit, s'immobilisa, puis se remit en marche.

— Quel plaisir de vous rencontrer, mademoiselle Westcott ! Puis-je vous présenter M. Franklin ?

— Nous nous connaissons déjà, répondit doucement Amelia en serrant les mains tendues.

— Il me donnait des leçons de piano, intervint Pamela. Pourquoi vous êtes à Londres, monsieur Franklin ? Vous n'allez pas continuer à me faire travailler ?

Cette perspective paraissait horrifier la petite fille.

— Non, je ne pense pas, Pamela.

Henry s'aperçut qu'il tenait toujours la main d'Amelia et la lâcha vivement.

Chastity se pencha vers l'enfant.

— Tu te souviens sans doute de moi, Pamela. Je suis une amie de ta mère, et de ton oncle.

— Oncle Max ?

— Oui, il vient nous rendre visite de temps en temps.

— Je crois avoir vu M. Ensor avec Mlle Constance Duncan, l'autre jour, renchérit Amelia d'une voix étonnamment posée.

— En effet, ce sont de vieilles connaissances, dit Chastity, rassurée par le regard qu'avaient échangé les deux tourtereaux.

— Je veux aller au bassin ! piaillait Pamela en sautillant sur place.

— Je t'accompagne, déclara Chastity. J'adore faire voguer des brindilles sur l'eau. Je t'apprendrai un jeu.

Elle l'attrapa par la main et s'éloigna en prenant bien soin de ne pas regarder en arrière.

Au bout d'un temps suffisamment court pour que Pamela ne s'inquiète pas, elles retournèrent à la roseraie. Amelia s'y trouvait seule.

— J'allais vous rejoindre, dit-elle, le teint animé, les yeux brillants de larmes. Ce M. Franklin est vraiment charmant.

— En effet. C'est étrange que vous le connaissiez, toutes les deux. Oh, Pamela, tu as vu ce joli papillon, sur la rose jaune ?

La fillette courut le voir de plus près, et Chastity en profita pour chuchoter :

— Tout s'est bien passé ?

— Merveilleusement. Mais… mais, Chastity, je suis un peu gênée que M. Ensor soit impliqué.

— Ne le soyez pas. Constance l'a bien en main. Il n'est au courant de rien, pour Henry et vous. Ensuite, lorsque vous serez mariés, cela ne le regardera plus du tout.

— Sans doute, soupira Amelia, qui ajouta, soudain radieuse : Il m'a offert une bague, Chastity. Une très jolie bague !

— Et jeudi, vous aurez une alliance pour aller avec, fit la jeune femme en la serrant brièvement dans ses bras. Il nous faut seulement trouver un logement pour Henry.

— Je pense qu'il peut s'en occuper seul. Vous avez déjà fait tant pour lui, vos sœurs et vous !

— Si c'est votre avis, nous ne voudrions pas nous mêler de tout.

Amelia posa la main sur son bras.

— Quand nous serons mariés, Henry assumera ses responsabilités d'époux, j'en suis certaine.

— Oh, je vous crois ! Hier soir, il a joué du piano pour nous, c'était sublime !

Amelia sourit.

— Sublime, c'est le mot.

Elle demeura un instant songeuse avant d'appeler son élève.

— Venez, Pamela, il est l'heure de rentrer.

Le mercredi après-midi, toutes sortes de roses jonchaient la table du hall, les épines soigneusement ôtées, les tiges entourées de papier de soie. Chastity s'affairait à les classer par couleur, puis à les remélanger.

— C'est très excentrique, cette distribution de roses, dit-elle en mettant la blanche à part.

— C'est un geste charmant, déclara fermement Prudence. Les gens seront ravis. Ma seule inquiétude, c'est que Millicent nous fasse faux bond. Nous sommes certaines que M. Anonyme viendra, puisqu'il a payé, mais supposons que Millicent ait la migraine, ou qu'elle ait un rendez-vous plus important ?

— Nous verrons bien le moment venu, intervint Constance d'un ton distrait tout en lisant une lettre que l'on venait de lui apporter. Max s'excuse, il ne sera pas là cet après-midi, mais il m'invite à dîner ce soir à la Chambre des communes.

— Tu iras ?

Constance répondit d'un regard qui ne laissait aucun doute sur ses intentions.

— Mets la robe de soie verte et noire, conseilla Prudence en riant. Elle est tellement belle !

— Et les diamants de mère, renchérit Chastity. Avec le magnifique châle émeraude.

— Comme vous voudrez.

La cloche tintait, et elle se dirigea vers le salon.

— N'oubliez pas, Jenkins : la rose blanche est pour Mlle Hardcastle.

— Je me souviens, mademoiselle Constance, répliqua le digne majordome en allant à la porte.

Les trois sœurs échangèrent un sourire.

— Je me sauve, dit Chastity. Bonne chance, ajouta-t-elle en croisant les doigts avant de monter patienter à l'étage.

Prudence et Constance se rendirent au salon afin d'accueillir leurs invités.

M. Anonyme arriva à 15 h 30 précises, tendit sa carte à Jenkins en expliquant la raison de sa présence, et fut introduit au salon où toutes les femmes portaient une rose à la boutonnière. Mais pas une seule blanche !

— M. Arthur Melvin, annonça Jenkins.

Constance s'avança vers lui.

— Je ne crois pas avoir le plaisir de vous connaître, monsieur, dit-elle avec la juste dose d'interrogation dans la voix. Je suis Constance Duncan.

— Pardonnez-moi, fit-il vivement, on m'avait dit que lord Jersey serait ici, or j'ai un besoin urgent de lui parler.

Constance fit mine de parcourir le salon du regard.

— Je suis désolée, il n'est pas encore arrivé. Plus tard, peut-être. Mais venez saluer ma sœur, et prendre une tasse de thé.

Millicent ne se montrait toujours pas. Bien qu'il ne cessât de jeter des coups d'œil nerveux autour de lui, l'anonyme qui n'était plus anonyme parvenait à se comporter aimablement lorsqu'on le présentait à d'autres invités.

— Mlle Hardcastle, annonça Jenkins.

Millicent se tenait sur le seuil, la rose blanche à la boutonnière.

— Constance, Prudence ! Je suis navrée d'être en retard, s'excusa-t-elle en s'avançant vers ses hôtesses, les mains tendues. L'une de nos femmes de chambre avait une terrible rage de dents, et j'ai dû l'accompagner chez le dentiste pour qu'il la lui arrache. Elle était terrifiée à l'idée d'y aller seule.

Millicent n'était ni belle ni laide, mais il y avait une douceur en elle qui trahissait son tempérament profond. À trente-cinq ans, elle commençait à se résigner, comme tout le monde autour d'elle, à vieillir sans mari. Du moins était-ce l'impression qu'elle donnait en société, car rien n'était pire que de susciter la pitié.

Toutefois, en privé, elle mourait d'envie d'avoir une maison à elle, au lieu de vivre avec sa mère invalide qui était passée maîtresse dans l'art d'utiliser sa santé comme prétexte pour la persécuter. Millicent rêvait d'un enfant, d'une demeure à la campagne, d'un mari calme et peu exigeant... mais ces rêves, elle les gardait pour elle.

Les deux sœurs l'accueillirent chaleureusement, puis elle alla saluer quelques-unes de ses relations. Arthur Melvin, une tasse de thé dans une main et un gâteau dans l'autre, se tenait un peu à l'écart. Il regardait Millicent bavarder, demander des nouvelles de tout le monde avec un air de véritable intérêt.

Elle était discrètement vêtue d'une veste et d'une jupe de serge brune, et coiffée d'un chapeau assorti orné d'une plume de faisan. Une tenue plus pratique qu'élégante. Il aima la douceur de sa voix, son attitude réservée. Bref, Mlle Hardcastle correspondait exactement à ce qu'il recherchait chez une femme. Il contourna le groupe près du piano où Constance Duncan parlait avec une très jeune fille.

— Ah, monsieur Melvin ! s'écria-t-elle. Une autre tasse de thé ?

— Non, je vous remercie, dit-il en se débarrassant de la sienne. Je me demandais si vous auriez l'amabilité de me présenter à Mlle Hardcastle.

— Mais certainement ! C'est une délicieuse jeune femme.

Elle accompagna son premier vrai client auprès de Millicent, fit les présentations puis se retira.

— Comment est-ce que cela marche, à ton avis ? chuchota Prudence une demi-heure plus tard.

— Je l'ignore, mais ils parlent toujours. Je crois que nous avons bien gagné notre rémunération.

16

Constance drapa le châle émeraude sur ses épaules nues et effleura le collier à son cou.

— Vous ne trouvez pas que les diamants sont en trop ?

— Absolument pas, décréta Prudence. Le diadème, en revanche, comme ce n'est qu'un dîner...

— Me voilà rassurée. Je craignais que vous n'insistiez pour que je le porte.

— Pour un bal, j'aurais insisté, en effet, dit Prudence en lui fixant un bracelet de diamant haut sur l'avant-bras, afin que ses gants ne le cachent pas. Laisse Chastity apporter la dernière touche à ta coiffure, maintenant.

Constance s'assit à la coiffeuse et surveilla Chastity qui entrelaçait un ruban de velours noir dans le lourd chignon natté sur sa nuque.

— Ce style te va à merveille, assura sa sœur en libérant quelques petites mèches afin d'adoucir la ligne de la coiffure. Sa simplicité met en valeur ta toilette.

Constance se leva et examina son reflet dans le miroir. La robe était de soie vert pâle et noire, elle portait des gants de soie noire, un éventail d'ivoire et une petite pochette ornée de diamants.

— J'ai l'air plutôt inaccessible, commenta-t-elle.

— Et d'autant plus tentante, fit gaiement Prudence. Qu'est-ce qu'un homme pourrait souhaiter de plus ?

— Dans l'auguste Parlement, un homme ne devrait penser qu'aux affaires sérieuses, déclara Constance en affichant un air vertueux. Je ne voudrais pas distraire Max de sa mission.

— Si tu tiens à être à l'heure, il est temps de partir, prévint Chastity. Cobham t'attend.

Constance sortit de sa chambre.

— J'espère que la soirée se passera bien, dit-elle. J'ai honte de vous abandonner avec Henry et père.

— Oh, ne t'inquiète pas, dit Prudence. Père n'est jamais discourtois avec les inconnus, même s'ils l'importunent. Et dès qu'Henry se mettra au piano, après le dîner, je parie qu'il filera à son club.

C'était vraisemblable, en effet.

Ses sœurs l'accompagnèrent à la voiture.

— Si tu as l'intention de passer encore la nuit dehors, arrange-toi pour être revenue à temps pour le mariage, demain !

Constance ne daigna pas répliquer.

Cobham longea Whitehall, et la déposa devant la porte Saint-Stephen du Parlement. L'agent en faction s'approcha d'elle.

— M. Ensor nous a avertis de votre venue, mademoiselle Duncan. Il vous attend sur la terrasse. L'un de mes hommes va vous y accompagner.

Un policier la salua cérémonieusement, et elle le suivit, par de longs corridors, jusqu'à une terrasse qui surplombait la Tamise.

Max se tenait avec un groupe d'hommes près de la balustrade, les yeux fixés sur la porte. Sitôt qu'il l'aperçut, il vint à elle.

— Constance !

Il porta la main de la jeune femme à ses lèvres, geste inhabituel mais en harmonie avec le cadre et l'élégance de Constance.

— Vous êtes à couper le souffle ! lui murmura-t-il à l'oreille en posant sa main gantée dans le creux de son bras. Nous ne dînerons pas seuls, car les dames non accompagnées de chaperons ne sont pas très bien vues, dans ces cercles, mais je pense que vous trouverez les convives agréables.

Constance ne fut pas surprise. Souper avec un homme qui n'était ni un parent ni un fiancé au *Café Royal* ou dans le petit restaurant discret de Kensington Church Street était acceptable, mais cela ne se faisait absolument pas dans ce bastion du pouvoir masculin.

Elle fut toutefois étonnée de se retrouver à la table du Premier ministre et de trois de ses plus éminents collaborateurs, accompagnés de leurs conjointes. La pensée qu'elle était considérée comme une éventuelle épouse de politicien tout à fait convenable lui traversa l'esprit. Dans ces milieux, l'épouse jouait un rôle capital. Elle pouvait favoriser ou briser une carrière parlementaire.

Elle lança un coup d'œil intrigué à Max, alors qu'ils s'installaient à une vaste table ronde. Il lui répondit d'un sourire aimable avant de se pencher pour parler à sa voisine de droite.

Constance se mêla à la conversation avec l'aisance née d'une longue habitude, s'assurant que rien d'important n'était prononcé par ses compagnons ni par elle-même.

Elle faillit lâcher sa fourchette lorsque la femme du chancelier déclara, au beau milieu d'un de ces silences qui tombent parfois inopinément dans un groupe :

— Comme Asquith le dit toujours, un homme est un homme, une femme est une femme. Le Parlement ne peut pas les mettre sur un plan d'égalité.

Constance déplia son éventail afin de dissimuler l'indignation qui lui faisait monter des couleurs aux joues.

Max lui adressa un coup d'œil sévère, et elle revint à son assiette. Elle n'avait pas le droit de s'exprimer, risquant de l'embarrasser. Tant pis ! Cette table n'était pas l'endroit rêvé pour une diatribe passionnée sur l'injustice manifeste qui frappait les femmes. Cela n'amènerait rien de bon, ni pour elle ni pour la cause.

Mais l'avertissement de Max la hérissait. Il l'avait accompagnée à une réunion, il avait rencontré les Pankhurst, il savait combien ce problème comptait pour elle. S'il avait le moindre respect pour ses idées, il ne l'empêcherait pas de les exprimer dans une discussion sérieuse et raisonnable.

Les dames se levèrent au signal de l'épouse du Premier ministre et se rendirent aux toilettes, laissant les messieurs fumer leurs cigares devant un verre de porto. Elles se repoudrèrent, puis conversèrent ensuite dans un salon où on leur offrit du café.

Constance était prête pour l'inquisition.

— Depuis combien de temps connaissez-vous M. Ensor, mademoiselle Duncan ? s'enquit lady Campbell-Bannerman.

— Quelques semaines. Par l'intermédiaire de sa sœur, lady Graham.

— Oh, bien sûr ! Une femme charmante. Son époux siège régulièrement à la Chambre des lords, je crois.

— En effet.

Constance semblait parfaitement détendue, alors qu'elle attendait la suite avec une certaine nervosité.

— Lord Duncan est aussi fort assidu aux séances du Parlement, je crois.

— Mon père prend ses responsabilités tout à fait au sérieux.

— Et vous, mademoiselle Duncan ? Vous vous intéressez à la politique ?

— Beaucoup, répondit-elle dans un sourire.

— Ce n'est pas très convenable, pour une dame, même celles d'entre nous dont la vie quotidienne est régie par les occupations politiques de leurs maris, fit lady Asquith. Notre rôle est de leur offrir une atmosphère idéale pour accomplir leurs tâches. Du calme et de l'harmonie à la maison.

— Nous ne devons jamais les mêler aux problèmes domestiques qui sont notre lot, déclara une autre femme en tapotant la main de Constance. Nos époux sont essentiels pour notre pays, c'est un privilège de pouvoir les aider.

Le sourire de Constance s'effaçait.

— C'est le moins que nous puissions faire, quand nous avons la chance que les hommes prennent des décisions pour notre bien, ne pensez-vous pas, mademoiselle Duncan ?

Constance posa sa tasse de café.

— Non, madame, je ne suis pas du tout de cet avis. Je ne considère pas comme une chance, ou un privilège, que les hommes décident pour moi, simplement parce qu'ils sont des hommes. Je me sens parfaitement capable de décider de ce qui est bon pour moi.

Il y eut un silence choqué. Seule Constance ne semblait pas perturbée par sa sortie. Elle attendit quelques instants puis, comme aucune réponse ne venait, elle se leva en murmurant un mot d'excuse et se rendit sur la terrasse.

Comme elle passait devant le fumoir, elle entendit la voix de Max et elle s'arrêta, hésitant à entrer au cas où elle se trouverait dans une pièce réservée aux hommes. Ce qui était fort probable, car peu d'endroits étaient ouverts aux femmes, dans le Parlement. Et Constance elle-même ne se serait pas risquée à outrepasser cette règle.

Max, comme ses compagnons Asquith et le Premier ministre, parlait à haute et intelligible voix, aussi s'immobilisa-t-elle pour les écouter sans le moindre scrupule.

— Il y aura une pétition et une marche sur le Parlement, disait Max, mais je n'en connais pas la date, qui n'a pas encore été fixée.

— Il faut la refuser, décréta Asquith. En acceptant cette pétition, nous légitimons ce problème.

— C'est vrai, répliqua Max, mais cela va aussi les rendre folles de rage. J'ai vu ces femmes en action, ajouta-t-il avec un rire bref. Elles sont passionnées par leur cause, et je crois qu'il vaut mieux ne pas envenimer la situation. Prendre la pétition mais ne rien faire pour autant.

J'ai vu ces femmes en action ! Constance parvenait à peine à dominer sa fureur. Comment pouvait-il se montrer aussi dédaigneux ? Comment osait-il traiter à la légère les confidences qu'elle lui avait faites ? Elle avait tenté de lui faire changer de point de vue au sujet du suffrage des femmes, mais elle avait aussi souhaité se confier à lui dans le but d'améliorer leur relation. Et que faisait-il de ses confidences ? Il s'en moquait, et s'en servait contre l'Union.

— J'ai un pied dans la place, continuait Max. J'aurai sans doute des détails sur leur prochaine action avant qu'elle ne devienne publique. Cela nous donnera le temps de réfléchir à une stratégie.

— Bravo ! Un homme averti en vaut deux.

Constance s'éloigna. Elle avait envie de s'enfuir, mais la prudence l'en empêcha. Jusqu'à ce qu'elle ait pris une décision, Max ne devait pas savoir qu'elle avait surpris ses propos. La voix de la raison lui soufflait qu'il était absurde de céder à la fureur. Une telle trahison exigeait une réponse plus subtile. Pour l'instant, la colère masquait la douleur, et c'était tant mieux, car elle souffrirait, ensuite. Elle s'était laissée aller à apprivoiser l'idée d'amour, d'avenir… Et voilà ce qu'elle récoltait !

L'air frais lui fit du bien, et lorsque Max arriva derrière elle, elle réussit à lui sourire.

— Je ne savais pas que vous étiez seule ici, dit-il en s'appuyant au parapet à côté d'elle.

En dessous d'eux, le fleuve était haut et l'activité encore fourmillante malgré l'heure tardive.

— J'ai trouvé la conversation de mes compagnes plutôt irritante, déclara-t-elle carrément.

— C'est bien ce que je craignais.

— Alors, pourquoi m'avoir invitée ? Vous n'aviez pas peur que je vous mette dans l'embarras ?

— Non, fit-il, surpris. Loin de là. Où êtes-vous allée chercher cette idée ?

Elle haussa les épaules.

— Je ne sais pas. Je suis lasse, Max, j'ai eu une journée bien remplie.

— Dans ce cas, je vous ramène chez vous.

Il la contemplait, déconcerté. Constance était rarement fatiguée, elle semblait toujours animée d'une énergie sans borne. Pourtant, en effet, elle paraissait un peu éteinte, ce soir. Son cycle féminin, peut-être… Il avait remarqué que les femmes les plus équilibrées devenaient parfois étranges et instables à certaines périodes du mois.

Constance se demandait comment il avait le front de lui parler comme si de rien n'était, alors qu'il sortait d'une conversation où il envisageait le plus naturellement du monde de la trahir. C'était presque impossible à croire. Pourtant, elle avait bien entendu. Finalement, sa première impression de Max Ensor était la bonne, mais elle avait laissé ses émotions, sa sensualité prendre le pas sur son intelligence. « Typiquement féminin », songea-t-elle, pleine de mépris pour elle-même.

Elle ne supporterait pas sa présence une minute de plus et elle lâcha abruptement :

— Voulez-vous m'excuser auprès de vos amis ? Je ne me sens pas bien. Je prendrai un fiacre pour rentrer.

— Pas question. Je vous raccompagne. Vous aviez un manteau ?

— Non.

Elle resserra son châle autour de ses épaules. Elle ne voyait quel prétexte invoquer pour refuser sa compagnie, mais elle n'était pas encore prête au combat.

Dans la voiture, Max n'essaya pas d'engager la conversation. Il passa le bras autour des épaules de Constance, et n'insista pas lorsqu'elle se dégagea. Il ne voyait pas ce qui pouvait clocher entre eux, aussi décida-t-il que tout allait bien. Elle était fatiguée, c'était le mauvais moment du mois, rien de plus.

Il la raccompagna à sa porte, mais lorsqu'il voulut l'embrasser, elle tourna la tête, lui offrant sa joue.

— Je suppose que vous avez la migraine, fit-il gentiment. Je comprends ces choses.

Constance ouvrit de grands yeux. Comprendre ? Comprendre quelles choses ? Comment aurait-il pu comprendre ? Puis elle vit une chaude lueur de compassion dans son regard, vaguement paternaliste. C'était bien là une réaction masculine ! Il ne trouvait qu'une explication possible à son attitude distante.

Max hésitait, cherchait quoi dire d'autre, mais avant qu'il ait trouvé, elle lui souhaita bonne nuit et disparut dans la maison, utilisant sa propre clé.

Il demeura planté sur le trottoir, les sourcils froncés. Puis il s'ébroua et se dirigea vers le fiacre, sans se rendre compte que Constance l'observait de la fenêtre du palier.

Elle alla droit au salon, où elle savait que ses sœurs l'attendaient.

— Que diable s'est-il passé ? s'exclama Prudence dès qu'elle entra.

— On dirait que tu as vu un fantôme, s'inquiéta Chastity. Tu es malade, chérie ?

— Malade du cœur, répondit Constance avec un sourire amer. Je suis là à me vanter de mon intelligence, à me croire plus futée que les hommes, et je tombe dans le piège le plus éculé. Quelle imbécile !

Elle se servit un verre de cognac et se tint près de l'âtre vide, le pied sur le rebord de brique.

— Tu ferais mieux de tout nous raconter, dit Prudence. Je suppose que cela a un rapport avec Max ?

— Cela a tout à voir avec Max.

Ses sœurs écoutèrent son récit dans un silence médusé.

— Et vous savez quoi ? termina-t-elle avec un rire bref. Il a décidé que si j'étais distante, c'était à cause de mes menstruations. On fait difficilement plus insultant...

Elle but une gorgée de cognac.

— Que comptes-tu faire ? s'enquit Prudence, laissant l'aspect sentimental à Chastity qui avait pris Constance dans ses bras.

Constance avait besoin d'aide pratique autant que de sympathie.

Elle se dégagea, prit un mouchoir dans son réticule et s'essuya les yeux comme pour mettre un terme à cette crise émotionnelle.

— Je vais attaquer, déclara-t-elle. Par le biais du *Mayfair Lady*. Si nous le portons à l'imprimerie demain matin, est-ce qu'il pourra sortir pour l'édition de samedi, Chastity ?

— Je pense. Sam est assez souple, en général. S'il le faut, il ajoutera une page.

— Parfait ! Max Ensor ne saura pas d'où vient le coup.

— Tu as raison, mais ne devrais-tu pas d'abord lui parler de ce que tu as entendu ? objecta Prudence.

— Non ! rétorqua Constance. Je vais l'éviter, ou plutôt l'ignorer, jusqu'à ce que l'article soit publié. Si je le rencontre, je ne serai que sourires. Je veux qu'il soit pris totalement par surprise. Qu'il se retrouve dans le noir le plus absolu. Pendant un jour ou deux, je vais rester à la maison à cause de mon « indisposition » féminine.

Elle grimaça un sourire féroce.

— Vous pourriez vous amuser un peu. S'il se présente ici, offrez-lui quelques réponses aussi délicates qu'évasives, cela collera avec ses allusions grossières. Je me cacherai derrière un rideau pour vous écouter.

— Non, pas si tu veux que nous soyons convaincantes, décréta Prudence que ce nouveau projet émoustillait néanmoins. Cela pourrait être amusant, n'est-ce pas, Chastity ?

Chastity ne semblait pas de cet avis.

— Tu le nommeras, dans ton article, Constance ?

— Oh, non. Je m'arrangerai seulement pour qu'il y ait suffisamment de détails permettant d'identifier le très honorable gentleman… Très honorable, en vérité !

Elle secoua la tête, écœurée, avant de remplir de nouveau son verre.

— Allez vous coucher. Je suis trop remontée pour dormir ; je vais rédiger mon article.

— Tu es sûre ?

— Absolument. Je ne serais pas de très bonne compagnie, de toute façon. Et il faut que je m'y attelle tout de suite s'il doit paraître dans la prochaine édition.

Elle s'assit au secrétaire, son verre à portée de main, et prit une feuille de papier.

— Au fait, comment était Henry, ce soir ?

— Nerveux comme un chaton égaré, répondit Prudence. Il n'a pas prononcé deux mots au dîner, malgré les efforts de père pour le mettre à l'aise, puis il a joué du piano pendant plus d'une heure. Père a d'abord écouté poliment avant de s'éclipser. À 11 heures, nous avons envoyé Henry se coucher. Chastity a failli aller le border.

Constance eut un petit sourire distrait.

— Donc, nous l'emmenons bien à Caxton Hall demain ?

— Certainement ! Ensuite, ce sera à Amelia de prendre le relais... Tu es certaine que ça ira, Constance ?

— Oui, affirma la jeune femme qui avait déjà commencé à écrire.

Les deux sœurs échangèrent un coup d'œil, puis elles quittèrent le salon.

Il était presque 3 heures du matin lorsque Constance posa sa plume, enfin satisfaite. Les oreilles de Max Ensor devaient lui siffler ! Soudain elle se sentait affreusement lasse, elle se leva en bâillant. Elle se sentait purgée de sa blessure... à moins qu'elle ne fût masquée par la colère ? Par le plaisir de la vengeance ?

Au fond de son cœur, elle savait qu'elle n'avait pas encore commencé à toucher le point sensible. Il lui était plus facile de se fustiger de ne pas avoir fait confiance à son instinct et de maudire Max pour sa trahison. La douleur viendrait plus tard.

Elle alla se coucher et, à sa grande surprise, elle dormit comme un loir.

Elle fut réveillée par Chastity qui entrait sans bruit dans sa chambre avec un plateau de thé qu'elle posa sur la coiffeuse avant d'ouvrir les rideaux.

— Mon Dieu ! s'exclama Constance. Quel vilain temps pour un mariage...

— Il ne pleut pas, c'est déjà quelque chose. Tu as dormi longtemps.

— J'ai travaillé tard, répliqua Constance qui prit la tasse de thé qu'elle lui tendait avec un sourire.

Chastity s'assit au bord du lit.

— Prudence va porter ton article à l'imprimerie, puis elle passera chez le fleuriste. Nous avons pensé à une rose rouge pour la boutonnière d'Henry, et des blanches pour les nôtres. Ainsi qu'un petit bouquet rond de roses roses mêlées de muguet pour Amelia. Prudence a beaucoup de goût en matière de fleurs.

— Savons-nous comment Amelia sera habillée ?

— En noir, forcément.

— Du noir ? Pourquoi donc ?

Chastity sourit.

— Amelia nous a envoyé un petit mot. Elle est parvenue à obtenir une heure de plus en fin d'après-midi. Gentil de la part de Letitia, n'est-ce pas ?

— Très. Mais quel prétexte a-t-elle fourni ? Une mère mourante ?

— Presque. L'enterrement d'une tante bien aimée.

Constance eut un petit rire sans joie.

— Au moins, n'importe quelles fleurs conviendront. La cérémonie a lieu à 16 heures ?

— 16 h 30, afin de laisser le temps à Amelia d'arriver. Prudence et moi amènerons Henry. Nous avons pensé que tu pourrais escorter Amelia ; après tout, vous militez sous la même bannière. C'est toi la plus qualifiée pour être demoiselle d'honneur, nous serons les témoins du marié.

Constance fronça les sourcils.

— Cela m'ennuie que vous ayez à supporter Henry toutes les deux.

— Oh, ne t'inquiète pas ! Prudence et moi avons bien avancé avec lui. Tu attendras Amelia près de chez les Graham, et tu l'accompagneras à la mairie. Ensuite, nous irons arroser l'événement au *Claridge*, où j'ai retenu un petit salon, afin que nous ne risquions pas de rencontrer des gens de connaissance. Tu imagines que nous tombions sur Letitia ou Max ?

— Je ne préfère pas !

— Ensuite, ils auront deux heures pour… pour…

— Consommer leur union, termina Constance. Mais où ?

— Henry a trouvé un petit hôtel sur Bayswater Road. Propre et convenable. C'est là qu'il logera en attendant de trouver un logement à louer. Apparemment, Max lui a donné une avance sur son salaire afin de l'aider à s'installer.

À l'évocation de Max, Constance se rembrunit.

— Eh bien, à défaut d'autre chose, il est généreux.

— Je te laisse te lever, se contenta de dire Chastity.

— Je descends dans une demi-heure !

Constance rabattit les couvertures et alla examiner le contenu de sa penderie, songeuse. Il lui fallait une tenue qui convienne à un mariage civil suivi d'une modeste célébration. Elle fixa son choix sur un tailleur de shantung gris pâle et une blouse de soie d'un vert sombre. Elle tressa ses cheveux avant de les fixer en chignon sur la nuque, puis elle s'engagea dans l'escalier.

Elle était à mi-chemin quand elle entendit la voix de Max sortant du salon.

Elle se pétrifia, la main sur la rampe, le pied en l'air. Prudence expliquait sur le ton de la confidence :

— Je suis navrée, Max, mais Constance ne se sent pas très bien, ce matin. Une sorte... d'indigestion, voyez-vous.

— Oui, renchérit Chastity. Et une migraine. C'est tellement éprouvant ! Pauvre Constance ! Elle en souffre plus que nous...

— Je vois.

Il toussota, à l'évidence gêné par la confidence.

Constance sourit.

— Elle n'était pas très bien, hier soir, dit-il en toussotant de nouveau. J'ai pensé qu'il s'agissait peut-être de... enfin... J'ai compris.

Malgré le plaisir pervers qu'elle prenait à percevoir son embarras, Constance était troublée par sa voix grave, profonde. Elle en avait des fourmillements dans tout le corps. Décidément, le désir était invincible, il résistait même à la trahison.

— Transmettez-lui mes meilleurs sentiments, fit-il enfin en revenant dans le hall.

Constance battit vivement en retraite.

— Je passerai demain, j'espère qu'elle ira mieux.

— Oh, cela peut durer plusieurs jours, chez elle, le prévint Chastity. Dans ces périodes-là, elle n'aime ni sortir ni recevoir.

Constance faillit s'étrangler de rire. Chastity était généralement tout à fait convenable, mais quand elle se laissait aller, elle était impitoyable. Elle en était presque désolée pour Max.

— Chastity ! s'écria-t-elle en descendant l'escalier quatre à quatre dès qu'il fut sorti. Tu n'as pas joué dans la subtilité !

— Ce n'était pas mon but, se défendit sa sœur. Il n'a eu que ce qu'il méritait.

— Au moins, nous sommes sûres qu'il ne viendra pas sonner à notre porte pendant deux ou trois jours, déclara Prudence. Tu veux un petit-déjeuner tardif, ou préfères-tu attendre le déjeuner ?

— J'attendrai. Je n'ai pas très faim. Je vais vous montrer mon article, et nous déciderons de sa place dans le journal. Il est assez long, et il faudra peut-être modifier la composition.

— Dans ce cas, je vous apporterai du café dans le salon, mademoiselle Constance, intervint Jenkins qui avait entendu leur conversation et en avait tiré ses propres conclusions.

— Merci beaucoup, Jenkins. Et si Mme Hudson a fait ses petits gâteaux à la noix de coco, pourrions-nous en avoir quelques-uns ? demanda Chastity par-dessus son épaule tandis qu'elle grimpait l'escalier.

— Je vais voir ce qu'il y a à la cuisine.

Après une brève hésitation, il reprit :

— Dois-je comprendre que M. Ensor n'est plus le bienvenu dans cette demeure, mademoiselle Constance ?

— Non, Jenkins. Pour le moment, il peut parfaitement nous rendre visite. Mais d'ici quelques jours, je vous garantis qu'il ne se présentera plus à notre porte.

Jenkins se permit un imperceptible haussement de sourcils.

— Je vois...

À 15 h 30, Constance prit l'omnibus pour Park Lane. Elle commença à arpenter le trottoir à quelques pas de la maison des Graham en espérant qu'Amelia se montrerait avant qu'un voisin ne remarque la jeune femme munie d'un bouquet de mariée qui faisait les cent pas dans la rue.

À 16 heures précises, Amelia, toute de noir vêtue, lourdement voilée, sortit par la porte de service. Elle regarda autour d'elle, aperçut Constance et, sans un geste de reconnaissance, se hâta vers Park Lane. Constance lui emboîta le pas.

Dans le relatif anonymat de l'avenue, Amelia s'arrêta enfin pour attendre Constance, mais elles n'échangèrent pas un mot. Constance héla un fiacre, et elles y montèrent toutes deux en silence.

Là, dans l'ombre du véhicule, Amelia se débarrassa enfin de son voile noir.

— J'ai le cœur qui s'affole, avoua-t-elle. Je ne parviens pas à croire à ce qui m'arrive.

— C'est pourtant la réalité, dit Constance en lui pressant la main. Henry ne vous fera pas faux bond, et mes sœurs non plus.

Amelia eut un faible sourire.

— Pauvre Henry ! Soumis à ce terrible matriarcat.

— Cela vaut mieux que la tyrannie de son père.

— C'est vrai... Jamais je n'aurais imaginé me marier en voile de deuil... Mais à vrai dire, se reprit-elle avec un petit rire, je n'avais jamais imaginé me marier du tout !

Constance lui tendit le bouquet.

— Voilà qui vous mettra davantage dans l'ambiance.

Amelia respira avec bonheur le délicat parfum des fleurs.

— Vos sœurs et vous pensez vraiment à tout. Je ne sais comment vous remercier !

— Inutile. Songez simplement que dans une heure, vous serez une femme mariée. Et que dans sept mois environ, vous donnerez naissance à un enfant tout à fait légitime, bien que prématuré. Henry sera le secrétaire personnel et apprécié d'un membre du Parlement, vous emmènerez le bébé rendre visite à son grand-père, et ce dernier le prendra dans ses bras. Il acceptera sa belle-fille et renouera avec son fils.

— Êtes-vous réellement aussi optimiste que vous en donnez l'impression ? s'enquit Amelia, curieuse.

— En ce qui concerne les hommes ? Non, Amelia.

— C'est bien ce que je pensais. Moi non plus.

— Mais votre histoire se terminera bien, affirma Constance.

Amelia sourit.

— J'en suis sûre. M. Franklin ne m'inspire guère confiance, mais je sais qu'Henry tiendra le coup.

— Avec vous pour l'épauler.

— Oui, avec moi pour l'épauler.

À cet instant, le fiacre s'immobilisa devant l'imposant bâtiment de la mairie. Constance paya le cocher et prit le bras d'Amelia.

— Prête ?

Amelia rabattit le voile devant son visage.

— Je suppose qu'ils sont habitués aux mariages clandestins, dans les mairies.

— Ne réagissez pas ainsi, la gronda Constance. C'est un acte parfaitement légal, et vous vous moquez de ce que pensent les gens. Entrons.

Henry, plus pâle encore qu'Amelia, attendait dans le hall avec Prudence et Chastity. Il gardait une main dans sa poche, où se trouvaient la licence et l'alliance. Il lui tendit l'autre main.

— Tout va bien, ma chérie? demanda-t-il d'une voix tremblante.

— Très bien, répondit Amelia qui releva son voile pour lui sourire. Vous êtes très courageux, Henry.

Il secoua vigoureusement la tête.

— Non, c'est vous qui l'êtes!

— Vous l'êtes tous les deux, intervint Prudence qui craignait que l'échange ne s'éternise. Ne perdons pas de temps.

Elle prit la tête du petit cortège à travers le hall.

L'employé les accueillit avec un regard ostensible à la pendule, qui marquait 16 h 25, puis il consulta minutieusement son livre de rendez-vous.

— M. Franklin et mademoiselle Westcott? dit-il enfin, l'air important.

— Oui, répondit Henry en se raclant la gorge. Je suis M. Franklin, et voici ma... ma... mademoiselle Westcott.

Il fit un pas en avant sans lâcher la main d'Amelia qu'il serrait de toutes ses forces.

L'employé eut un regard interrogateur en découvrant la tenue d'Amelia, puis il se tourna vers la pendule. Il ne prononça pas un mot, ne fit pas un geste avant que la grande aiguille se soit arrêtée sur le six. Alors il se leva, prit un registre et disparut par une autre porte.

— Charmant individu, commenta Prudence.

— Il jouit de son pouvoir, répliqua Constance. Les insignifiants petits bureaucrates sont ainsi.

— Les femmes comme les hommes, fit remarquer Prudence avec un demi-sourire.

— Sans doute, mais il y a bien peu de femmes en position de pouvoir, même insignifiant.

— Mais oui, Constance, dit Chastity avec un soupir faussement exaspéré qui détendit l'atmosphère.

Amelia et Henry ne quittaient pas des yeux la porte par où était sorti l'employé, et quand il revint, toujours muni de son registre, ils carrèrent machinalement les épaules.

— Le greffier est prêt, annonça-t-il. Si vous voulez bien me remettre la licence.

Henry s'exécuta, et ils suivirent l'employé dans une agréable pièce lambrissée, beaucoup moins formelle que les trois sœurs ne le redoutaient. Il y avait même un bouquet de marguerites sur la cheminée de marbre. Le greffier prit la licence et procéda à la cérémonie sans le moindre sentiment.

Henry et Amelia répondirent d'une voix ferme aux questions, et Constance eut même l'impression qu'Henry grandissait et prenait de l'assurance à chaque déclaration. Lorsqu'il glissa l'alliance au doigt d'Amelia, sa main ne tremblait pas. Le document fut marqué du sceau officiel, et le couple échangea un baiser.

— Félicitations.

Le greffier serra la main des jeunes mariés avec un sourire de pure forme. Les sœurs Duncan échangèrent des regards soulagés.

— Et maintenant, dit Chastity lorsqu'ils se retrouvèrent dans la rue, au *Claridge* ! J'ai commandé un magnifique gâteau.

— Et du champagne, renchérit Constance. Le thé est un peu triste, pour des noces !

Les jeunes mariés semblaient ailleurs, plantés sur le trottoir, main dans la main.

— Je pense qu'il nous faut deux fiacres, suggéra Prudence avec tact.

Deux doigts dans la bouche, Constance émit un sifflement strident qui n'avait rien de distingué mais se montra fort efficace.

Elle poussa Amelia et Henry dans la voiture en donnant au cocher l'adresse du *Claridge*, referma la portière et se frotta les mains avec la satisfaction du devoir accompli.

— Ils auront au moins dix minutes d'intimité.

Ils les mirent à profit, car Amelia sortit de voiture empourprée, la robe froissée, les cheveux en désordre. Henry affichait une expression épanouie et entourait son épouse d'un bras possessif.

Prudence pénétra la première dans l'établissement, et quand les autres la rejoignirent, un valet de pied était prêt à les accompagner dans un petit salon privé.

— Quelle sentimentale tu fais, ma petite sœur chérie, murmura Constance, attendrie, en voyant le champagne et le gâteau sur la table. Je regrette de ne pas y avoir pensé moi-même.

— Une seule d'entre nous suffisait, répliqua Prudence à voix basse. Tu as trouvé du travail à Henry, maintenant, ils peuvent se débrouiller seuls.

Constance hocha la tête. Ce mensonge minime n'aurait eu aucune importance si Max et elle avaient pu rester amis. À présent, tout était différent.

17

Henry triait le courrier quand Max pénétra dans son bureau de bon matin, quelques jours plus tard.

— Des choses intéressantes, Henry ? demanda-t-il en lançant ses quotidiens sur le rebord de la fenêtre.

— Surtout des factures, monsieur. Deux lettres d'électeurs.

Henry désignait la pile d'enveloppes soigneusement ouvertes, sur le bureau.

— Vous êtes là de bonne heure, remarqua Max en regardant par la vitre les rares piétons qui luttaient contre de violentes bourrasques de vent.

— Je me demandais, monsieur, si je pouvais commencer une heure plus tôt chaque matin et partir à 15 h 30 le jeudi, risqua timidement Henry en rougissant.

Max se retourna.

— Vous avez des occupations précises le jeudi après-midi ? demanda-t-il, amical.

— Il se trouve que oui, monsieur.

Max sourit.

— Je ne sais pas pourquoi, mais j'ai comme l'impression qu'il y a une jeune femme là-dessous.

Cette fois, Henry vira à l'écarlate.

— À la vérité, monsieur…

Max se mit à rire.

— Je n'y vois aucune objection, Henry.

— Merci, monsieur Ensor.

Henry retourna à son coupe-papier.

Max parcourut rapidement le courrier déjà ouvert. Il était agité, agacé sans trop savoir pourquoi. Sinon, évidemment, qu'il n'avait pas vu Constance depuis des jours.

— Vous vous êtes assuré que les fleurs avaient été livrées à Mlle Duncan hier ? demanda-t-il.

— Bien sûr, monsieur Ensor. Le fleuriste a promis qu'elle les recevrait à 16 heures. En fait, je crois qu'il y a une lettre de Mlle Duncan, ajouta Henry en tendant à son patron une enveloppe portant le blason de la famille.

Max la prit en s'efforçant de dissimuler son impatience. Il reconnut l'écriture hardie mais élégante, en totale harmonie avec son auteur. Il en sortit une épaisse feuille de vélin. Le message était d'une brièveté décevante.

Cher Max,

Quelles jolies fleurs, et quelle aimable pensée. J'aurais aimé vous remercier de vive voix pour la charmante soirée à la Chambre des communes, mais je n'étais pas au mieux de ma forme quand vous êtes passé le lendemain matin. Pardonnez-moi cette négligence, je vous en prie, et acceptez à présent mes remerciements.

Précipitamment,

Constance

Max lut et relut le court message qui ne contenait ni chaleur ni la promesse d'une rencontre prochaine. Et que signifiait ce « précipitamment » ? Il froissa la lettre et la jeta à la corbeille. Évidemment, il était possible qu'elle fût très occupée. La publication du journal tous les quinze jours devait lui demander beaucoup de travail. Il fronça les sourcils en tentant de se souvenir de la date marquée sur l'épreuve qu'il avait vue chez elle. À peu près maintenant... Les sœurs Duncan avaient sans doute été très absorbées par leurs activités éditoriales.

— J'aimerais que vous alliez me chercher la dernière édition d'un journal appelé *The Mayfair Lady.*

— Je n'en ai jamais entendu parler, monsieur, s'étonna Henry.

— Il a une diffusion assez confidentielle, je crois. Vous essaierez plusieurs marchands de journaux. Vous pourriez en trouver un exemplaire dans le quartier de Parliament Square, à mon avis. Il y a un aspect politique dans cette publication, et je suppose que ses éditeurs voudront la placer de préférence chez les vendeurs de Westminster.

— J'y vais tout de suite, monsieur.

Max s'assit pour lire des lettres d'électeurs, mais au bout d'un moment, il se mit à fixer pensivement la fenêtre où ruisselaient les premières gouttes de pluie. Devait-il tout simplement se rendre à Manchester Square ? Quelques jours auparavant, il n'y aurait pas réfléchi à deux fois. Il était parfaitement normal et convenable de rendre une visite un samedi matin. Elle serait chez elle ou sortie, point final. Cependant, quelque chose d'indéfinissable le retenait. Un malaise inexplicable.

Qu'avait-il pu se passer ? Des ennuis familiaux ? Son père, peut-être, ou une de ses sœurs ? Dans ce cas, il fallait qu'il aille la voir. Pourtant, elle ne lui avait demandé ni son aide, ni son réconfort, ni rien de ce qu'il pouvait lui offrir si quelque chose la tourmentait. Ils étaient tout de même assez proches pour qu'elle se tourne vers lui en cas de besoin ! Elle n'avait pas hésité à faire appel à lui pour saboter la voiture de lord Duncan. Il se pouvait aussi, évidemment, qu'elle soit trop occupée avec l'UFPS pour penser à autre chose. Cela n'aurait rien d'étonnant. N'avait-elle pas déclaré que cette cause était la force vive de son existence ?

Il se leva brusquement. C'était absurde ! Elle avait exagéré l'importance de son engagement. C'était une femme intelligente, raisonnable, pas une fanatique enragée ! Il fallait qu'il la ramène à la raison, qu'elle prenne ses distances avec cette entreprise ridicule ! Elle avait le droit d'avoir ses opinions et il ne le contesterait jamais, cependant, il ne pouvait épouser une suffragette militante. Dieu seul savait quel retentissement cela aurait sur sa carrière.

Max laissa brutalement tomber sa plume qui tacha d'encre le buvard de son sous-main. Il venait de mettre des mots sur une idée qu'il n'avait même pas conscience d'avoir envisagée. Mais, bien entendu, c'était là, tout au fond, depuis des semaines. Constance le fascinait depuis le premier jour, et peu à peu cette fascination s'était transformée en un besoin permanent de l'avoir dans ses bras, de la déclarer sienne, maintenant et pour toujours.

Il n'était pas porté sur les belles phrases, et il se trouva stupidement en train de dissimuler un sourire embarrassé bien que la pièce fût vide. Il songea qu'elle ferait une compagne bien turbulente, cependant, quelle passion elle apporterait dans sa vie ! Elle le ravissait, le stimulait même quand elle le défiait... Mais elle était impossible comme épouse d'homme politique.

Alors, où tout cela le menait-il ?

Il entendit Henry ouvrir la porte, secouer son parapluie, approcher d'un pas pressé.

— Il tombe des cordes, monsieur Ensor ! Mais j'ai trouvé le journal. En date d'hier, c'est donc bien la dernière édition.

Il sortit le journal de sa poche intérieure.

— Il est un peu mouillé, fit-il en le tendant à Max. Il paraît qu'il se vend comme des petits pains.

Max hocha distraitement la tête en parcourant les gros titres. La table des matières renvoyait à la dernière page pour trouver les dates des prochaines réunions de l'Union féminine. Il y avait l'habituel encadré noir : *Le gouvernement accordera-t-il le droit de vote aux femmes contribuables ?* Puis son regard fut attiré par l'article qui se trouvait juste en dessous.

Le gouvernement espion

Honte à sir Henry Campbell-Bennerman et à son cabinet !

Nous avons appris qu'un certain Très Honorable gentleman a entrepris de fournir au gouvernement des informations sur les projets de l'Union féminine en se faisant passer pour un sympathisant de ce mouvement. Une taupe. L'Union est-elle si menaçante pour les embusqués de notre gouvernement qu'ils soient obligés de recourir à une telle bassesse pour la vaincre ? Les femmes représentent-elles un si grand danger ? Ne peuvent-elles être affrontées directement ? Cette tricherie en dit long sur le courage de nos hommes d'État. Doit-on en conclure que les femmes les effraient au point qu'ils ne peuvent même pas envisager de leur accorder le droit de vote ? Le très honorable gentleman, qui, avouons-le, ne mérite guère ce titre, s'est infiltré dans la confiance des membres de l'Union en feignant l'amitié et l'intérêt, pour mieux les trahir ensuite. On se demande comment son électorat, la population urbaine de S... wold, jugera ce comportement de la part de l'homme qu'ils viennent d'élire pour les représenter au Parlement. Ce n'est guère une conduite d'homme d'honneur. Le très honorable gentleman, qui s'est empressé d'adopter le misérable rôle d'espion, n'est en fait qu'un pion entre les mains du Premier ministre.

L'article se poursuivait, mais Max le parcourut sans en assimiler le contenu. La colère montait en lui en une énorme vague. Son visage avait perdu toute couleur, ses lèvres s'étaient pincées au point de disparaître presque complètement.

— Ça va, monsieur Ensor ? risqua Henry, effrayé par la transformation de son patron. Vous ne semblez pas bien.

Max leva les yeux, et son regard était si furibond que le secrétaire recula instinctivement.

— Je vais très bien, merci, Henry.

Il fourra le journal plié dans son gilet. Sa voix, habituellement chaude, était tranchante.

— Je sors, annonça-t-il. J'ignore quand je rentrerai. Je vous serais reconnaissant de répondre à mon courrier. Vous saurez que dire. Laissez les lettres sur mon bureau afin que je les signe.

— Certainement, monsieur, fit Henry alors que Max était déjà à la porte qui se referma avec un bruit doux bien plus inquiétant qu'un claquement.

Henry se gratta la tête, perplexe. Qu'avait bien pu lire son patron dans le journal pour se mettre dans un état pareil ?

Max grimpa à l'étage chercher son manteau de pluie, sa casquette à visière et ses lunettes d'automobiliste. Il agissait tel un automate, possédé qu'il était par la fureur. Tout devenait clair, à présent. La brusque réserve de Constance le soir du dîner, son silence depuis. Elle avait dû surprendre sa conversation avec le Premier ministre ! Il ne se rappelait pas précisément ses propos, mais il imaginait sans peine ce qu'elle avait pu en penser. Depuis lors, elle mijotait sa vengeance.

En dépit de sa rage, il reconnaissait qu'elle avait toutes les raisons d'être furieuse, elle aussi, après ce qu'elle avait forcément considéré comme une trahison. Mais pourquoi ne lui en avait-elle pas parlé, tout simplement ? C'est l'attitude qu'aurait eue un homme. Mais elle avait choisi de l'attaquer d'une façon... qui faisait de lui la risée de ses confrères. Il ne s'en relèverait pas. C'était intolérable. *Elle le lui paierait !*

Il était au milieu de l'escalier quand la sonnette de l'entrée tinta. L'homme qu'il venait d'engager avec son épouse pour s'occuper de la maison alla ouvrir.

— M. Ensor est-il là ?

La voix d'Asquith. Max serra les dents, ses narines palpitèrent. Cela commençait déjà !

— Merci, Billings, fit-il en descendant les dernières marches. Vous pouvez disposer.

Le majordome s'écarta de la porte.

— Bien, monsieur.

Le chancelier entra en secouant la pluie de son chapeau haut de forme.

— Ah, Ensor ! Vous avez une minute ?

Max lui indiqua le petit salon.

— Vous avez vu le *Mayfair Lady*, je présume ?

— Il est arrivé avec mon petit-déjeuner. Mon secrétaire l'a acheté en venant. Qu'allons-nous faire ? Quel infâme torchon ! J'aimerais savoir quel sinistre individu se cache derrière cette publication. Je le ferai jeter en prison pour diffamation.

— Sauf que ce n'en est pas, rétorqua Max avec une pointe d'humour grinçant. Café, ou alcool ?

— Rien, merci. Que voulez-vous dire au juste ?

— Que j'avais effectivement l'intention de me servir des renseignements dont j'avais eu connaissance de l'intérieur pour informer le gouvernement sur les faits et gestes du mouvement.

Avait-il perdu l'esprit ? Il avait l'intention de tordre le cou de Constance, de lui arracher les membres, de la faire bouillir dans de l'huile... Et soudain on aurait dit qu'il la défendait !

— Mais cela ! reprit Asquith en agitant le journal d'un air dégoûté. Que signifie cette lâche attaque ?

Max se contenta de hausser les sourcils. Il s'efforçait d'oublier provisoirement sa colère. Il ne survivrait aux ragots, et à l'inévitable plaisir – voilé – que ses pairs en tireraient, que s'il semblait détaché et relativement indifférent. En public, il lui fallait traiter le problème comme une anecdote insignifiante.

En privé, ce serait différent.

— Je me charge de tout désamorcer, déclara-t-il.

— Cela donne l'impression que le gouvernement est impliqué dans une affaire louche. Le Premier ministre n'est pas enchanté !

— Je m'en doute, riposta Max en se perchant sur le bras du sofa. Mais il n'y a aucune preuve de ce que cet article dénonce. Personne ne s'intéresse vraiment à ces viragos, bien qu'elles ne s'en rendent pas compte.

Sa conscience lui reprocha aussitôt ces paroles. Constance et ses amies étaient trop intelligentes, trop passionnées, trop engagées pour mériter un tel mépris. Mais *elle* le méritait, se persuada-t-il. Elle avait jeté le gant et elle n'avait aucun droit de juger la manière dont il choisissait de le relever. Il risquait la raillerie générale, avec un tel article.

Asquith l'observait, les yeux plissés.

— Je suppose que vous ne savez pas qui se cache derrière cette diatribe ? Quelqu'un qui vous connaît, vraisemblablement.

— Quelqu'un qui m'en veut. Le monde politique abrite bien des animosités, Asquith. Et le responsable de ce journal prend plaisir à les exploiter.

— Certes. Ce n'est pas la première fois que vous y êtes cité.

— En effet, répondit simplement Max.

— Ce ne serait pas une vengeance de femme bafouée, par hasard ?

Max eut un petit rire.

— Non.

Constance ne pouvait se plaindre d'être délaissée. La trahison qui avait provoqué cette attaque sauvage n'avait rien à voir avec la splendeur de leur désir partagé, ni avec leur intimité grandissante sur le plan émotionnel. Elle n'était pas dirigée contre Constance personnellement… en revanche, la vengeance de la jeune femme, elle, était de nature personnelle.

Il serra de nouveau les dents et se leva abruptement.

— Si vous voulez bien m'excuser, on m'attend. J'irai voir le Premier ministre cet après-midi s'il le souhaite, mais je n'ai guère d'explication à lui fournir.

— Bien sûr, bien sûr. Je suis certain qu'il comprendra. Ce sont des choses qui arrivent, dans la vie publique, nous le savons tous.

Asquith avait beau hocher la tête avec vigueur, il n'était pas vraiment convaincant.

— Laissons l'affaire s'éteindre d'elle-même, ajouta-t-il.

Max le raccompagna jusque dans la rue.

— Je vais chercher ma voiture au garage. Je peux vous déposer quelque part ?

— Non, je vous remercie. Je prendrai un fiacre pour Downing Street. Ce n'est pas loin, répondit Asquith en lui serrant la main. Naturellement, il nous faut étouffer la rumeur dans l'œuf en niant ces allégations.

Le chancelier avait rempli sa mission. On l'avait envoyé dire à Max qu'il était responsable de l'affaire et qu'il devait s'assurer que cette histoire ne causerait pas de tort au gouvernement.

— Bien sûr, acquiesça-t-il. Cependant, je me demande si en contestant cet article nous ne lui accorderions pas trop d'importance ?

Asquith toussota.

— Le Premier ministre pensait que vous pourriez peut-être lui ôter tout crédit, en évoquant une vengeance personnelle, par exemple. Vous voyez ?

Max sentit sa colère revenir d'un coup. Constance l'avait mis dans une position impossible ! S'attaquer aux rédacteurs du *Mayfair Lady* serait passer pour un imbécile se battant contre les moulins à vent. Dénoncer Constance et ses sœurs comme responsables de ce journal laisserait deviner si peu que ce fût la nature de sa relation avec la jeune femme, or c'était inenvisageable.

Cependant les Honorables demoiselles Duncan allaient supporter les conséquences de son humiliation. Et Constance rédigerait un démenti.

— Assurez le Premier ministre que j'ai la situation bien en main.

— Certainement.

Un gentleman ne doutait pas de la parole d'un autre gentleman, et ne se mêlait pas de ce qu'elle recouvrait.

Ils se quittèrent en bons termes, et Max se dirigea vers le garage où il rangeait sa Darracq. Il mit le toit de toile en se disant que cela ne le protégerait guère de l'averse, mais cela valait mieux que rien.

Dix minutes plus tard, il se dirigeait vers Manchester Square en essuyant la pluie sur ses lunettes toutes les cinq secondes.

Après avoir garé son automobile, il parvint à monter calmement les marches du porche. Il appuya sur la sonnette, résistant à son envie de flanquer des coups de poing dans la porte. Jenkins lui ouvrit, aussi solennel que de coutume.

— Quel plaisir de vous voir, monsieur Ensor ! déclara-t-il sans l'ombre d'un sourire. Je suis désolé, Mlle Duncan n'est pas à la maison.

Max mit un pied à l'intérieur.

— Je vois. Mlle Prudence, ou Mlle Chastity, peut-être ?

— Elles sont là, monsieur, mais je ne sais pas si elles reçoivent.

Max réfléchit. Il ne voulait pas de confrontation avec les sœurs de Constance, ce serait une dépense d'énergie inutile.

— Savez-vous où je pourrais trouver Mlle Constance, Jenkins ?

— Pas pour l'instant, monsieur. Mais je pense qu'elle sera là cet après-midi.

On était samedi. Il y avait sans doute une réunion à l'heure du déjeuner, quand les employés commençaient leur week-end. Et Constance y participait probablement. Quel meilleur endroit pour l'affronter ?

— Merci, Jenkins. Je repasserai plus tard.

Avec un sourire bon enfant, il descendit les marches d'un pas léger, comme s'il n'avait aucun souci. Il mit la voiture en route puis, sous le maigre abri de la capote, il sortit le journal de sa poche et étudia la dernière page. Il y avait en effet une réunion à midi, dans la salle paroissiale de Brompton Road.

Jenkins attendit que le visiteur ait tourné le coin de la rue avant de fermer la porte. Contrairement à leur habitude, les sœurs ne s'étaient pas confiées à lui, il savait cependant que quelque chose clochait, et que cela avait un rapport avec Mlle Constance et M. Ensor. Il monta au salon.

— M. Ensor était là à l'instant. Il souhaitait voir Mlle Constance.

Prudence leva les yeux de ses livres de comptes.

— En a-t-il donné la raison, Jenkins ?

— Non, mademoiselle Prudence.

— Vous lui avez dit où elle était ? demanda Chastity qui reprisait des bas.

— Non, mademoiselle Chastity.

— Alors, tout va bien ! fit Chastity en souriant.

— Puis-je vous demander de quoi il s'agit ? hasarda le majordome.

Chastity fit une petite grimace.

— Je crois que c'est à Constance de vous en parler. Nous ne sommes pas directement concernées.

Jenkins s'inclina.

— Je comprends, mademoiselle Chastity...

— Vous êtes sûre d'être prête, Constance ? demanda Emmeline alors qu'elles disposaient des tracts sur une table, à l'entrée de la salle de réunions.

— Oui. Il est temps que je m'implique ouvertement, déclara Constance avec un sourire crispé.

Elle allait prononcer sa première allocution en public.

— Cette décision n'a rien à voir, je suppose, avec cette extraordinaire révélation dans le *Mayfair Lady ?* s'enquit Emmeline avec un regard aigu. Vous l'avez sûrement lu, comme tout le monde.

— En effet, répondit brièvement Constance. Et je m'en veux. C'est moi qui ai introduit cet homme parmi nous, après tout. Je ne comprends pas comment j'ai pu être aussi aveugle.

— Qui aurait pu se douter de ce qu'il tramait ? C'est étonnant, avouez-le.

— En effet.

— Cela dit, nous considérons que c'est vrai, alors qu'il n'y a aucune preuve réelle de sa culpabilité.

— Moi, je n'en doute pas.

— Ma foi, vous le connaissez mieux que moi.

— Je croyais le connaître.

Emmeline hocha la tête et changea de sujet.

— Il y aura des journalistes, aujourd'hui. Vous êtes prête à affronter une telle publicité ?

— Je suis décidée à me lever et à faire partie des vôtres, affirma Constance. Mon père en aura une crise d'apoplexie, mais il s'en remettra.

— Et vos amis ?

— Si ce sont de vrais amis, ils me soutiendront. Sinon, ce ne sera pas une grande perte.

Elle s'exprimait avec plus d'assurance qu'elle n'en éprouvait. Son angoisse n'était pas liée à la perspective de parler en public ou de faire connaître son affiliation à l'Union, mais à la possibilité que quelqu'un fasse le rapprochement avec le *Mayfair Lady*. Toutefois, ses sœurs s'étaient résignées à prendre le risque, comprenant qu'il était temps pour elle d'afficher ses convictions. Elles opposeraient aux rumeurs éventuelles un calme démenti.

Elle rejoignit l'estrade afin de vérifier ses notes. Les gens commençaient à arriver, manteaux et parapluies ruisselants. Le mauvais temps empêcherait-il les militants de se déplacer ? Elle se demanda si Max avait déjà lu le *Mayfair Lady*, et elle eut un frisson d'appréhension. Que ferait-il ? Car il réagirait, forcément. Max n'était pas du genre à ne pas répondre à un tel affront.

À son inquiétude se mêlait une autre pensée dérangeante : elle était peut-être allée trop loin. L'attaque était tellement personnelle ! Ses sœurs n'avaient émis aucun commentaire sur son article, bien qu'elles l'aient certainement lu avant que Prudence ne le porte chez l'imprimeur. Leur silence lui avait semblé éloquent.

En toute franchise, elle devait bien admettre que le ton si virulent de sa vengeance avait été dicté par sa douleur d'avoir été trahie. Ce n'était pas une réponse réfléchie, posée. Si elle la considérait comme justifiée, elle redoutait néanmoins le retour de bâton. Et de devoir reconnaître, à contrecœur, que Max avait le droit d'utiliser des mêmes armes qu'elle.

Elle leva les yeux alors que les autres militantes prenaient place sur l'estrade. La salle était pleine aux deux tiers, et l'on fermait les portes lorsque Max Ensor apparut.

Constance se pétrifia.

Max dirigea le regard droit sur elle, et pendant un instant, elle ne fut consciente que de ses yeux si brûlants de rage qu'elle eut envie de rentrer sous terre.

À l'évidence, il avait lu la dernière édition du *Mayfair Lady*. Et comme elle le soupçonnait, il avait aussi vu l'épreuve du journal dans le salon le soir du sabotage.

Mais soudain la colère reprit le dessus, bouillonnante, bannissant toute peur. Comment osait-il se présenter ici ? Qu'avait-il l'intention d'apprendre ? S'imaginait-il qu'on le laisserait assister à cette réunion, maintenant que tout le monde était au courant de sa trahison ?

Elle baissa les yeux sur ses mains, s'étonna de ne pas les voir trembler. Elle prit la parole, et les murmures se turent progressivement :

— Ceci est une réunion pour les sympathisants de l'Union féminine, monsieur Ensor. Les espions n'y sont pas les bienvenus. Je dois donc vous prier de sortir.

Max ne s'attendait pas à cela, et cette attaque de plein fouet lui coupa le souffle. Il fit un pas vers l'estrade.

— Je vous avertis, monsieur, que si vous ne sortez pas de votre plein gré, il y a ici bien des gens qui seront ravis de vous indiquer la porte. En tant que femmes, nous manquons peut-être de force physique, mais nous nous rattrapons sur le nombre. Je pense que la presse nationale trouverait l'histoire fort intéressante, ajouta-t-elle avec une ironie mordante.

Un silence de mort tomba sur la salle. Toutes les têtes se tournèrent vers l'homme qui se tenait au fond de la salle, les gants à la main, les lunettes de conduite remontées sur sa casquette trempée.

Max n'en croyait pas ses oreilles, toutefois, il n'avait pas l'intention de voir jusqu'où Constance était capable d'aller. Il n'avait d'autre possibilité que d'accepter l'odieuse défaite et de battre en retraite.

— Nous réglerons cela, mademoiselle Duncan, soyez-en assurée.

Il n'avait pas haussé le ton, mais les mots avaient résonné aussi clairement que s'il avait eu un mégaphone. Il tourna les talons et sortit de la salle en laissant la porte claquer derrière lui.

Cette fois, les mains de Constance se mirent à trembler, si fort que ses notes lui échappèrent. Elle s'appliqua à les rassembler, les yeux baissés, consciente d'être le point de mire de l'assistance.

— Vous ne vous attendiez pas à cela, je suppose, murmura Emmeline, tandis que Christabel brisait le silence en commençant à lire le compte rendu de la dernière réunion.

— Je ne pensais pas qu'il viendrait, répondit Constance à voix basse. Il a dû se douter que beaucoup de gens, ici, auraient lu l'article du *Mayfair Lady*, qui est connu pour ses sympathies envers le mouvement féministe.

— Peut-être souhaitait-il se défendre, hasarda Emmeline.

— L'endroit est mal choisi, rétorqua sèchement Constance.

Elle avait exagéré, elle le savait, et à présent c'était contre elle-même qu'était dirigée sa colère.

— Vous n'auriez de toute façon pas toléré sa présence, j'imagine ? reprit-elle, sur la défensive.

Emmeline secoua la tête.

— Je ne sais pas... Il n'est guère souhaitable pour notre cause de se faire des ennemis haut placés, Constance.

— C'était déjà un ennemi.

Constance comprenait soudain l'impatience que manifestait Christabel devant les réactions un peu timorées de sa mère. Cette dernière haussait un sourcil interrogateur dans sa direction, et Constance hocha la tête. Elle était prête. Christabel s'assit tandis que Constance montait à la tribune.

18

Max mit quelques minutes à reprendre ses esprits. Quel imbécile ! Avait-on idée d'aller se fourrer dans la gueule du loup ? Cela ne ferait que donner corps à la rumeur et ajouter quelques croustillants détails à l'article du *Mayfair Lady* dont tout le monde parlerait avant la fin de la journée.

Celui-ci arriverait par un moyen ou un autre aux oreilles des journalistes, et s'il y avait des représentants de la presse à la réunion, ils n'auraient pas perdu leur journée. Max s'était laissé aveugler par la colère, par son désir de se venger de cette femme arrogante, impossible, exaspérante. Comment avait-il pu songer, ne serait-ce qu'une seconde, à l'épouser ? De la folie. De la folie pure et simple.

À présent, il devait se concentrer sur les solutions. Pester contre Constance n'avancerait à rien dans l'immédiat. Ils régleraient leurs comptes plus tard, en attendant, il fallait qu'il s'éclaircisse les idées.

Il mit le moteur en route et retourna chez les Duncan où il se gara de l'autre côté du square devant chez eux. Un gros chêne suffirait à dissimuler l'automobile, au cas où quelqu'un jetterait un coup d'œil par la fenêtre. D'où il se trouvait, il pouvait surveiller parfaitement les allées et venues du n° 10.

Il vit lord Duncan quitter sa demeure peu après 13 heures, et il était presque 14 heures quand un fiacre déposa Constance devant sa porte.

Il était alors dans un état de fureur indescriptible. La pluie avait cessé, mais son manteau était trempé, et l'eau qui continuait à dégouliner du toit du véhicule s'insinuait sous son col et lui coulait le long du dos.

Il traversa le jardin public sans se soucier de la boue qui maculait ses souliers impeccablement cirés, grimpa quatre à quatre les marches du porche et appuya sur la sonnette jusqu'à ce qu'on lui ouvre.

— Monsieur Ensor ? fit Jenkins avec un regard insistant sur le doigt qui n'avait pas lâché la sonnette.

— J'ai vu Mlle Duncan rentrer, il y a quelques minutes, dit Max en bousculant le majordome pour pénétrer dans le hall. Où est-elle ?

— Elle déjeune, monsieur.

Jenkins jeta un coup d'œil involontaire vers la petite salle à manger où les sœurs prenaient leurs repas lorsqu'elles étaient seules.

— Alors ma présence ne la dérangera pas, déclara Max en se dirigeant vers la porte en question.

Déstabilisé, pour une fois, Jenkins le suivit en protestant.

Max ouvrit la porte à la volée et se tint sur le seuil. Les trois sœurs le fixèrent un instant sans mot dire, sidérées par cette brutale intrusion.

— Je veux vous parler, Constance, dit-il fermement. Laissez-nous, je vous prie, ajouta-t-il à l'intention de Prudence et de Chastity.

— Nous déjeunons, s'insurgea Prudence. Vous ne pouvez pas nous chasser de notre salle à manger !

— En vérité, Prudence, je le peux, et je le ferai. À présent, s'il vous plaît, laissez-nous, toutes les deux.

Le « s'il vous plaît » n'atténuait aucunement l'ordre.

Constance se leva.

— Inutile de bousculer mes sœurs. Allons au salon.

Elle passa devant lui sans un regard. Il irradiait une telle fureur qu'il lui semblait qu'elle se brûlerait au moindre contact. Son cœur battait follement, elle avait les mains moites. Elle ne regarda pas non plus ses sœurs, se doutant que si elles remarquaient son désarroi, elles insisteraient pour rester près d'elle.

Max la suivit, et Jenkins referma la porte derrière eux.

— Ça va saigner, commenta Prudence qui esquissa le geste de se lever, puis se rassit finalement. Mais je crois que notre présence n'est pas souhaitée.

— Nous nettoierons le sang plus tard, rétorqua Chastity avec un calme que sa sœur trouva remarquable. Ne t'inquiète pas, Prudence. Il faut que cela se produise si Max et Constance doivent reconnaître qu'ils s'aiment.

— La semaine dernière, j'aurais été de ton avis, mais je ne peux m'empêcher de penser que les choses sont allées trop loin. Constance a menacé de le chasser d'une réunion par la force. En public ! La situation est hors de contrôle.

— Je ne serais pas aussi défaitiste, contra Chastity en se servant une part de tarte au citron meringuée. Ils sont tous deux excessifs et passionnés, ils vont se détester autant qu'ils s'aiment. C'est toujours ainsi. Espérons seulement qu'ils ne briseront pas trop de porcelaine, en tout cas pas la vaisselle de famille.

— Quel optimisme !

Ils s'affrontaient du regard en silence. Constance s'était dirigée machinalement vers l'endroit où elle se sentait le mieux, dos à la cheminée. Max demeura un instant appuyé à la porte comme s'il craignait qu'on ne vienne les déranger.

— Si vous voulez commencer par vous excuser, dit-il enfin d'un ton qu'il trouva lui-même étonnamment posé, je vous écoute.

— Vous pouvez toujours attendre, répliqua Constance. Il faudrait que je présente des excuses ? En quel honneur ? Je vous ai dénoncé pour ce que vous êtes : un tricheur, un espion, un malhonnête...

— Suffit ! aboya-t-il en s'avançant vers elle. J'en ai assez de vos insultes, mademoiselle Duncan. Une de plus, et je ne réponds plus des conséquences.

— Réponse typiquement masculine, se gaussa Constance. Les menaces sont toujours de mise.

Elle ne se sentait pas si fière, en réalité. Il lui semblait que Max avait grandi en quelques minutes.

Il prit une brève inspiration. Il n'allait pas jouer à ce petit jeu, mais il était prêt à se battre même s'il fallait se rouler dans la boue. Il s'assit sur le bras d'un sofa en tapotant de ses gants la paume de sa main.

— Vous allez vous excuser, Constance, et vous écrirez un démenti dans votre prochaine édition du *Mayfair Lady*. Sinon, tout le monde apprendra que vos sœurs et vous êtes les auteurs de ce journal.

— Vous feriez ça ?

— Si c'est indispensable. Rappelez-vous, c'est vous qui avez déclenché les hostilités.

— Parce que vous vous êtes *servi* de moi, répliqua-t-elle farouchement. Vous avez feint d'avoir de l'affection pour moi, de partager certaines émotions... alors que vous ne songiez qu'à m'utiliser pour entrer dans les secrets de l'Union. Je vous ai entendu. J'ai entendu ce que vous disiez au Premier ministre : « J'ai vu ces femmes en action, j'ai un pied dans la place. »

Max frémit à ce souvenir, mais il n'allait pas lui laisser l'avantage.

— Une minute. Jamais je n'ai prétendu...

— Non, *vous*, attendez une minute ! coupa-t-elle. Niez si vous le pouvez. Niez avoir prononcé ces paroles !

— Vous les sortez du contexte.

Constance eut un rire dur.

— Défense classique de politicien pris en faute. Et qu'était-il, ce contexte, Max ? Une tranquille discussion d'après dîner dans le bastion du pouvoir masculin ? J'ai entendu ce que j'ai entendu.

Elle éleva la voix quand elle constata qu'il ne protestait pas.

— Vous m'avez trahie en faisant semblant de... Oh, je ne veux plus vous parler. Je ne supporte même pas d'être dans la même pièce que vous.

Elle eut un geste pour le congédier, tandis qu'elle se détournait afin de calmer le tremblement de sa voix, de ravaler ses larmes de colère et de douleur mêlées. Pas question de lui montrer sa faiblesse.

Il la devina pourtant, et lui renvoya la balle.

— Et vous, n'aviez-vous pas l'intention de m'utiliser de la même manière ? De vous servir de mon influence politique dans l'intérêt de votre cause ? Pour quelle raison vous êtes-vous intéressée à moi, au début ?

— Cela n'a rien à voir !

— Vraiment ? Vous voulez dire qu'on peut se moquer de moi, mais pas de vous ? Allons, Constance. Vous prétendez que les femmes sont les égales des hommes, alors pourquoi réclamez-vous un traitement de faveur ?

— Ce n'est pas le cas, se défendit-elle. C'est un argument spécieux, et vous le savez parfaitement. Je ne vous ai pas attaqué personnellement, je ne vous ai pas manipulé, je n'ai pas feint d'éprouver... quelque chose... uniquement pour vous soutirer des informations dont je pourrais me servir contre vous.

— Et comment appelez-vous ceci ?

Il sortit le journal détrempé de son gilet.

— C'est l'attaque personnelle la plus sournoise qui soit ! Bien pire que ce que j'ai pu vous faire. C'était destiné à ruiner ma carrière. Vous pouvez défendre cela, Constance, alors que vous vous targuez d'avoir des principes élevés et des convictions morales inébranlables ?

Il jeta le journal sur le tapis à ses pieds.

— Comment osez-vous nier vos mauvaises intentions ? s'indigna-t-elle. Comment avez-vous pu me mentir ainsi ? J'ai entendu ce que vous disiez à vos collègues du cabinet. Vous envisagiez de vous servir de nos…

Elle eut un geste vague de la main.

— Appelez comme vous voudrez ce que j'ai bêtement cru qui existait entre nous… uniquement pour favoriser votre carrière. Vous ne pouvez dire le contraire.

— Je vous affirme que je pensais tout ce que je…

Le reste de sa phrase fut noyé sous un déluge. Prenant avantage du fait qu'il fût assis, Constance, hors d'elle, avait attrapé un vase de pois de senteur et le lui avait vidé sur la tête. L'eau et les pétales colorés cascadèrent sur ses épaules, ses genoux.

Il bondit sur ses pieds, envoyant les fleurs dans toutes les directions. Horrifiée, Constance porta la main à sa bouche. Puis soudain le rire monta en elle, un fou rire intempestif, irrépressible.

— Bon Dieu ! hurla-t-il en s'époussetant. Bon Dieu, qu'est-ce que ça veut dire ?

— Je suis désolée, dit-elle entre deux hoquets de rire. Mais vous m'avez poussée à bout, si bien que je n'ai pas pu m'en empêcher. Attendez, laissez-moi faire.

Elle s'approcha pour lui éponger l'épaule avec son mouchoir, sans effet notable. Il avait une fleur accrochée dans les cheveux, une autre derrière l'oreille, et elle tendit la main pour les lui enlever, mais il la repoussa sans douceur.

— Je suis désolée, répéta-t-elle. De toute façon, vous étiez déjà très mouillé. En fait, ajouta-t-elle, la tête légèrement penchée de côté, je trouve que la touche florale arrange nettement votre tenue. Je vais chercher une serviette.

Elle se dirigeait vers la porte, mais il la retint par le bras et la fit pivoter vers lui.

— Pas question ! Pas avant que je vous aie tordu le cou, Constance.

Un rire à peine teinté de colère brillait à présent dans ses yeux aussi. Il lui encercla le cou des deux mains, souleva son menton vers lui.

— Mégère, souffla-t-il.

— Je crois qu'à cet instant de la pièce, vous êtes censé dire : « Embrassez-moi, Kate. »

— Arrêterez-vous un jour de parler à ma place ?

— J'en doute.

— Alors : « Embrassez-moi, Constance. Nous nous marierons dimanche. »

— Oh, joliment amélioré, monsieur Ensor, murmura-t-elle.

— Taisez-vous !

Il prit ses lèvres avec une passion qui n'avait rien de tendre. Il la tenait à la nuque et elle eut l'impression qu'il voulait à tout jamais la marquer du sceau de sa bouche. L'eût-elle voulu qu'elle n'aurait pu résister, et elle se montra aussi hardie que lui, comme si ce baiser était une sorte d'exorcisme à leur colère mutuelle.

— Je t'avais bien dit que ça s'arrangerait, commenta Chastity depuis le seuil.

Constance s'arracha à Max et jeta un coup d'œil à ses sœurs par-dessus son épaule. Elle effleura ses lèvres gonflées et reprit sa respiration.

— Cela ne se fait pas de surprendre ainsi les gens.

— Nous nous sommes inquiétées quand les cris se sont interrompus, expliqua Prudence en entrant dans la pièce. Nous avons préféré nous assurer que vous ne gisiez pas tous les deux dans une mare de sang.

Mais qu'est-il arrivé à Max ? Il cultive des pois de senteur ?

Max se passa la main dans les cheveux, se débarrassant d'une fleur.

— J'espère que Constance est la seule virago de la famille...

Il ôta son manteau et se dirigea vers la porte.

— Jenkins ?

Le majordome apparut aussitôt.

— Oui, monsieur ?

— Voyez ce que vous pouvez faire de ce vêtement, dit Max. Et apportez-moi une serviette, s'il vous plaît.

Jenkins saisit le vêtement, qu'il tint à bout de bras.

— Votre veste aussi, monsieur Ensor, si je puis me permettre. Un bon coup de fer, et ils seront comme neufs. Peut-être puis-je vous proposer une des chemises de lord Duncan ?

— Occupez-vous simplement de cela, dit Max en lui tendant sa veste. Je pense que ces dames ne seront pas choquées de me voir en chemise.

— Pas le moins du monde, déclara Chastity en ignorant le ton ironique de Max.

— Vous êtes sûr que vous ne voulez pas une chemise sèche ? insista Constance.

— Tout à fait sûr, merci. Votre sollicitude me bouleverse. M'apporteriez-vous un whisky bien tassé, Jenkins ?

— Certainement, monsieur, fit le majordome avant de disparaître.

— Ainsi, vous vous êtes rabibochés, remarqua Prudence.

— Loin de là, rétorqua Max. Au contraire !

— Vraiment ? s'étonna Chastity. Pourtant, à vous voir...

— Ne concluez pas trop vite. Votre sœur et moi avons encore beaucoup de choses à régler... Les problèmes des réparations, par exemple.

Tous les regards se tournèrent vers Constance qui, le dos tourné, contemplait les arbres ruisselants du jardin.

— Des réparations, Constance ? répéta Prudence.

— Max et moi avons peut-être encore des sujets à aborder, répondit Constance sans se retourner.

— Alors, nous vous laissons, dit vivement Chastity en attrapant sa sœur par le bras. Nous sommes de trop, une fois de plus, Prudence.

— Oh... Oui, oui, sans doute.

Elle suivit sa sœur à contrecœur au moment où Jenkins revenait avec un plateau et une grande serviette.

— J'ai pris la liberté d'apporter la carafe de sherry, mademoiselle Constance, puisque vous n'aimez guère le whisky.

Il posa le plateau, remit la serviette à Max et, toujours impassible, examina le tapis.

— Voulez-vous que je nettoie, mademoiselle Constance ?

— Plus tard, Jenkins. Ce tapis en a vu d'autres.

Le majordome sortit du salon pour trouver Chastity et Prudence à quelques pas de la porte. Il toussota d'un air réprobateur avant de retourner à l'office.

— Il a raison, nous ne devrions pas écouter. Constance nous racontera plus tard, dit Prudence.

— J'ai entendu parler d'un truc, fit sa sœur. Tu prends un verre, tu le mets à l'envers contre une cloison, et tu peux entendre ce qui se passe de l'autre côté.

— Montons plutôt au salon, proposa Prudence en entraînant sa sœur vers l'escalier.

Au salon, le silence régna tandis que Max s'essorait les cheveux, épongeait son pantalon, retroussait ses manches de chemise et se servait un verre de whisky.

— Voulez-vous du sherry, Constance?

— Oui, s'il vous plaît, répondit-elle en se détournant enfin de la fenêtre.

Elle eut une sorte de petit sursaut.

— Qu'y a-t-il? demanda Max.

Elle secoua la tête.

— Rien... c'est juste que lorsque vous avez cette allure... ébouriffée, insouciante, détendue...

Elle faillit dire « comme quand vous venez de faire l'amour », puis jugea que le moment n'était guère approprié.

Il attendait, les sourcils levés, mais elle se contenta de secouer de nouveau la tête. Elle n'allait tout de même pas lui avouer qu'elle le trouvait irrésistible, et qu'elle en était toute tremblante de désir! Elle prit le verre de sherry avec un murmure de remerciement.

La sonnette de l'entrée retentit et ils tendirent l'oreille, supposant que c'était lord Duncan qui rentrait. Jenkins traversa le hall, il y eut un vague bruit de voix, puis des pas dans l'escalier. Constance respira mieux. L'intrusion de son père aurait été pour le moins inopportune.

— Alors, comment comptez-vous réparer, Constance? demanda Max en repoussant dédaigneusement le journal du pied.

— Si c'est faux, pourquoi n'écririez-vous pas un démenti vous-même? Nous le publierons dans la prochaine édition.

— Non. Ce serait donner trop d'importance à votre accusation. J'ai l'intention de l'ignorer. C'est à vous de vous rétracter.

Constance croisa les bras.

— Je suis prête à vous présenter mes excuses pour l'aspect personnel de mon attaque, mais je ne reviendrai pas sur le fait que vous vouliez nous espionner. Je ne me trompais pas. Je sais ce que j'ai entendu.

— Ces réunions sont publiques. Tout le monde peut y assister.

— Mais tout le monde ne peut pas écouter les délibérations privées des représentantes du mouvement. Or, c'est ce que vous aviez l'intention de faire afin de préparer le gouvernement à réagir.

Max laissa échapper un soupir.

— Peut-être. Néanmoins je n'ai jamais prétendu sympathiser avec votre cause, au contraire. J'ai dit que j'étais disposé à écouter votre point de vue, c'est tout. Vous n'aviez absolument aucune raison d'aller aussi loin.

Il leva la main en la voyant sur le point d'argumenter.

— Non. Laissez-moi terminer. Je ne vous ai pas menti sur mes sentiments. Je ne me suis pas servi de vous, je ne vous ai pas piégée, je n'ai pas feint d'éprouver ce que j'éprouvais… ce que j'éprouve… pour vous. Est-ce clair ?

Constance demeurait les bras croisés, les sourcils froncés.

— Et qu'éprouviez-vous… qu'éprouvez-vous pour moi ? demanda-t-elle lentement.

Il avala le reste de son whisky avant de répondre, plus exaspéré qu'autre chose :

— Présentons la situation autrement. J'étais tout à fait sérieux quand j'ai amélioré votre citation de Shakespeare, tout à l'heure.

— *La Mégère apprivoisée* vous voulez dire ?

— Précisément.

— « Venez m'embrasser, Kate », murmura-t-elle.

Elle écarquilla les yeux tandis qu'elle se rappelait comment il avait conclu la phrase.

— Se marier ? s'exclama-t-elle, sidérée. Vous voulez m'épouser ?

Il eut une expression presque douloureuse.

— Dieu sait pourquoi ! J'ai dû commettre quelque crime atroce dans une autre vie, pour être condamné à un tel sort.

Constance ne se formalisa pas de cette déclaration. Son cœur bondissait dans sa poitrine.

— Je continuerai à parler à votre place, dit-elle, avant de s'étonner de la stupidité d'une telle réponse dans un moment pareil.

— Je n'en doute pas. Cependant, j'ai trouvé un moyen imparable de vous faire taire, répliqua-t-il, un sourire au fond des yeux. Alors, mademoiselle Duncan, acceptez-vous de m'épouser ?

— Je me demande quel crime atroce j'ai pu commettre dans une autre vie, dit-elle en se tapotant les lèvres du bout des doigts.

— Est-ce là votre réponse ?

Elle acquiesça. Il n'y en avait pas d'autre possible. Ils étaient faits l'un pour l'autre, sur un champ de bataille ou dans un lit. Elle l'aimait, même quand elle le traitait de fripouille arrogante et têtue. Était-ce pervers ? Elle savait que Max réagissait de la même façon. Cette tension partagée faisait d'eux de parfaits partenaires, et elle n'imaginait pas épouser un autre homme que lui. Personne ne serait jamais aussi proche de lui. La jeune Constance aurait vécu en harmonie avec Douglas, elle le savait, mais elle savait aussi que la Constance qui s'était aguerrie après la mort du jeune homme et celle de sa mère n'aurait plus convenu au tendre Douglas. Quelle bizarrerie du destin…

Elle se doutait depuis des semaines déjà, sans se l'être clairement avoué, qu'elle ne pourrait être heureuse qu'avec Max. Elle n'y avait pas cru, parce que le seul point sur lequel ils ne pouvaient tomber d'accord était capital et ne se satisferait pas d'un compromis.

Avec peine, comme si elle tuait un oisillon qui n'avait pas encore déployé ses ailes, elle demanda :

— Et votre carrière ? Je ne peux pas renoncer à mon travail auprès des féministes.

— Vous ne pouvez pas ou vous ne voulez pas ?

Il lui jeta un coup d'œil par-dessus son épaule après avoir rempli son verre.

— Les deux, répondit-elle simplement. Il est impossible que vous m'épousiez, Max. Cela ruinerait votre carrière.

Il y avait songé, en effet, mais à présent, cela lui semblait seulement un obstacle à contourner. Il revint à elle, son verre à la main.

— Il va nous falloir trouver un moyen pour que nos forces vitales respectives cohabitent en harmonie. À vrai dire, vu les circonstances, le mariage réparera le tort que vous m'avez fait dans les pages de votre journal. Cela me semble même une solution très élégante.

Elle fronçait les sourcils.

— Je ne comprends pas... Oh, si !

Elle éclata de rire.

— Quel machiavélisme ! C'est la seule raison pour laquelle vous souhaitez m'épouser, Max ?

— Absolument. Rappelez-vous, j'ai l'habitude de vous manipuler, de me servir de vous.

La gaieté disparut des yeux de Constance.

— Si c'est cela, oublions...

Il posa son verre et lui ouvrit les bras.

— Venez ici, vous.

Elle s'approcha de lui, noua les bras à son cou, la tête renversée pour le regarder dans les yeux. Elle y lut de l'amour, du désir, un besoin irrésistible, et elle y reconnut ce qu'elle-même éprouvait.

— Je vous aime, dit-il en la tenant à la taille. Et je serai toujours à vos côtés. Même si je ne suis pas d'accord avec vous en privé, je vous soutiendrai en public. Jamais vous n'aurez l'occasion de douter de ma loyauté envers vous... mon épouse. Cette promesse que je vous fais maintenant est tout aussi solennelle et irrévocable que celle que je prononcerai devant l'autel.

— Je vous aime, fit Constance à son tour. Et je vous soutiendrai en public. Vous saurez toujours ce que je fais, ou ce que je vais faire si cela doit avoir un retentissement sur votre carrière. Cette promesse est tout aussi solennelle et irrévocable que celle que je prononcerai devant l'autel.

Il l'embrassa alors tendrement, lui baisa le coin des lèvres, le bout du nez, le menton, le creux de sa gorge où le pouls s'accélérait. Et tandis que Constance se serrait contre lui, elle se sentit légère, comme si un énorme poids lui avait été enlevé des épaules.

— Ainsi, dit-il doucement en lui caressant la joue, nous avons enfin réglé ce petit différend une fois pour toutes.

— Une fois pour toutes. Et dès que les fiançailles seront annoncées – Max Ensor et une féministe notoire –, plus personne n'accordera le moindre crédit à cet article.

— Je vais demander à Henry d'envoyer l'annonce pour l'édition de demain du *Times*. Plus tôt la nouvelle sera rendue publique, plus vite on oubliera cette histoire. Bien entendu, il faut d'abord que je parle à votre père, ajouta-t-il en fronçant les sourcils.

— Oh, c'est inutile, je le lui annoncerai moi-même, rétorqua Constance avec désinvolture. Il m'a déjà dit que vous seriez un gendre tout à fait convenable, aussi n'émettra-t-il aucune objection.

— Vous avez déjà eu cette conversation ?

— Non, rectifia Constance. Ce n'était pas une conversation, simplement une de ces déclarations qui suivent les récriminations de père. De temps à autre, il nous inflige ses petits sermons dans l'espoir que l'une d'entre nous se mariera.

— Quoi qu'il en soit, je dois demander votre main à lord Duncan.

— Vous n'entrez pas dans une famille conventionnelle, Max, lui rappela-t-elle.

— Ça, je m'en étais aperçu.

Il ramassa le journal.

— Je suppose que vous avez l'intention de poursuivre ceci, fit-il d'un ton résigné.

— Il le faut. C'est notre seul moyen d'existence.

— Pardon ? Je ne trouve pas cela drôle.

— Non. Nous non plus. Mais c'est la dure vérité. Et maintenant que vous allez devenir l'un des nôtres, je suppose que nous devrons vous confier nos plus sordides secrets.

Seigneur ! songea Max. Voilà qu'il devenait l'un des leurs. Cette calme déclaration le mettait face à la réalité. Il épousait Constance, mais elle arrivait en trio. En prendre une, c'était prendre les deux autres. Il ne connaîtrait plus une minute de paix.

Constance devina sans peine ses pensées.

— Ce n'est pas aussi terrible que vous l'imaginez, le réconforta-t-elle. Nous sommes totalement inoffensives.

— Vous n'êtes pas le moins du monde inoffensives ! protesta-t-il avec véhémence.

Constance se mit à rire.

— Venez avec moi. Il nous faut parler à Prudence et à Chastity, ensuite, nous essaierons de vous dresser un bilan de l'état de nos finances. Sachez-le, je viens à vous sans fortune, avec seulement des dettes. Mais cela ne vous concerne en rien. Notre travail marche bien, à présent, et je n'ai besoin de personne pour subvenir à mes besoins.

Elle lui prit la main.

— Venez, que votre future belle-famille vous accueille comme il se doit.

Max la suivit bon gré mal gré, en essayant de comprendre ce qu'elle avait voulu dire. Un homme se mariait, il entretenait sa femme, point. C'était ainsi. Cela devait l'être, en tout cas, non ?

Il préféra ne pas approfondir la question pour l'instant.

Comme ils retournaient dans le hall, ils entendirent des bruits de voix ; Prudence, Chastity et Amelia descendaient l'escalier. Prudence aperçut Max et Constance la première, et elle ralentit, se demandant si elle devait faire remonter Amelia à la hâte avant qu'elle ne croise Max, mais la jeune femme décida à sa place en continuant à avancer.

— Je bavardais avec vos sœurs, Constance, dit-elle d'un air détendu. Bonjour, monsieur Ensor.

Max s'interrogeait sur la présence de la gouvernante de sa nièce à Manchester Square, alors qu'elle était censée se trouver avec son élève.

— Mademoiselle Westcott, répondit-il poliment avec à peine un soupçon d'étonnement dans la voix.

— Ce n'est pas Mlle Westcott, intervint Constance qui aurait préféré que cette révélation ait lieu à un autre moment. Voici Mme Henry Franklin, Max.

Max se tourna vers elle, vers puis vers ses sœurs, qui souriaient benoîtement, enfin vers la sérieuse Amelia.

— Henry ? Mon secrétaire, Henry Franklin ?

— Eh bien, oui, avoua Constance, un peu inquiète. Les secrétaires ont le droit de se marier, je pense ?

— Cela ne me regarde pas, dit-il. Mais ma sœur…

— J'ai quitté mon poste chez lady Graham, monsieur Ensor, lui apprit Amelia.

Elle était très pâle mais tout à fait déterminée.

— Je vois. Récemment ?

— Il y a une heure, répondit Prudence à sa place. Votre sœur, Max, juge bon d'accuser Amelia de négliger ses devoirs en assistant à des réunions de l'Union féminine pendant ses heures de liberté.

— Qui étaient fort peu nombreuses, rappela Chastity.

— Lady Graham, reprit Amelia doucement, a proféré cette accusation lorsque j'ai découvert qu'elle fouillait dans mon courrier personnel. J'ai considéré que je n'avais d'autre choix que de démissionner sur-le-champ.

— Et depuis combien de temps êtes-vous mariée à M. Franklin ?

— Un peu plus d'une semaine, monsieur.

Constance l'avait persuadé de prendre un secrétaire – dont il n'avait nul besoin –, pour rendre service à l'une de ses relations qui souhaitait se marier et avait besoin d'un travail pour faire vivre son épouse. Pas étonnant qu'Henry ait demandé ses jeudis après-midi, songea Max amèrement. C'était le jour de congé de la gouvernante.

Max regarda les trois sœurs qui arboraient une expression de défi, de bravade et d'assurance. Il adressa un coup d'œil sardonique à sa future femme.

— Encore un mariage arrangé, Constance ?

— Cela fait partie de notre travail, riposta-t-elle avec un petit haussement d'épaules. Je vous ai expliqué que nous étions obligées de gagner notre vie.

— C'est vrai, vous me l'avez dit… Acceptez mes félicitations, madame Franklin.

— Merci, monsieur Ensor. J'espère que cela ne mettra pas en péril la situation de mon mari, ajouta-t-elle après une brève hésitation.

— Certainement pas, madame. Votre mari et moi nous entendons très bien. Je vous souhaite tout le bonheur du monde. Si je peux intervenir entre ma sœur et vous au sujet de votre démission, faites-le-moi savoir, je vous en prie.

— Eh bien, en effet, déclara Chastity avant qu'Amelia, qui savait qu'il s'agissait d'une simple formule de politesse, ait eu le temps de refuser. Letitia interdit à Amelia d'aller chercher ses vêtements et les quelques objets qui lui appartiennent.

— Je m'en occupe, déclara Max. Donnez-moi votre adresse, madame Franklin, et je vous ferai parvenir vos affaires demain matin.

— Vous êtes trop bon, monsieur Ensor.

— C'est le moins que je puisse faire, madame. Ma sœur réagit trop vivement quand les choses ne se passent pas comme elle le souhaiterait, mais on la ramène facilement à la raison.

Les sœurs Duncan échangèrent un coup d'œil devant cette charmante excuse fraternelle.

Une fois Amelia partie, Chastity vint embrasser Max sur les deux joues.

— Alors, vous avez fixé la date ?

Il ne prit pas la peine de demander comment les sœurs de Constance en étaient arrivées à cette conclusion.

— Votre sœur s'en chargera, je suppose, répondit-il simplement.

— Mais il faut que vous donniez votre avis, dit Prudence. Ce n'est pas aussi simple, ici, Max.

— Oh, non, Prudence, je ne me fais aucune illusion ! Si vous considérez que cela vaut mieux, mettez-moi à contribution. Mais si vous pensez pouvoir m'épargner les détails, je m'en passerai volontiers.

— Quand le vin est tiré, il faut le boire, déclara Constance en le prenant par la main pour l'entraîner vers l'escalier à la suite de ses sœurs.

— Aimez-en une, aimez-les toutes, murmura Max.

— Seulement jusqu'à un certain point, rétorqua Constance à voix basse. Prudence, nous discuterons de tout cela plus tard, enchaîna-t-elle en élevant la voix.

— Bien sûr, fit sa sœur qui adressa un clin d'œil à Chastity avant de la précéder dans le salon.

— Par là, fit Constance dans le couloir en ouvrant la porte de sa chambre. Il faut que vous vous débarrassiez de ces vêtements mouillés. Voulez-vous que je vous fasse couler un bain ? s'enquit-elle en entreprenant de déboutonner sa chemise.

Elle lui embrassa le torse et le sentit frémir, puis elle glissa les mains sur son ventre.

— Un bain maintenant, ou après ?

En guise de réponse, il ôta les épingles qui retenaient ses cheveux, ouvrit sa blouse, sa chemise. Il prit ses seins dans ses mains et y posa les lèvres, puis il l'attrapa par la taille, et la renversa sur le lit.

— Je...

— Chut ! murmura-t-il. Pas un mot. Les mots ne nous causent que des ennuis.

Elle eut un sourire langoureux, et l'aida à la déshabiller complètement. Impatiente, elle défit son pantalon, prit son sexe dans ses mains, puis dans sa bouche. Elle aimait l'odeur de cet homme qui allait devenir son mari, son goût salé... Elle tirait une joie immense du pouvoir qu'elle avait sur lui tandis qu'elle l'acceptait plus profondément en elle, les yeux grands ouverts sur son beau visage illuminé de passion.

Enfin il se dégagea très doucement, posa la tête sur son ventre et sourit.

— À égalité, ma chérie. Sur le champ de bataille comme entre les draps.

— Oh, oui, souffla-t-elle tandis qu'il lui rendait sa caresse. Oui...

19

— Encore des cadeaux de mariage, Constance, annonça Chastity qui, chancelant sous une pile de paquets, ferma la porte du pied. Et tante Edith arrive ce soir.

— Chère tante Edith, soupira Prudence. Pourquoi imagine-t-elle que nous avons besoin d'une présence maternelle à cette cérémonie ? C'est un amour, mais elle va tout chambouler, et nous n'aurons plus qu'à recommencer.

— Tu sais qu'elle a toujours essayé de prendre la place de mère, répliqua distraitement Constance sans cesser d'écrire. Elle pense que c'est son devoir, alors il faut nous en accommoder.

Prudence éclata de rire.

— Tu deviens bien indulgente, ces derniers temps ! Max t'a-t-il dit où il t'emmenait pour votre lune de miel ?

Constance leva la tête de sa feuille.

— Non, répondit-elle, plus du tout indulgente. Je n'arrive pas à le faire parler. Il prétend qu'il est traditionnel qu'un fiancé garde le secret. Bon sang, qui s'intéresse à la tradition ?

— Max, visiblement.

Assise sur le sol, Chastity attaquait les rubans des paquets avec un canif.

— Il te taquine, ajouta-t-elle.

— Je sais, mais ce n'est pas plus facile pour autant ! Comment pourrais-je faire mes bagages, si je ne sais pas où nous allons ? Je risque aussi bien de me retrouver en haut des pyramides qu'en train de descendre l'Amazone en canoë !

— Cela ne ressemblerait pas du tout à Max, observa Prudence qui s'agenouilla pour aider sa sœur.

— Mais alors, qu'est-ce qui lui ressemble ?

— Viens plutôt voir ce que nous déballons. C'est peut-être une seconde ménagère.

— Je voudrais d'abord finir ce texte, afin qu'il soit prêt pour la prochaine publication.

— Elle sortira en ton absence. Tu rateras le feu d'artifice… Oh ! ce sont des chandeliers. Ravissants. De la part des Armitage. On peut dire ce qu'on veut d'Elizabeth, mais elle a un goût parfait !

Constance posa sa plume.

— Fais voir ? Ils sont superbes, en effet. Les gens sont étonnamment généreux. Cela me gêne un peu ; je suis sûre de ne pas mériter tout ça !

— C'est un mariage, Constance. Tout le monde aime les mariages, et particulièrement celui-ci. Ta première intervention à l'Union féminine a été publiée dans tous les journaux, et dans ces mêmes journaux, on annonçait tes fiançailles avec un homme politique accusé dans ce torchon qu'est le *Mayfair Lady* d'espionner ce mouvement. C'est le plus merveilleux sujet de ragots dont la ville ait disposé depuis des mois !

Constance eut un petit rire.

— Au moins, ces fiançailles ont un peu apaisé père. J'ai cru qu'il allait avoir une attaque, quand il a appris que j'étais membre de l'Union.

— Mais comme Max ne peut pas se tromper, tu jouis à présent de toute son approbation.

— Pourvu que cela dure ! Il ne va pas apprécier ce que j'écris en ce moment. Je suis ravie de ne pas être là lorsque ce numéro sortira. C'est de la lâcheté de ma part, et il ne saura pas que j'en suis l'auteur, n'empêche que je suis contente d'être ailleurs quand il le lira.

— Tu attaques vraiment Barclay ? dit Chastity, qui s'était levée pour lire par-dessus l'épaule de sa sœur. Dans ce cas, je préférerais aussi ne pas me trouver là !

— Je n'ai pas le choix, se défendit Constance. Plus je creuse, plus je découvre de boue. Cet homme est de mèche avec le diable. Dès que l'article sera sorti, la presse nationale s'en emparera. J'ai identifié trois femmes qu'il a pratiquement violées, engrossées, puis abandonnées. Elles seront toutes payées pour témoigner dans les journaux, ce qui est un petit dédommagement, et je...

Elle s'interrompit en entendant frapper à la porte. Max entra aussitôt.

— Bonjour, lança-t-il joyeusement. Oh, c'est très joli ! ajouta-t-il en s'emparant de l'un des chandeliers. N'en avons-nous pas déjà reçu une demi-douzaine ?

— Non. C'étaient les fourchettes à gâteaux.

Il vint déposer un baiser sur sa nuque.

— Vous êtes déjà en train d'envoyer des lettres de remerciements ?

— Euh... oui, mentit Constance.

Max ne fut pas dupe une seconde.

— Que faites-vous ? insista-t-il.

— Oh, juste un article pour la prochaine édition du *Mayfair Lady*, répondit-elle vaguement, en prenant soin de laisser un buvard sur sa prose. Dites-moi où nous irons, Max.

Le terrain était plus sûr, et Max éclata de rire.

— Vous verrez bien. Demain, à cette heure-ci, vous saurez tout.

— Prendrons-nous un bateau ?

Il se contenta de rire de nouveau.

— Un train ? Une automobile ?

— Je vous le répète, vous verrez bien. Je me réjouis vraiment de vous imposer cette tradition démodée pour une fois, ma chérie, et je n'ai pas l'intention de renoncer à ce plaisir avant l'heure.

— Par moments, je me demande vraiment pourquoi je vous épouse !

— Vous voulez que je vous rafraîchisse la mémoire ?

— Je crois que c'est le moment de vaquer à nos occupations, déclara Chastity en se dirigeant vers la porte. Quand vous aurez fini de vous rafraîchir la mémoire, nous serons au salon, pour attendre tante Edith.

— Peut-être ferions-nous mieux de prendre cela avec nous, suggéra Prudence qui s'empara vivement des pages que Constance venait de rédiger. Il ne faudrait pas que le vent les disperse.

Elle s'éloigna avec l'article. Max était un peu comme une jeune plante qui poussait sur le sol des activités des sœurs Duncan, et il ne fallait pas qu'il reçoive trop de chocs à la fois.

— Alors ? s'enquit-il, pensif. Qu'aimeriez-vous que je vous rappelle en premier ?

— Mieux vaut tout reprendre depuis le début, proposa Constance en se levant lentement. Il me semble que je souffre d'une amnésie totale.

Découvrez les prochaines nouveautés
de la collection

Aventures et Passions

Le 1er octobre

La malédiction des Montfort

de Teresa Medeiros (n° 7397)

Angleterre, XIVe siècle. Holly de Chastel est réputée être la plus belle femme d'Angleterre. Les prétendants se bousculent, mais la jeune fille repousse toutes les demandes en mariage. Jusqu'au jour où son père, lassé, organise un tournoi dont elle sera le prix. Holly, qui n'a pas l'intention d'être la récompense de cette mascarade, s'enlaidit. Pourtant, le baron de Gaven accepte de l'épouser car, depuis des siècles, sa famille est poursuivie par une terrible malédiction…

Le 8 octobre

Séduisant et sans scrupule

de Sabrina Jeffries (n° 7398)

Londres, XIXe siècle. Clara Stanbourne dirige un orphelinat où elle tente de sauver des enfants d'une vie de rapines. Lorsqu'elle découvre qu'un prêteur à gages s'est installé juste à côté, elle ne peut contenir sa colère. Elle se rend chez son nouveau voisin pour lui demander de déménager. Mais elle ne s'attendait pas à rencontrer un homme aussi séduisant et têtu…

Le 15 octobre

Délices interdites

de Bertrice Small, Susan Johnson et Robin Schone (n° 7460)

Sous la Révolution française, une jeune femme découvre le plaisir dans les salons privés d'un bordel parisien… Un marquis anglais fait vœu d'abstinence lors d'un pari mais est kidnappé par une femme qui en fait son esclave sexuel… Une veuve se fait passer pour une prostituée pour découvrir le plaisir dans les bras d'un homme tant qu'il est encore temps… Trois nouvelles érotiques et romantiques, dans lesquelles les jeux sexuels débouchent toujours sur l'amour sincère.

Le 22 octobre

Les révoltés des Indes

de Alyssa Deane (n° 7399)

Inde, XIXe siècle. À la suite du décès de sa mère, Roxane décide de quitter l'Angleterre pour l'Inde et de retrouver son père qui les a abandonnées. Elle découvre alors la situation politique du pays, et la colère des Indiens qui gronde, agacés d'être à la merci des Anglais. Dans ce climat hostile, le séduisant capitaine Harrison saura-t-il la protéger ? L'homme s'avère être marié…

Ce mois-ci, retrouvez également les titres de la collection

Amour et Destin

Des histoires d'amour riches en émotions déclinées en trois genres :

Intrigue ***Romance d'aujourd'hui*** ***Comédie***

Le 3 septembre *Intrigue*

Parole d'honneur

de Mary Jo Putney (n° 7388)

Brillante avocate pour un grand cabinet, Val hérite d'une importante somme d'argent. Elle décide alors d'ouvrir son propre bureau et de se vouer aux affaires qui lui tiennent à cœur. Sans peine elle trouve un local, une vieille église réhabilitée par le séduisant et troublant Rob Smith, son bailleur. Sa première affaire lui est confiée par son assistante, qui veut aider un ancien amant. La jeune femme doit sauver cet homme du couloir de la mort. Pas facile de trouver des preuves quatorze ans après les faits ! Val fait alors appel à Rob, ex-marine, qui devient pour elle détective privé...

Le 10 septembre *Romance d'aujourd'hui*

Sans l'ombre d'un regret

de Linda Francis Lee (n° 6849)

Par une nuit hivernale, un homme regarde par sa fenêtre et voit une jeune femme en robe de mariée, assise sur un banc, arrachant un à un les pétales de son bouquet. Il lui apporte un manteau et, irrésistiblement attirés l'un par l'autre, ils vivent une folle nuit d'amour. Le lendemain matin, accablée par les remords et la honte, Grace souhaite ne jamais revoir cet homme. Mais le destin va à nouveau les réunir : Jack devient par le plus grand des hasards son nouveau voisin...

Le 24 septembre *Comédie*

L'habit ne fait pas l'homme

de Vicki Lewis Thompson (n° 7389)

Enfin, son rêve devient réalité ! Ally a été conviée par Nick, son séduisant patron, à un week-end sur l'île de Maui. Première désillusion : il a aussi demandé à Jack, un informaticien coincé, de les accompagner. Et, au beau milieu de l'océan, Nick saute en parachute, les laissant sans pilote. Heureusement, Jack réussit à éviter le crash et ils atterrissent en catastrophe sur une île déserte. Dans ce décor paradisiaque, la jeune femme découvre que Jack n'a rien de l'intellectuel ennuyeux à lunettes. Mais qui pourra les sauver... et dans combien de temps ?

ainsi que les titres de la collection

Escale Romance

De nouveaux horizons pour plus d'émotion

Le 3 septembre

Dans le sillage des pharaons

de Ève Saint-Benoît (n° 7456)

Historien médiatique, Marc se rend à la demande de sa mère en Égypte pour surprendre son archéologue de père en flagrant délit d'adultère. Il n'a pas pour habitude de se mêler des histoires des autres, mais il s'agit aussi pour lui de remettre à sa place son père, qui par le passé s'était volontiers montré moralisateur. Toutefois, ce que Marc n'avait pas prévu, c'était de tomber sous le charme de Nadia, la prétendue maîtresse…

Une ombre sur le lagon

de Laure Pery (n° 7457)

Diplômée en écologie au Québec, Sophie se voit confier sa première mission à l'île Maurice : le président de la Fondation mondiale pour la protection de la nature lui propose de s'attaquer au permis de construire d'un complexe touristique. Sophie accepte sans hésitation de plaquer sa vie canadienne pour les lagons aux eaux turquoise. Mais, face au redoutable avocat de la partie adverse, l'affaire s'annonce corsée…

7391

Composition Chesteroc Ltd
Achevé d'imprimer en France (Manchecourt)
par Maury-Eurolivres
le 10 août 2004.
Dépôt légal août 2004. ISBN 2-290-34017-0

Éditions J'ai lu
84, rue de Grenelle, 75007 Paris
Diffusion France et étranger : Flammarion